16	3	2	13
5	10	11	8
9	6	7	12
4	15	14	1

Coleção LESTE

Nikolai Gógol

O CAPOTE

e outras histórias

Tradução, posfácio e notas
Paulo Bezerra

editora■34

EDITORA 34

Editora 34 Ltda.
Rua Hungria, 592 Jardim Europa CEP 01455-000
São Paulo - SP Brasil Tel/Fax (11) 3811-6777 www.editora34.com.br

Copyright © Editora 34 Ltda., 2010
Tradução © Paulo Bezerra, 2010

A FOTOCÓPIA DE QUALQUER FOLHA DESTE LIVRO É ILEGAL E CONFIGURA UMA
APROPRIAÇÃO INDEVIDA DOS DIREITOS INTELECTUAIS E PATRIMONIAIS DO AUTOR.

Imagem da capa:
A partir de gravura de Oswaldo Goeldi, s.d.
(autorizada sua reprodução pela Associação Artística Cultural
Oswaldo Goeldi - www.oswaldogoeldi.com.br)

Capa, projeto gráfico e editoração eletrônica:
Bracher & Malta Produção Gráfica

Revisão:
Cide Piquet
Isabel Junqueira
Sérgio Molina

1ª Edição - 2010, 2ª Edição - 2011 (1 Reimpressão),
3ª Edição - 2015 (6ª Reimpressão - 2025)

CIP - Brasil. Catalogação-na-Fonte
(Sindicato Nacional dos Editores de Livros, RJ, Brasil)

Gógol, Nikolai, 1809-1852

G724c   O capote e outras histórias / Nikolai Gógol;
tradução, posfácio e notas de Paulo Bezerra —
São Paulo: Editora 34, 2015 (3ª Edição).
224 p.   (Coleção Leste)

ISBN 978-85-7326-456-2

1. Literatura russa. I. Bezerra, Paulo.
II. Título. III. Série.

CDD - 891.73

O CAPOTE
e outras histórias

O capote 7

Diário de um louco 45

O nariz 73

Noite de Natal 105

Viy 161

Posfácio, *Paulo Bezerra* 209

As notas do tradutor fecham com (N. do T.); as notas da edição russa, com (N. da E.); e as do autor, com (N. do A.).

Traduzido do original russo, de N. V. Gógol, *Sobránie khudójevstvenikh v piatí tomákh* (Obras reunidas em cinco tomos), Moscou, Editora da Academia de Ciências da URSS, 1960.

Esta coletânea foi publicada originalmente pela editora Civilização Brasileira, do Rio de Janeiro, em 1990, com o título *O capote e outras novelas de Gógol*. Para a presente edição, o texto foi integralmente revisto pelo tradutor.

O CAPOTE

No departamento... arre, é melhor não mencionar o departamento. Nada há de mais ofensivo que toda essa variedade de departamentos, chancelarias, regimentos, em suma, toda sorte de repartições públicas. Hoje em dia qualquer indivíduo acha que tocar no seu nome já significa ofender toda a sociedade. Dizem por aí que bem recentemente um capitão-*isprávnik*[1] não me lembro de que cidade divulgou um apelo, dizendo claramente que as deliberações do Estado estavam perdendo o efeito e que andavam pronunciando o seu santo nome em vão. E como prova juntou ao apelo o imenso volume de uma obra romântica, onde a cada dez páginas aparece um capitão-*isprávnik* às vezes em absoluto estado de embriaguez. Portanto, para evitar complicações, é melhor chamarmos o departamento de que falamos... de *um departamento*. Pois bem, *num departamento* trabalhava *um funcionário*. Não se pode dizer que esse funcionário fosse lá essas coisas: baixote, tinha algumas marcas de bexiga no rosto, era um pouco arruivado, com miopia um pouco pronunciada, uma pequena calvície na fronte, ambas as faces enrugadas e o semblante com uma daquelas cores a que se pode chamar de hemorroidais... Mas, o que se há de fazer?! A culpa é do clima de Petersburgo. Quanto à categoria funcional (porque entre nós é preciso anunciar antes de tudo a categoria funcional),

[1] Chefe distrital de polícia na Rússia tsarista. (N. do T.)

O capote

era ele aquilo que se chama de eterno conselheiro titular,[2] que, como se sabe, é alvo das chacotas e galhofas de que se farta tudo quanto é escritor que tem o *elogioso* costume de cair em cima daqueles que não podem arreganhar os dentes. O sobrenome desse funcionário era Bachmátchkin. Pelo sobrenome já se vê que algum dia ele derivou de *bachmák*;[3] mas nada se sabe de quando, em que época nem como ele se originou de *bachmák*. O pai, o avô, até o cunhado e todos os Bachmátchkin sem exceção andavam de botas, trocando a sola umas três vezes ao ano. Seu nome era Akáki Akákievitch. Talvez o leitor o ache meio esquisito e rebuscado, mas pode estar certo de que não houve nenhum rebuscamento e de que as circunstâncias por si sós foram tais que inviabilizaram qualquer outro nome, e isso de fato aconteceu da seguinte maneira. Nasceu Akáki Akákievitch no anoitecer de um 23 de março, se não me falha a memória. A falecida mãe, alma muito bondosa e mulher de um funcionário público, mandou batizá-lo como manda a praxe. Ainda estava na cama, situada em frente à porta, tendo em pé à direita Ivan Ivânovitch Iérochkin, o padrinho, uma beleza de homem, chefe de repartição no Senado, e a madrinha, Arina Semiônovna Bielobriúchkova, esposa de um oficial de quarteirão,[4] mulher de virtudes raras. Sugeriram à genitora dar à criança um desses três nomes: Mókkia, Sóssia ou Khozdazat, nome de um mártir. "Não — pensou a falecida —, esses nomes, não." Para satisfazê-la, abriram o calendário em outro lugar e novamente saíram três nomes: Trifili, Dula e Varakhissi. "Só sendo castigo — articulou a mãe —, palavra que nunca ouvi nomes tão esquisitos. Varadat ou Varuk ainda vá lá, mas Trifili e Vara-

[2] Cargo civil de nona classe no serviço público russo. (N. do T.)

[3] Sapato. (N. do T.)

[4] Guarda especial de um quarteirão ou bairro na Rússia tsarista. (N. do T.)

khissi!" Ainda viraram uma folha, e apareceram Pavsicaqui e Vakhtissi. "Bem, pelo que vejo essa é a sina dele. Já que é assim, o melhor é que ele tenha o mesmo nome do pai. O pai se chamava Akáki, então que o filho também se chame Akáki". Foi assim que se originou o nome de Akáki Akákievitch. Batizaram o menino; este chorou e fez tamanha careta, como se pressentisse que viria a ser conselheiro titular. E foi assim mesmo que tudo aconteceu. Contamos toda essa história para que o próprio leitor possa ver que tudo aconteceu por absoluta necessidade e que outro nome seria inteiramente impossível.

Quando e por determinação de quem Akáki Akákievitch entrou para o departamento, era coisa de que ninguém podia se lembrar. Por mais que mudassem de diretores e chefes de toda espécie, sempre o viam no mesmo lugar, na mesma posição, no mesmo cargo, como o mesmo escrevente, de tal maneira que depois passaram a acreditar que ele parecia mesmo já haver nascido inteiramente preparado, de uniforme e calvo. No departamento ele não era objeto de nenhum respeito. Os guardas, além de não se levantarem quando ele passava, nem olhavam para ele, como se fosse uma simples mosca que voava pela sala de recepção. Os superiores o tratavam com uma frieza um tanto despótica. Qualquer subchefezinho de departamento metia-lhe a papelada debaixo do nariz sem se dar ao trabalho de dizer: "Copie", ou "Eis um trabalhinho interessante, bom" ou algo agradável, como se faz entre funcionários bem-educados. E ele ia recebendo, olhando apenas o papel, sem reparar em quem lhe entregara e se tinha direito de fazê-lo. Recebia e no mesmo instante começava a escrever. Os funcionários jovens zombavam e gracejavam dele o quanto permitia o humor de chancelaria, contavam mesmo em sua presença toda sorte de histórias que envolviam a sua pessoa, a sua senhoria, uma velha de setenta anos, diziam que a velha lhe batia, perguntavam quando os dois iam se casar, faziam chover sobre sua cabeça bolinhas de papel e diziam

O capote

que era neve. Mas Akáki Akákievitch não respondia uma palavra, como se não houvesse ninguém diante dele: em meio a todas essas amolações, não cometia um só erro no seu trabalho. Só mesmo quando a brincadeira ia além do insuportável, quando alguém lhe empurrava o braço perturbando-lhe o trabalho, é que ele falava: "Deixem-me em paz. Por que me ofendem?". E algo estranho fazia-se ouvir em suas palavras, em sua voz. E ouvia-se algo que predispunha tanto para a compaixão que um jovem, novato no serviço, que a exemplo dos colegas ia-se permitir zombar dele, deteve-se de repente como que comovido e desde então tudo lhe pareceu mudar, assumir um novo aspecto. Algo como uma força sobrenatural o afastava dos colegas que há pouco conhecera e tomara por pessoas decentes e civilizadas. Depois, vinha-lhe à imaginação nos momentos mais alegres a imagem daquele funcionário baixinho, de fronte calva, com suas palavras penetrantes: "Deixem-me em paz. Por que me ofendem?". Nestas palavras penetrantes outras palavras ecoavam: "Eu sou teu irmão". O pobre rapaz levava as mãos ao rosto. E mais tarde, muitas vezes em sua vida ele estremeceria ao perceber o quanto há de desumano no ser humano, quanta grosseria feroz existe às escondidas num ambiente culto, requintado e, meu Deus!, até naquelas pessoas que a sociedade reconhece como nobres e honradas.

Seria difícil encontrar uma pessoa tão envolvida com sua função. Isso ainda diz pouco: ele trabalhava com zelo; não, trabalhava com amor. Naquele infindável transcrever, vislumbrava algo como um mundo seu, mais diverso e agradável. Estampava no rosto uma expressão de gozo; tinha algumas letras favoritas, e quando, na labuta, deparava com elas, ficava que não cabia em si de contentamento: sorria, e piscava, e remexia os lábios de tal maneira que parecia deixar ler em seu rosto qualquer letra que a sua pena traçasse. Se fosse condecorado de acordo com o empenho que demonstrava, talvez, para sua própria surpresa, chegasse até mesmo ao cargo de conselheiro de Estado;[5] porém, como diziam seus colegas trocistas, ganhou um laço no pescoço e hemorroidas nos fundilhos. Pensando bem, não se pode dizer que não fosse objeto de nenhuma consideração. Um diretor, uma boa alma que desejava recompensá-lo pelo longo serviço já prestado, ordenou que lhe dessem algo mais importante que aquelas eternas cópias; tratava-se de extrair de um memorando já pronto um relatório qualquer para outra repartição pública, consistindo todo o trabalho na simples mudança do título geral e na transposição de alguns verbos da primeira para a terceira pessoa. Isso lhe custou tanto trabalho que ele ficou encharcado de suor, limpou a testa e disse finalmente: "Não, é melhor que me deem alguma coisa para copiar". Desde então, deixaram-no definitivamente no trabalho de amanuense. Parecia que fora daquelas cópias nada mais existia para ele. Akáki Akákievitch não tinha a mínima preocupação com o vestir: seu uniforme não era verde, mas meio pardo e brancacento. Usava uma gola estreitinha, baixinha, de tal forma que o pescoço, embora curto, ao brotar da gola, parecia extremamente longo, como o daqueles gatinhos de gesso de cabeça giratória que os russos residentes no exterior carregam às dezenas em suas cabeças.[6] Alguma coisa sempre grudava no seu uniforme, fosse um fiapo de linha ou um resto de palha; além disso, ao andar pela rua revelava a extraordinária habilidade de passar por baixo de janelas no exato momento em que caía dali toda sorte de porcaria, e por isso sempre havia cascas de melão e melancia e outras porcarias afins em seu chapéu. Nunca na vida prestara atenção no que todo santo dia se faz e acontece na rua, naquilo para que, como se sabe, o jovem funcionário, seu colega, sempre aguça de tal

[5] Categoria civil de quinta classe no serviço público da Rússia tsarista. (N. do T.)

[6] Gógol certamente se refere aqui aos vendedores desses artigos. (N. do T.)

O capote

maneira o olhar penetrante que percebe na calçada, do outro lado da rua, quando arrebenta a presilha das calças de alguém, fato que sempre lhe faz brotar no rosto um sorriso de malícia.

Mas se Akáki Akákievitch olhava para alguma coisa, via sempre em tudo suas linhas limpas, copiadas com uma caligrafia igual, e só perceberia que não estava no meio de uma linha, mas no meio da rua, se um cavalo aparecesse de repente e lhe pousasse o focinho no ombro, soprando-lhe das narinas um furacão sobre o pescoço. Ao chegar em casa, sentava-se imediatamente à mesa, sorvia rapidamente sua sopa de verduras e comia um pedaço de carne bovina com cebola sem sequer perceber o sabor, e comia tudo isso com moscas e tudo o que Deus mandasse naquele instante. Percebendo que o estômago começava a inflar, levantava-se da mesa, tomava do tinteiro e copiava os papéis que trazia para casa. Na falta destes, ele fazia uma cópia propositalmente, para sua própria satisfação, sobretudo quando se tratava de um papel notável não pela beleza do estilo, mas por ser endereçado a alguma personalidade nova ou importante.

Mesmo naquelas horas em que escurece inteiramente o céu acinzentado de Petersburgo e toda a burocracia está de barriga cheia depois de haver jantado cada um de acordo com seus vencimentos e seus próprios desejos — nas horas em que tudo repousa depois daquele ranger de penas e do corre-corre do departamento, dos afazeres necessários de cada um e dos demais, depois de tudo o que um homem infatigável assumiu voluntariamente, passando até do necessário —, nas horas em que o pessoal burocrático se apressa em gozar o tempo ainda restante, os mais animados indo ao teatro, esse vagando pelas ruas aproveitando seu tempo para contemplar alguns rabos de saia e indo a festinhas onde gasta o tempo em cumprimentos a uma moçoila bonitinha, estrela de um pequeno círculo de funcionários, outro — e isso é o mais frequente — indo simplesmente visitar colegas que habitam dois pequenos cômodos de um terceiro ou quarto andar, com antessala ou cozinha e alguma pretensão à moda, uma lâmpada ou algum bibelô, fruto de muitos sacrifícios, privações de jantares, passeios etc., em suma, mesmo naqueles instantes em que os funcionários se dispersam pelas casas dos amigos a fim de jogar um uíste bem agressivo, acompanhado de chá com torradas baratas e baforadas de fumaça dos seus longos cachimbos, contando, enquanto dão as cartas, algum mexerico vindo da alta sociedade, ao qual o homem russo não renuncia nunca nem sob nenhuma circunstância, ou mesmo quando, por falta de assunto, tornam a contar a eterna anedota do comandante a quem disseram que haviam cortado o rabo do cavalo do monumento de Falconet,[7] enfim, mesmo quando todo mundo procurava se divertir, só Akáki Akákievitch não se entregava a nenhum divertimento. Ninguém podia dizer que algum dia já o tivesse visto em alguma festa. Concluindo a gosto suas cópias, deitava-se para dormir, sorrindo de antemão ao pensar no dia seguinte: amanhã Deus mandará alguma coisa para copiar. Assim ia passando a vida tranquila de um homem que, ganhando quatrocentos rublos anuais, sabia se sentir satisfeito com a sua sorte e talvez chegasse a uma profunda velhice não fossem tantas desgraças espalhadas não só pelo caminho dos conselheiros titulares, como também dos conselheiros secretos, efetivos, da Corte e de tudo quanto é conselheiro, inclusive daqueles que não dão nem recebem conselhos de ninguém.

Há em Petersburgo um poderoso inimigo de todos aqueles que recebem quatrocentos rublos por ano ou aproximadamente. Esse inimigo não é outro senão o nosso frio do norte, embora haja quem afirme que ele é muito saudável. Entre as oito e as nove da manhã, no exato momento em que as ruas

---

[7] Famoso monumento a Pedro, o Grande, construído pelo escultor francês Étienne Falconet (1716-1791) e instalado no centro de Petersburgo. (N. do T.)

ficam tomadas pela multidão que se dirige aos departamentos, ele começa a dar indiscriminados piparotes tão fortes e pungentes em todos os narizes que os pobres funcionários ficam decididamente sem saber onde escondê-los. Nessas ocasiões em que o frio faz arder a testa e brotarem lágrimas dos olhos até mesmo de altos funcionários, os pobres conselheiros titulares ficam às vezes indefesos. Sua única salvação é percorrer em seus capotinhos ralos cinco ou seis ruas com a maior rapidez possível e depois sapatear bastante no vestíbulo de sua repartição até que todas as faculdades e talentos congelados se aqueçam para o exercício das funções. Desde algum tempo Akáki Akákievitch começara a sentir um ardor especialmente forte nas costas e nos ombros, embora procurasse percorrer o mais rapidamente possível aquela distância. Pensou finalmente se não haveria falhas em seu capote. Depois de examiná-lo atentamente em casa, descobriu que nuns dois ou três lugares, justamente nas costas e nos ombros, o tecido virara estopa: estava transparente de tão gasto e o forro desfiara. É preciso dizer que o capote de Akáki Akákievitch era também objeto de galhofas na repartição: tiraram-lhe inclusive o nobre nome de capote, substituindo-o por *roupão*. A peça era realmente de um formato estranho: a gola sempre diminuindo de ano para ano, pois servia de remendo para outras partes. O remendo não dava prova de maestria do alfaiate: a peça era feia e tinha forma de saco. Percebendo do que se tratava, Akáki Akákievitch resolveu que era necessário levar o capote a Pietróvitch, um alfaiate que vivia num terceiro pavimento subindo por uma escada de serviço e, apesar do olho torto e da cara sarapintada, consertava com bastante acerto calças e fraques de funcionários etc., naturalmente quando não estava bêbado nem tinha em mente alguma outra invenção. É claro que não deveríamos falar muito desse alfaiate, mas como já foi convencionado que o caráter de cada personagem de uma narrativa deve ficar inteiramente definido, então só nos resta falar também de Pietróvitch.

A princípio chamava-se simplesmente Grigóri e era servo de um senhor; começou a chamar-se Pietróvitch depois que recebeu alforria e passou a cair na bebedeira por motivo de qualquer festa, inicialmente das grandes e depois indistintamente, em todas as festas religiosas, bastando apenas que houvesse uma cruz marcando o calendário. Neste aspecto era fiel aos costumes avoengos, e quando discutia com a mulher chamava-lhe de mundana e alemã. Uma vez que já mencionamos a mulher, será preciso dizer umas duas palavras a seu respeito; mas infelizmente pouco se sabia dela, a não ser que era mulher de Pietróvitch, que usava touca em vez de xale, embora, ao que parece, não pudesse se gabar de ser bonita; quando alguém passava por ela, só os soldados da guarda lhe olhavam o rosto sob a touca: assim mesmo torciam o bigode e deixavam escapar dos lábios um som bem peculiar.

Ao subir a escada que levava a Pietróvitch, escada que, sejamos justos, vivia toda encharcada de água, lavadura e inteiramente tomada daquele cheiro de álcool que consome os olhos e, como se sabe, é constante em todas as escadas de serviço de Petersburgo — pois bem, ao subir essa escada, Akáki Akákievitch já ia pensando na quantia que Pietróvitch pediria e decidira mentalmente não dar mais de dois rublos. A porta estava aberta porque a mulher do alfaiate, preparando não sei que peixe, fazia tanta fumaça na cozinha que não dava para divisar nem mesmo as baratas. Akáki Akákievitch passou pela cozinha sem que a própria dona da casa o notasse e entrou finalmente em um cômodo onde deu com Pietróvitch sentado sobre as pernas a uma mesa de madeira ao natural, ao estilo de um paxá turco. Estava descalço, como é hábito dos alfaiates no trabalho. A primeira coisa a saltar à vista foi o dedão muito conhecido a Akáki Akákievitch, com aquela unha deformada, grossa e dura como uma carapaça de tartaruga. Pietróvitch tinha ao pescoço um novelo de seda e linhas e um trapo sobre os joelhos. Fazia uns três minutos que tentava enfiar a linha no fundo da agulha e, como não

O capote

acertasse, estava furioso com a escuridão e a própria linha, rosnando a meia-voz: "Não entra, desgraçada; quer acabar comigo, sua velhaca!". Para Akáki Akákievitch não era agradável chegar justo no momento em que Pietróvitch estava zangado: gostava de lhe encomendar algo quando ele já estava meio tocado ou, como dizia sua mulher, "esse diabo zarolho já tá de cuca cheia". Em tais circunstâncias Pietróvitch sempre fazia abatimento de muito boa vontade, sempre concordava, chegava inclusive a fazer reverências e agradecer. É bem verdade que depois vinha a mulher, chorava, alegava que o marido estava bêbado e por isso pedira pouco: mas era só o freguês aumentar dez copeques, e fim de papo. Mas desta vez Pietróvitch parecia *em jejum* e por isso estava áspero, intratável e disposto a pedir o diabo sabe que preço. Akáki Akákievitch logo percebeu a situação e já se dispunha a, como se diz, *tirar o corpo fora*; no entanto, a coisa já se tinha iniciado: Pietróvitch apertou e fixou atentamente nele o único olho que tinha, e Akáki Akákievitch teve de dizer a contragosto:

— Bom dia, Pietróvitch!

— Bom dia desejo pra sua pessoa — respondeu Pietróvitch e olhou de esguelha as mãos do visitante, procurando ver que prenda ele trazia.

— Pietróvitch, eu te trouxe... aquilo.

É bom esclarecer que Akáki Akákievitch se expressava o mais das vezes através de preposições, advérbios e, por fim, de partículas que não significam terminantemente nada. Se a questão era muito complicada, ele tinha até o hábito de nunca terminar a frase, de sorte que, ao começar, com muita frequência, sua fala pela frase: "Palavra, isso é mesmo... aquilo...", depois não acrescentava nada e acabava esquecendo por achar que já havia dito tudo.

— O que foi que houve? — perguntou Pietróvitch e correu simultaneamente seu único olho por todo o uniforme do visitante, olhando da gola às mangas, passando para as costas, abas, botoeiras, tudo de seu pleno conhecimento, já que era trabalho seu. Os alfaiates têm esse costume; é a primeira coisa que fazem ao darem de cara com a pessoa.

— Pietróvitch, nesse canto aqui, isso... o capote, o pano... como estás vendo, em todos os outros cantos está bem resistente, está meio empoeirado, e parece velho, mas é novo, só que num cantinho está meio... um treco... nas costas e mais aqui num ombro está um pouco gasto, nesse ombro aqui está um pouquinho... vê, é só isso. Um trabalhinho um pouco...

Pietróvitch apanhou o *roupão*, estendeu-o inicialmente na mesa, examinou-o longamente, meneou a cabeça e estirou o braço na direção da janela, apanhando no parapeito uma tabaqueira redonda com o retrato de um general, não dava para ver quem era porque um retângulo de papel cobria o lugar do rosto que uma dedada havia furado. Depois de uma pitada de rapé, Pietróvitch estendeu o roupão sobre os braços abertos e ficou a examiná-lo contra a luz, meneando novamente a cabeça. Virou-o do avesso com o forro para fora e meneou mais uma vez a cabeça, tornou a tirar a tampa da tabaqueira com a cara do general coberta de papel e, depois de levar uma pitada de tabaco ao nariz, tampou-a e guardou--a num canto, dizendo finalmente:

— Não, não dá para consertar: está um trapo!

Ao ouvir essas palavras Akáki Akákievitch sentiu o coração estremecer.

— Por que não dá, Pietróvitch? — perguntou ele com voz de criança quase suplicante. — Está apenas gasto nos ombros, e tu deves ter alguns retalhinhos...

— Retalhos dá pra arranjar, retalhos a gente arranja, mas não dá pra remendar: está todo esfarrapado, e é só tocar com a agulha que ele se desfia.

— Não tem importância, bote um remendinho.

— Acontece que não há onde botar o remendo, não tem um lugar para cosê-lo. Isso aqui de pano só tem o nome, se desmancha com o primeiro pé de vento.

O capote

17

— Ah, mesmo assim bota um remendinho. Como é que... palavra, aquilo!...

— Não — respondeu decidido Pietróvitch —, não se pode fazer nada. A coisa está ruim mesmo. O melhor que o senhor pode fazer quando o tempo esfriar mais é transformá-lo em tiras para agasalhar os pés, porque meia não aquece. Meia é invenção de alemão para embolsar mais dinheiro (Pietróvitch gostava de aproveitar oportunidades para atacar os alemães). Pelo visto o senhor vai ter mesmo é de mandar fazer um capote novo.

Ao ouvir a palavra *novo*, Akáki Akákievitch sentiu a vista escurecer; tudo o que havia no cômodo passou a confundir-se diante dos seus olhos. A única coisa que ele via com clareza era o general da tampa da tabaqueira de Pietróvitch, com o rosto coberto pelo pedaço de papel.

— Um novo, de que jeito? — Akáki Akákievitch falou como se estivesse sonhando. — Ora, eu não tenho dinheiro para isso.

— Isso mesmo, um capote novo — disse Pietróvitch com uma tranquilidade de bárbaro.

— E se eu tivesse de fazer um novo, como ia ficar aquilo...

— Quer dizer, o preço?

— Sim.

— Três notas de cinquenta e uns quebrados.

Ao dizer isto, Pietróvitch contraiu significativamente a boca. Gostava muito dos grandes efeitos, gostava de deixar subitamente as pessoas em completo embaraço para depois olhar de esguelha a cara que faziam após suas palavras.

— Cento e cinquenta rublos por um capote! — exclamou o pobre Akáki Akákievitch, e talvez fosse essa a primeira exclamação que fazia desde que nascera, pois sempre se distinguira por falar baixinho.

— Isso mesmo — respondeu Pietróvitch —, e ainda é preciso ver que tipo de capote, porque, se botarmos gola de marta e um capuz forrado de cetim, a coisa chegará aos duzentos rublos.

— Pietróvitch, por favor — Akáki Akákievitch falava em tom suplicante, sem ouvir nem procurar ouvir as palavras do alfaiate e ignorando todos os efeitos —, por favor, dê um jeito qualquer para que ele possa servir pelo menos um pouquinho mais.

— Ah, não, isso seria perda de tempo e gasto inútil de dinheiro — disse Pietróvitch, e após essas palavras Akáki Akákievitch foi embora completamente destruído. Depois de sua saída, Pietróvitch ainda permaneceu muito tempo de pé, comprimindo com ar importante os lábios e sem voltar ao trabalho, satisfeito por não se haver rebaixado nem comprometido seu ofício de alfaiate.

Uma vez na rua, Akáki Akákievitch parecia sonhar. "Que coisa! — dizia a si mesmo —, palavra que nunca pensei que fosse dar naquilo..." — Mas em seguida, depois de uma pausa, acrescentou: "Pois é! eis em que isso acabou dando, e eu, palavra, nem poderia supor que desse nisso". Veio um longo silêncio, depois do que ele disse: "Então é isso! eis o que eu nunca poderia esperar, que desse naquilo... isso nunca... uma circunstância como essa!". Dito isto, em vez tomar o caminho de casa tomou um rumo bem diferente sem sequer se dar conta. Pelo caminho, um limpador de chaminés deu-lhe um encontrão com seu flanco sujo, manchando-lhe o ombro inteiro: do alto de uma casa de construção caiu sobre ele um balde cheio de cal. Nada disso ele percebeu, e só depois que esbarrou num policial, que, com a alabarda ao lado, despejava tabaco de um taroque na mão calosa, só então deu um pouco por si, e mesmo assim porque o policial disse:

— Ei, que negócio é esse de esbarrar no focinho da gente? A *carçada* não te basta?

Isto o levou a abrir os olhos e tomar o caminho de casa. Só aí começou a se concentrar, percebeu de forma clara e real a sua situação e pôs-se a falar sozinho, de modo não mais

O capote

descontínuo porém sensato e franco, como se conversa com um amigo prudente ao qual se pode falar das coisas mais afetuosas e íntimas. "Ah, não — dizia Akáki Akákievitch —, já não se pode discutir com Pietróvitch: agora ele está daquele jeito... pelo visto levou alguma surra da mulher. O melhor mesmo é eu ir à casa dele num domingo de manhã: depois de um sábado de bebedeira estará vesgo e sonolento, de sorte que precisará de um trago para curar a ressaca, mas a mulher não lhe dará dinheiro; aí entro eu e lhe meto na mão uma moeda de dez copeques, ele ficará mais condescendente e aí o capote e aquilo..."

Assim Akáki Akákievitch meditou consigo mesmo, aprovou seu próprio plano e aguardou o primeiro domingo. Avistando a mulher de Pietróvitch saindo para algum lugar, dirigiu-se diretamente à casa do alfaiate. Depois de um sábado, Pietróvitch estava realmente vesgo, com a cabeça inclinada e todo sonolento; mas, apesar de tudo, assim que se inteirou do assunto foi como se o diabo o tivesse cutucado:

— Impossível — disse ele —, faça o favor de encomendar um novo.

Então Akáki Akákievitch estirou-lhe a mão com os dez copeques.

— Obrigado, senhor, tomarei um traguinho à sua saúde. Quanto ao capote, não vale a pena perder tempo: não serve para absolutamente nada. Mas em compensação eu lhe farei um primor de capote novo, nisso estamos conversados.

Akáki Akákievitch ia tentar o assunto do conserto, mas Pietróvitch o interrompeu, dizendo:

— Bem, que eu vou lhe fazer sem falta um capote novo pode estar certo; e vou me empenhar. Posso fazê-lo até mesmo de acordo com a moda, com abotoaduras de prata fechando a gola.

Foi então que Akáki Akákievitch percebeu que não poderia passar sem um novo capote e caiu em total desânimo. Como, com que dinheiro iria mandar fazê-lo? É verdade que poderia confiar parcialmente no prêmio que receberia pelas festas, mas já fazia muito tempo que esse dinheiro estava destinado a outras despesas. Precisava comprar novas calças, pagar uma velha dívida ao sapateiro pela costura de novas gáspeas aos velhos canos das botas, encomendar três camisas e duas peças de roupa íntima, cujo nome não fica bem mencionar em linguagem impressa, em suma, todo o dinheiro tinha destino certo, e, mesmo que o diretor fosse tão benevolente a ponto de fixar quarenta e cinco ou cinquenta rublos de gratificação em vez de quarenta, mesmo assim restaria uma soma tão irrisória que, comparada ao capital necessário para a compra de um capote, não passaria de uma gota d'água no oceano. Ele sabia, é bem verdade, que Pietróvitch era dado ao capricho de pedir de repente o diabo sabe que exorbitância, a ponto de sua própria mulher não conseguir se conter e gritar: "Tá ficando maluco, seu idiota! Um dia trabalha de graça, desta vez lhe dá na telha pedir um preço que nem ele mesmo vale". Embora soubesse, é claro, que Pietróvitch faria até por oitenta rublos, no entanto o problema era onde arranjar esses oitenta rublos. A metade ainda poderia conseguir: a metade arranjaria; mas onde iria buscar a outra metade?... No entanto, é preciso que antes o leitor saiba a origem da primeira metade. Akáki Akákievitch costumava guardar meio copeque para cada rublo que gastava, depositando o economizado numa pequena caixa fechada a chave e com uma abertura na tampa para a moeda. De meio em meio ano contava as moedas de cobre acumuladas e as trocava por moedas de prata. Assim vinha fazendo havia muito tempo, de maneira que vários anos de acumulação lhe permitiram juntar uma quantia superior a quarenta rublos. Portanto, dispunha de metade da quantia; mas onde iria arranjar a outra metade? Onde iria conseguir os outros quarenta rublos? Akáki Akákievitch pensou, pensou e resolveu que precisaria diminuir os gastos comuns pelo menos durante um ano; mandar às favas o consumo de chá pelas noitinhas, deixar de acender a vela e, pre-

O capote

cisando de alguma coisa, ir ao quarto da senhoria aproveitar a claridade de sua vela; na rua, caminharia o mais macio e cuidadosamente possível pelo calçamento, quase na ponta dos pés, para não gastar precipitadamente a sola; mandaria lavar a roupa íntima o mais raramente possível e, para evitar gastá-la, iria tirá-la sempre que chegasse em casa, vestindo apenas um roupão de algodãozinho muito velho, que até o próprio tempo se encarregara de conservar. Verdade seja dita; a princípio lhe foi um tanto difícil acostumar-se a essas restrições, mas depois acabou se habituando e a coisa pareceu dar certo; aprendeu inclusive a não comer nada à noite, mas em compensação alimentava-se espiritualmente, nutrindo sua eterna ideia de um futuro capote. Desde então foi como se sua própria existência tivesse adquirido mais plenitude, como se ele houvesse se casado, como se contasse com outra pessoa a seu lado, como se não estivesse sozinho e uma simpática companheira tivesse concordado em percorrerem juntos a estrada da vida — e essa companheira não era outra senão o capote novo de algodão grosso e forro resistente. Ele se tornou de certo modo mais vivo, inclusive mais firme de caráter, como uma pessoa que já escolheu um objetivo e se definiu por ele. Do seu rosto e dos seus atos desapareceu aquela dúvida natural e a indecisão; em suma, desfizeram-se todos os traços de hesitação e indefinição. Vez por outra uma chama lhe aparecia nos olhos, as ideias mais impertinentes e ousadas passavam de relance por sua cabeça: não seria o caso de pôr marta na gola? Essas abstrações por pouco não o levaram à displicência. Uma vez, ao copiar um papel, ele esteve tão prestes a cometer erros que chegou a soltar um "oh!", e benzeu-se. Todos os meses ia pelo menos uma vez à casa de Pietróvitch para falar sobre o capote, onde era melhor comprar o pano, de que cor, a que preço e, embora meio preocupado, ele sempre regressava satisfeito para casa, pensando que finalmente chegaria o momento em que tudo seria comprado e o capote estaria pronto. O assunto tomou um curso inclusive mais rápido do que ele esperava. Contra todas as expectativas, o diretor lhe concedeu não os quarenta ou quarenta e cinco rublos, mas sessenta rublos inteirinhos. Será que o diretor pressentira que Akáki Akákievitch estava precisando de um capote, ou teria acontecido por acaso e só assim mais vinte rublos vieram lhe cair nas mãos? Essa circunstância apressou a marcha das coisas. Só mais uns dois ou três meses de um pouco de fome, e Akáki Akákievitch juntou quase exatamente oitenta rublos redondos. Seu coração, que habitualmente era tranquilo, começou a agitar-se. Logo no primeiro dia foi às compras com Pietróvitch. Compraram um pano muito bom, o que aliás não era de estranhar, uma vez que já estavam há meio ano pensando nisso e raramente passavam um mês sem ir à loja consultar os preços; e além disso Pietróvitch disse que não havia tecido melhor. Para o forro escolheram cetineta, mas uma cetineta tão boa e sólida que, segundo Pietróvitch, era até melhor do que a seda e parecia inclusive surtir mais efeito e ser mais brilhante. Não compraram marta porque era de fato muito cara; em vez dela compraram gato, mas escolheram o melhor que havia na loja, um gato que, de longe, sempre se podia confundir com marta. Pietróvitch gastou ao todo duas semanas na confecção do capote porque havia muito acolchoado, do contrário ele o teria aprontado antes. Pelo feitio Pietróvitch cobrou doze rublos — não havia como cobrar menos: tinha costurado tudo decididamente em seda, com uma costura dupla e miúda, e em cada uma delas ele correra seus próprios dentes para eliminar qualquer saliência.

Foi... é difícil dizer com exatidão em que dia, mas foi provavelmente no dia mais solene e feliz da vida de Akáki Akákievitch que Pietróvitch finalmente lhe trouxe o capote. Trouxe-o pela manhã, bem na hora em que Akáki Akákievitch devia sair para o departamento. Em nenhuma outra ocasião o capote seria mais oportuno, pois o frio já começava a assolar com bastante intensidade e parecia disposto a intensificar-se ainda mais. Pietróvitch apareceu com o capote do jeito que cabe a um bom alfaiate. Trazia estampada no rosto uma expressão de tão grande importância como Akáki Akákievitch nunca tinha visto. Dava a impressão de sentir plenamente que fizera uma grande obra e que de repente mostrava existir em si mesmo o abismo que separa os alfaiates daqueles que só sabem consertar e forrar. Tirou o capote de um pano recém-chegado da lavanderia, dobrou em seguida o pano e o meteu no bolso com o intuito de aproveitá-lo. Depois de retirar o capote, observou-o com bastante orgulho e, estendendo-o nos braços, jogou-o muito habilmente nos ombros de Akáki Akákievitch. Em seguida esticou-o, ajustou-o por trás, puxando-o para baixo, e ajustou-o com esmero sobre o corpo de Akáki Akákievitch, sem abotoá-lo. Homem de idade avançada, Akáki Akákievitch quis provar as mangas: Pietróvitch ajudou a vestir as mangas também — e as mangas também ficaram boas. Em suma, o capote saiu exatamente na medida. Diante de tudo isso, Pietróvitch não perdeu a oportunidade de dizer que só cobrara tão barato porque morava numa pequena rua onde trabalhava sem letreiro, e ainda porque conhecia Akáki Akákievitch havia muito tempo; se fosse na avenida Niévski, só o feitio teria custado setenta e cinco rublos. Akáki Akákievitch não queria discutir esse assunto com Pietróvitch e ademais temia todas as grandes quantias com que ele costumava fazer farol. Acertou as contas com ele, agradeceu-lhe e no mesmo instante saiu de capote novo para o departamento. Pietróvitch saiu atrás dele e, na rua, ainda ficou muito tempo parado, observando de longe o capote; depois caminhou deliberadamente para um lado a fim de contornar o caminho de Akáki Akákievitch por um beco curvo, retornar à rua e mais uma vez contemplar a sua obra agora de outro ângulo, isto é, de frente. Enquanto isso, Akáki Akákievitch caminhava com todos os seus sentimentos impregnados da mais festiva disposição. Em cada fração de segundo sentia o capote novo sobre os ombros, e várias vezes até deu um sorriso de satisfação interior. Ora, duas eram as vantagens: uma, que estava aquecido, outra, que era bom. Nem chegou a perceber o caminho, e de repente se viu no departamento. Tirou o capote no vestiário, examinou-o bem e deixou-o aos cuidados especiais do porteiro. Não se sabe de que modo todo o pessoal do departamento ficou logo sabendo que Akáki Akákievitch tinha um capote novo e que o *roupão* não mais existia. Todos correram no mesmo instante ao vestiário, para ver o novo capote. Começaram os parabéns, os cumprimentos, de sorte que a princípio ele se limitou a sorrir, depois passou a sentir até vergonha. Quando os colegas se chegaram a ele e começaram a lhe dizer que era preciso comemorar o novo capote ou que ele devia pelo menos dar uma festinha para eles, Akáki Akákievitch ficou totalmente perdido, sem saber o que fazer, o que responder, como escusar-se. Passados alguns minutos, ele, todo vermelho, fez menção de assegurar, de modo bastante ingênuo, que esse capote não tinha nada de novo, que aquilo não era nada de mais, que era o capote velho. Finalmente um dos funcionários, um subchefe de repartição, provavelmente com a intenção de mostrar que não nutria qualquer orgulho e se dava inclusive com subordinados, disse:

— Bem, pessoal, em vez de Akáki Akákievitch, quem vai dar a festinha sou eu. Estão todos convidados ao chá em minha casa: justo hoje é o dia do meu santo.

Como era natural, no mesmo instante os funcionários cumprimentaram o subchefe de repartição e aceitaram de bom grado o seu convite. Akáki Akákievitch quis escusar-se, mas todos começaram a lhe dizer que era descortesia, uma atitude simplesmente indelicada e vergonhosa, e ele não teve outra saída senão aceitar. Aliás, depois se sentiu satisfeito quando se lembrou de que iria ter oportunidade de passear até à noitinha de capote novo. Todo esse dia foi de fato a maior festa solene para Akáki Akákievitch.

Voltou para casa no mais feliz estado d'alma, tirou o

capote e pendurou-o cuidadosamente na parede, deleitando-se mais uma vez com o tecido e o forro, e depois, para efeito de comparação, tirou do armário o velho roupão, inteiramente em frangalhos. Olhou-o e não pôde deixar de rir: a diferença era enorme! Depois, durante a refeição, ficou muito tempo deixando escapar um sorriso dos lábios sempre que lhe vinha à memória o estado em que se encontrava o roupão. Jantou alegre, já não escreveu nada depois do jantar, nenhum papel, e ficou ali estirado na cama bancando um pouco o sibarita até escurecer. Em seguida, para não demorar, vestiu-se e jogou o capote sobre os ombros, saindo à rua. O lugar exato em que morava o funcionário que o convidara é coisa que infelizmente não sabemos: a memória começa a nos falhar drasticamente, e tudo o que existe em Petersburgo, todas as ruas e prédios se misturaram e se confundiram tanto na cabeça que ficou muito difícil trazer à lembrança alguma coisa na devida ordem. Seja como for, é certo pelo menos que o tal funcionário morava na melhor parte da cidade, logo, bem distante de onde morava Akáki Akákievitch. A princípio ele teve de passar por algumas ruas desertas, precariamente iluminadas, mas, à medida que se aproximava do quarteirão do funcionário, as ruas iam ficando mais animadas, mais povoadas e mais bem iluminadas. Os pedestres se tornavam mais frequentes, até senhoras em belos vestidos começavam a aparecer, golas de castor faziam-se notar em alguns homens, os cocheiros com seus precários trenós de madeira em treliças fixadas com pregos dourados foram rareando, dando lugar a mais e mais bravos cocheiros com seus trenós envernizados, bonés de veludo carmesim e mantas de pele de urso, e a carruagens que passavam a toda velocidade pelas ruas com suas boleias limpas e fazendo a neve ranger sob suas rodas. Akáki Akákievitch observava tudo isso como uma novidade. Havia vários anos que não saía à rua durante a noite. Parou por curiosidade diante da vitrine iluminada de uma loja, para olhar um quadro em que uma mulher bonita tirava o sapato, deixando a descoberto a perna inteira e nada feia; por trás dela, um homem de costeletas e bonita barbicha à espanhola enfiava a cabeça por uma porta entreaberta. Akáki Akákievitch meneou a cabeça e deu um leve sorriso, depois continuou em sua caminhada. Por que teria sorrido? Vira uma coisa que desconhecia totalmente, mas para a qual, não obstante, qualquer um mantém seu faro em dia? Ou, à semelhança de muitos funcionários, talvez tivesse pensado: "Ai, esses franceses! é mesmo como se diz; se querem algo assim como aquilo, então tem de ser aquilo...". Mas vai ver nem pensou nisso, pois não se pode penetrar na alma de um homem e descobrir tudo o que ele possa ter em mente. Enfim chegou ao prédio em que residia o subchefe da repartição. Este vivia folgado: tinha o apartamento no segundo andar e a escada era iluminada por uma lanterna. Ao entrar na sala de espera, Akáki Akákievitch viu filas inteiras de galochas sobre o piso. Entre elas, um samovar assobiava, soltando baforadas de vapor no meio da sala. As paredes estavam tomadas de capotes e capas, entre os quais havia até alguns com gola de castor ou lapelas de veludo. Do outro lado da parede ouviam-se ruídos e algazarra, que de repente se tornaram claros e sonoros quando a porta se abriu e um criado saiu com uma bandeja cheia de copos vazios, uma tigela de creme e uma cesta de torradas. Via-se que os funcionários estavam reunidos desde muito tempo e haviam tomado o primeiro copo de chá. Depois de pendurar seu capote, Akáki Akákievitch entrou na sala, e seus olhos vislumbraram simultaneamente velas, funcionários, cachimbos, mesas de jogo; o vozerio rápido procedente de todos os lados e o ruído de cadeiras arrastadas deixaram-no atordoado. Postou-se muito desajeitado no meio da sala, procurando e tentando imaginar o que fazer. Mas já o haviam notado; receberam-no com um grito e todos se dirigiram à sala de espera e tornaram a examinar o capote. Embora meio confuso, Akáki Akákievitch era um homem franco e não podia deixar de alegrar-se ao ver como todos elogia-

O capote

vam o capote. Depois, como era natural, todos o largaram com seu capote, voltando, como era de praxe, às mesas destinadas ao uíste. Tudo isso — o barulho, o vozerio e a multidão, tudo isso era meio esquisito para Akáki Akákievitch. Ele simplesmente não sabia como se comportar, o que fazer das mãos, dos pés e de todo o seu corpo. Por fim sentou-se junto dos jogadores, olhou as cartas, fitou um e outro no rosto e algum tempo depois começou a bocejar, a sentir que aquilo era enfadonho, ainda mais porque já fazia muito que chegara a hora em que ele costumava se deitar para dormir. Quis se despedir do anfitrião, mas não o deixaram sair, dizendo que deviam beber sem falta uma taça de champanhe para comemorar o capote novo. Uma hora depois serviram o jantar, que consistia de salada de beterraba, vitela fria, patê, doces e champanhe. Fizeram Akáki Akákievitch beber duas taças, depois do que ele começou a sentir tudo mais alegre na sala, mas não houve como esquecer que já dera meia-noite e já passava muito da hora de ir para casa. Para que o anfitrião não inventasse algum modo de retê-lo, saiu sorrateiramente, procurou na sala de espera o capote, que não sem lamentar viu estirado no chão, sacudiu-o, limpou-o bem, vestiu-o sobre os ombros e desceu a escada, saindo à rua. Na rua ainda estava claro. Algumas lojinhas, esses eternos clubes de criados e de gente de toda espécie, ainda estavam abertas; outras, apesar de fechadas, deixavam escapar um longo raio de luz por toda a fresta da porta, prova de que havia clientela e de que criados ou criadas certamente continuavam batendo papo, deixando os seus patrões perplexos sem saber onde eles se encontravam. Akáki Akákievitch caminhava num alegre estado de espírito e, sabe Deus por quê, quase chegou a correr de repente atrás de uma dama que passou como um raio a seu lado, com todas as partes do corpo num requebrado raro. No entanto parou ali mesmo e voltou a caminhar mansinho, surpreso com aquele trote que nem ele mesmo sabia de onde viera. Um pouco adiante se estenderam à sua frente aquelas ruas desertas que, se já não eram lá tão alegres de dia, muito menos de noite. Agora elas se faziam ainda mais silenciosas e ermas: o piscar dos lampiões já era mais raro, vendo-se que para este lugar se destinava menos querosene; vieram as casas de madeira, as cercas; não aparecia vivalma: só a neve cintilava nas ruas, enquanto cubículos baixinhos negrejavam adormecidos e tristes com suas janelas fechadas. Akáki Akákievitch aproximou-se do lugar em que a rua era cortada por uma praça interminável, apavorante de tão deserta, com algumas casas que mal se avistavam no lado oposto.

Ao longe, sabe Deus onde, uma luzinha tremeluzia numa guarita, que parecia estar no fim do mundo. Aqui a alegria de Akáki Akákievitch diminuiu consideravelmente. Não foi sem um temor involuntário que ele enveredou pela praça, como se seu coração pressentisse algo ruim. Olhou para trás e para os lados: um verdadeiro mar ao redor. "Não, o melhor é não olhar", pensou e continuou a caminhar, de olhos fechados, e quando os abriu para verificar se estaria perto do fim da praça, viu de repente, diante de seu nariz, alguns sujeitos de bigode, uns tipos que ele já não conseguiu distinguir como de fato eram. Sentiu a vista escurecer e o coração parar. "Acontece que esse capote é meu!" — disse um deles com a voz troante e agarrou Akáki Akákievitch pela gola. Este quis gritar por socorro, mas um outro lhe esfregou em plena boca o punho do tamanho da cabeça de um funcionário, acrescentando: "Inventa só de gritar!". Akáki Akákievitch sentiu apenas como lhe tiraram o capote, deram-lhe uma joelhada e ele caiu de costas na neve sem nada mais sentir. Ao cabo de alguns minutos voltou a si e levantou-se, porém não havia mais ninguém. Sentiu que estava frio, e sem o capote, começou a gritar, mas a voz nem parecia disposta a atingir o fim da praça. Desesperado, sem se cansar de gritar, pôs-se a correr pela praça direto para a guarita, junto à qual se postava um guarda que, apoiado em sua alabarda, parecia olhar curioso, tentando saber por que diabo uma pessoa corria de longe em sua

O capote

direção e gritava. Akáki Akákievitch correu para ele e começou a gritar em voz ofegante, dizendo que ele ficava dormindo e não vigiava nada, não via como se roubavam as pessoas. O guarda lhe respondeu que não vira nada, notara apenas que dois indivíduos o haviam retido no meio da praça, mas pensara que se tratasse de amigos seus; disse que ao invés de ficar ali berrando inutilmente, ele devia procurar o inspetor de polícia no dia seguinte, que o inspetor descobriria quem lhe roubara o capote.

Akáki Akákievitch chegou em casa em absoluta desordem: os poucos fios de cabelo que ainda lhe restavam nas têmporas e na nuca estavam desgrenhados, tinha neve grudada no peito, nos flancos e nas calças. Ao ouvir terríveis batidas na porta, a velha senhoria pulou apressadamente da cama e só com um pé calçado correu para a porta, prendendo discretamente com a mão a camisola sobre os seios, mas recuou ao abrir a porta e ver o estado de Akáki Akákievitch. Quando ele lhe contou o ocorrido, ela ergueu os braços e disse que ele devia ir direto ao distrito policial, que o inspetor do quarteirão ia engazopar, prometeria mas ficaria embromando; por isso o melhor mesmo era ele ir direto procurar o chefe do distrito, que ela inclusive o conhecia, porque Ana, a finlandesinha, sua antiga cozinheira, trabalhava agora como babá na casa dele; disse que frequentemente o via em pessoa, passando ao lado de sua casa, que ele ia todos os domingos à missa, que rezava e ao mesmo tempo olhava alegre para todas as pessoas, logo, tudo fazia crer que se tratava de um homem bom. Depois de ouvir essa sugestão, Akáki Akákievitch saiu triste para o seu quarto, e só quem pode imaginar minimamente a situação de outra pessoa é capaz de julgar como ele passou a noite.

De manhã cedo ele foi procurar o chefe do distrito, mas lhe disseram que estava dormindo; voltou às dez horas e tornaram a dizer: está dormindo; voltou às onze, e disseram: bem, o chefe não está em casa; voltou na hora do almoço,

Nikolai Gógol

mas os escreventes procuraram por todos os meios impedi-lo de entrar, querendo saber a qualquer custo de que assunto se tratava, que necessidade ele tinha de ver o chefe do distrito e que coisa tinha acontecido. De sorte que Akáki Akákievitch resolveu pelo menos uma vez na vida mostrar firmeza e disse em tom categórico que precisava falar pessoalmente com o chefe do distrito, que eles não tinham o direito de barrá-lo, que vinha do departamento tratar de assuntos públicos, que ia apresentar queixa e então eles iriam ver... Contra semelhante argumento, os escreventes nada ousaram dizer, e um deles foi chamar o chefe do distrito. O chefe do distrito acolheu com a máxima estranheza a história do roubo do capote. Em vez de fixar a atenção no ponto principal do problema, passou a interrogar Akáki Akákievitch: perguntou por que ele voltava tão tarde para casa, se não teria ido a algum lugar indecente, de tal maneira que Akáki Akákievitch ficou totalmente confuso e saiu sem saber se o caso do capote seria ou não levado aos devidos termos.

Esteve todo esse dia ausente do trabalho (o único caso em sua vida). No dia seguinte compareceu inteiramente pálido, metido no velho roupão, que estava ainda mais deplorável. A história do roubo do capote comoveu muitos dos colegas, embora houvesse quem não perdesse nem essa ocasião para zombar de Akáki Akákievitch. Resolveram imediatamente fazer uma coleta para ele, mas reuniram uma quantia ínfima, porque os funcionários já haviam gasto muito na compra de um retrato do diretor e na aquisição de um livro qualquer, sugerido pelo chefe da repartição, que era amigo do autor; portanto, só conseguiram reunir uma ninharia. Um deles, movido por compaixão, resolveu ajudá-lo pelo menos com um bom conselho: que ele não procurasse o inspetor do quarteirão, porque, mesmo que o inspetor conseguisse dar algum jeito de descobrir o capote para assim agradar à chefia, de qualquer maneira o capote ficaria com a polícia, se Akáki Akákievitch não apresentasse provas legítimas de que

O capote

o capote lhe pertencia; o melhor seria ele procurar um certo *figurão*, porque esse *figurão*, depois de entrar em contato por escrito e por via oral com quem de direito, poderia fazer o assunto caminhar com mais êxito. A Akáki Akákievitch não restou senão procurar também o *figurão*. Quem era exatamente esse *figurão* e que posto ocupava é coisa que até hoje estamos por saber. Devemos esclarecer que o *figurão* se tornara *figurão* bem recentemente e que antes disso era uma figura desimportante. Aliás, nem agora seu cargo poderia ser considerado importante se comparado a outros ainda muito mais importantes. Mas sempre se encontra um círculo de pessoas para quem se tornam importantes as coisas que aos olhos dos outros são desimportantes. Ademais, ele procurava aumentar sua importância através dos mais variados recursos: determinou que os funcionários inferiores o recebessem em plena escada, quando ele estivesse chegando ao gabinete, que ninguém se atrevesse a dirigir-se diretamente a ele, que tudo seguisse a mais rigorosa ordem: o registrador do conselho faria relatório ao secretário de província, o secretário de província ao secretário titular e este a quem mais coubesse dirigir-se, para que só então o problema chegasse até ele. Pois é, na Santa Rússia tudo está contaminado pela imitação, cada um arremeda seu chefe e banca o chefe. Conta-se até que um conselheiro titular, ao ser promovido a chefe de uma repartiçãozinha qualquer, encerrou-se numa saleta especial, que denominou "sala de presença", e colocou à porta uns contínuos de gola vermelha e galões, que levavam a mão à maçaneta da porta e a abriam para qualquer um que ali chegasse, embora a "sala de presença" comportasse a duras penas uma simples escrivaninha. O nosso *figurão* era homem de maneiras e costumes graves, majestosos mas não complicados. A severidade era o principal fundamento do seu sistema. "Severidade, severidade e severidade", costumava dizer, e ao pronunciar a última palavra olhava sempre e com muita imponência para o rosto do seu ouvinte. É bem verdade que tal coisa não tinha qualquer motivo, pois a dezena de funcionários que compunha todo o mecanismo governamental da repartição já andava suficientemente apavorada: ao avistá-lo, todos paravam de trabalhar no mesmo instante e postavam-se à espera de que ele passasse por toda a sala. Sua conversa habitual com os subordinados caracterizava-se pela severidade e se constituía quase sempre de três frases: "Que petulância é essa?", "Será que o senhor sabe com quem está falando?", "Compreende diante de quem se encontra?".

No fundo ele era uma boa alma, bom companheiro, prestativo, mas o título de general[8] o fez perder completamente a cabeça. Ao recebê-lo, ficou de certo modo confuso, perdeu o fio da meada e não mais atinou o que fazer. Quando lhe ocorria estar entre pessoas do seu mesmo nível, ainda se comportava segundo a boa praxe, como pessoa muito decente e nada tola sob muitos aspectos; mas bastava que se encontrasse num ambiente em que houvesse pessoas apenas um grau inferior ao seu para ficar simplesmente desconcertado: emudecia, e sua situação suscitava pena ainda mais porque ele mesmo sentia que poderia passar o tempo de maneira incomparavelmente mais agradável. Às vezes seu olhar deixava transparecer um forte desejo de se juntar a alguma roda ou conversa interessante, no entanto se detinha a refletir: não seria isso uma concessão muito grande de sua parte, não estaria caindo na intimidade, não iria comprometer sua importância? Dessas reflexões resultava que ele permanecia eternamente no mesmo silêncio, só vez por outra emitindo um ou outro som monossilábico, o que lhe valeu o título de chato-mor.

Foi a esse *figurão* que o nosso Akáki Akákievitch teve de procurar, e procurar no momento que lhe era mais inoportu-

---

[8] Alguns cargos no serviço público russo eram qualificados segundo a nomenclatura militar. (N. do T.)

O capote

no, bastante inconveniente, embora muito conveniente para o *figurão*. O *figurão* estava em seu gabinete numa animadíssima conversa com um velho conhecido e companheiro de infância recém-chegado, a quem não via fazia vários anos, quando levaram ao seu conhecimento que um tal de Bachmátchkin o procurava. "Quem é?" — perguntou em voz entrecortada. "Um funcionário qualquer" — responderam. "Ora! Pode esperar, a ocasião não é própria" — disse o *figurão*.

Aqui cabe dizer que o *figurão* mentiu redondamente: ele dispunha de tempo, já conversara com o amigo tudo o que tinha de conversar havia muito tempo e arrastavam a conversa com pausas bastante longas, dando palmadinhas na perna um do outro e dizendo: "Pois é, Ivan Abrámovitch", "É mesmo, Stepan Varlámovitch!". Mas, apesar de tudo, ele ordenou que o funcionário esperasse para mostrar ao amigo, homem que se afastara do serviço público havia muito tempo e arrastava a vida em sua casa numa aldeia, quanto tempo os funcionários tinham de aguardá-lo na sala de espera. Por fim, depois que se fartaram de conversar e mais ainda de calar, tragando charutos e bem acomodados em confortáveis poltronas de encosto reclinável, ele pareceu lembrar-se de repente e disse ao secretário que se achava postado junto à porta com papéis para relatório: "Ah, parece que há um funcionário aí; diga-lhe que pode entrar".

Ao ver o ar resignado de Akáki Akákievitch e seu velho uniforme, voltou-se de repente para ele e perguntou com aquela voz entrecortada e austera que treinara deliberadamente em seu quarto, a sós e diante do espelho, uma semana antes de receber o atual cargo e o título de general:

— Que deseja?

Akáki Akákievitch já sentira por antecipação a inevitável timidez, ficou meio confuso e, falando na medida em que a desenvoltura da língua lhe permitia, explicou, acrescentando o "aquilo" até mais amiúde que antes, que tinha um capote novinho em folha, mas que o haviam roubado de maneira desumana e que se dirigia a ele pedindo para interceder de algum modo, entrar em contato com o chefe de polícia e dar um jeito de encontrar o capote. Sabe Deus por quê, mas o fato é que o general achou que Akáki Akákievitch estava usando de intimidade.

— Meu caro senhor — continuou ele com voz entrecortada —, o senhor por acaso não conhece o regulamento? não sabe onde se encontra? como se encaminham as coisas? O senhor devia ter antes apresentado uma solicitação à repartição; esta a enviaria ao chefe da seção, ao chefe do departamento, depois ao secretário e então o secretário a passaria para mim...

— Mas Excelência — Akáki Akákievitch procurava reunir toda a pequena fração de presença de espírito que lhe restava, sentia que estava terrivelmente suado —, Excelência, tive a ousadia de importuná-lo porque esses secretários são aquilo... uma gente pouco confiável...

— O quê? O quê? O quê? — disse o *figurão*. — De onde lhe vêm essas ideias? Que desmandos são esses que os jovens andam cometendo contra seus chefes e superiores?! — O *figurão* pareceu não notar que Akáki Akákievitch já passava dos cinquenta anos. Portanto, se ele pudesse ser qualificado de jovem, isso só seria possível em termos relativos, isto é, se comparado com quem já estivesse na casa dos setenta. — O senhor por acaso não sabe com quem está falando? Será que não compreende diante de quem se encontra? Compreende ou não? Estou lhe perguntando. — E bateu com o pé, elevando a voz a um timbre que deixaria não só Akáki Akákievitch apavorado.

Akáki Akákievitch ficou deveras estupefato, cambaleou, tremeu todo e perdeu toda a condição de se aguentar sobre as pernas: se os contínuos não tivessem acorrido imediatamente para segurá-lo, ele teria despencado; saiu quase carregado. Quanto ao nosso *figurão*, satisfeito em ver que o efeito tinha até superado a expectativa e completamente embria-

O capote

gado pela ideia de que sua palavra podia até fazer uma pessoa desmaiar, olhou de esguelha para o amigo a fim de verificar a sua reação, e não foi sem satisfação que o viu num estado completamente indefinido, e por sua vez já começando até a sentir medo.

Como desceu a escada, como tomou a rua — nada disso Akáki Akákievitch sequer chegou a notar. Não sentia os braços nem as pernas. Nunca fora tão fortemente repreendido por um general, e ainda por cima de outra repartição. Caminhou em meio à nevasca que assobiava pelas ruas, boquiaberto, desviando-se atrapalhadamente das calçadas; seguindo o costume de Petersburgo, o vento o atacava de todos os lados, de todos os becos. Num abrir e fechar de olhos apanhou uma angina e chegou em casa aos trancos e barrancos, sem força para dizer uma só palavra; todo inchado, deitou-se na cama. Que força tem às vezes uma reprimenda devidamente passada! No dia seguinte, já estava com febre alta. Graças ao generoso auxílio do clima de Petersburgo, a doença evoluiu com mais rapidez do que se poderia esperar, e, quando o médico apareceu e lhe tomou o pulso, nada teve a fazer senão receitar uma compressa, e mesmo assim só para que o doente não ficasse sem o beneficente socorro da medicina; de resto, comunicou-lhe no mesmo instante que dentro de uns dois dias a morte era certa. Depois disso dirigiu-se à senhorita e disse:

— Quanto à senhora, não perca tempo à toa: encomende agora mesmo um caixão de pinho, porque o de carvalho ficará muito caro para ele.

Akáki Akákievitch ouviu essas palavras fatais e, se as ouviu, será que ficou arrasado, que lamentou sua malfadada vida? — nada disso sabemos, porque ele esteve o tempo todo em delírio, ardendo em febre. Apareciam-lhe visões incessantemente, cada uma mais estranha que a outra: ora via Pietróvitch e lhe encomendava um capote com umas armadilhas para ladrões que lhe apareciam incessantemente debaixo da cama, e a cada instante ele pedia à senhoria para lhe tirar um ladrão até de debaixo do cobertor; ora perguntava por que o velho *roupão* estava pendurado à sua frente se ele tinha um capote novo; ora se via diante do general, ouvindo a devida reprimenda e dizendo: "Peço desculpa, Excelência"; ora, por último, dizia as maiores blasfêmias, pronunciando as palavras mais terríveis, de tal maneira que a velha senhoria chegava inclusive a benzer-se, pois nunca ouvira nada semelhante sair daquela boca, ainda mais porque essas palavras vinham imediatamente após "sua Excelência". Depois passou a falar coisas sem qualquer nexo, de sorte que nada se podia entender; dava apenas para perceber que as palavras e ideias desordenadas giravam em torno da mesma coisa — o capote. Por fim o pobre Akáki Akákievitch entregou a alma. Não lacraram nem o seu quarto nem os seus pertences, porque, em primeiro lugar, não havia herdeiros, e em segundo, a herança era pouca demais, resumindo-se a um rolinho de penas de ganso, cinco cadernos de papel timbrado branco, três pares de meias, dois ou três botões de calças e o velho roupão já conhecido dos leitores. Para quem ficou tudo isso só Deus sabe: confesso que o narrador desta novela nem se interessou por isso.

Levaram o morto e o enterraram. E Petersburgo ficou sem Akáki Akákievitch, como se ele nunca houvesse estado ali. Desapareceu e eclipsou-se um ser que ninguém defendera, que ninguém estimara, por quem ninguém se interessara, que não chamara a atenção nem mesmo de um naturalista, desse que não perde a oportunidade de espetar com um alfinete uma simples mosca e examiná-la com um microscópio — um ser que suportara resignado os escárnios da repartição e baixou à sepultura sem nada de extraordinário, mas, apesar de tudo, que acabou tendo, ainda que bem no fim da vida, o lampejo de uma visita radiosa em forma de capote, que lhe animou por instantes a pobre vida, e sobre o qual depois se abateu uma insuportável desgraça, dessas que têm se abatido sobre os reis e senhores do mundo...

O capote

Alguns dias após a morte de Akáki Akákievitch, um contínuo foi enviado do departamento ao seu apartamento com uma ordem para que ele comparecesse imediatamente ao trabalho: o chefe exigia; mas o contínuo voltaria de mãos abanando, respondendo que ele não mais poderia comparecer, e quando lhe perguntaram "por quê?", exprimiu-se com as palavras: "Muito simples, ele morreu, foi enterrado há quatro dias". Foi assim que no departamento tomaram conhecimento da morte de Akáki Akákievitch. No dia seguinte, seu lugar já estava ocupado por um novo funcionário, bem mais alto, cuja caligrafia não era tão regular, porém bem mais inclinada e torcida.

Mas quem poderia imaginar que a história de Akáki Akákievitch não terminaria aqui, que depois de sua morte ele ainda teria alguns dias turbulentos, como uma espécie de recompensa por aquela existência que ninguém notara? No entanto, foi assim que aconteceu, e a nossa pobre história assume inesperadamente um desfecho fantástico. De repente, Petersburgo foi tomada por rumores de que nas proximidades da ponte Kalínkin e bem mais adiante começara a aparecer um defunto com aspecto de funcionário à procura de certo capote que lhe haviam roubado, e sob o pretexto do capote roubado tirava dos ombros de qualquer um, sem dar atenção a títulos e patentes, todo tipo de capote: de pele de gato, de castor, de guaxinim, de raposa, de pele de urso, em suma, qualquer tipo de couro ou pele até então inventado pelas pessoas para cobrir a própria. Um funcionário do departamento viu com seus próprios olhos o defunto e nele reconheceu Akáki Akákievitch; mas isso lhe infundiu tamanho pavor que ele saiu em disparada e por isso não pôde observá-lo bem, vendo apenas como o defunto o ameaçou de longe com o dedo em riste.

De todas as partes chegaram sem cessar queixas de que as costas e os ombros não só dos conselheiros titulares — se fosse só destes! —, mas até dos próprios conselheiros secretos, estavam sujeitas a um grave resfriado por causa dos capotes que estavam sendo tirados das pessoas durante as noites. A polícia recebeu a ordem de agarrar o defunto a qualquer custo, vivo ou morto, e castigá-lo da maneira mais severa possível para servir de exemplo a outros, e por pouco ela não conseguiu. Foi justamente o guarda de um quarteirão que, no beco Kiriúchkin, quase segurou pela gola o já consumado defunto em pleno local do crime, quando ele tentava arrancar um capote de baeta bem grossa de um músico aposentado, que outrora assobiara flauta. Agarrando-o pela gola, o guarda gritou por dois outros camaradas a quem incumbiu de segurá-lo por um instante, enquanto metia a mão no cano da bota à procura de uma tabaqueira a fim de reanimar um pouco o nariz que congelava pela sexta vez em sua existência; mas o tabaco era tão ordinário que nem o defunto conseguiu suportá-lo. O guarda, que tapara a narina direita com o dedo, mal teve tempo de tirar outra pitada com a mão esquerda, pois o morto deu um espirro tão forte que salpicou em cheio os olhos dos três. Enquanto eles levavam a mão aos olhos para esfregá-los, o morto desapareceu sem deixar vestígios, de sorte que eles ficaram sem saber nem se o tinham mesmo segurado em suas mãos. Desde então os guardas passaram a sentir tanto medo dos mortos que temiam prender inclusive os vivos, limitando-se a gritar de longe: "Ei, vá dando o fora!" — e o funcionário-defunto começou a aparecer até pelas bandas da ponte Kalínkin, causando um bocado de pavor às pessoas medrosas.

Contudo, deixamos totalmente de lado o *figurão*, que, em realidade, quase foi a causa do rumo fantástico de uma história, aliás, totalmente verdadeira. Antes de tudo, por um dever de justiça, é preciso dizer que logo depois que o pobre Akáki Akákievitch saiu arrasado pela reprimenda, ele sentiu alguma coisa assim como pena. A compaixão não lhe era estranha; seu coração era capaz de muitos gestos de bondade, embora muito amiúde o alto cargo que ocupava o impedisse de praticá-los. Tão logo o amigo visitante deixou seu gabinete, ele até se pôs a refletir sobre o pobre Akáki Akákievitch. E desde então quase todos os dias vinha-lhe à imaginação aquele funcionário pálido, que não suportara a reprimenda de um superior. A lembrança dele o deixou tão inquieto que ao cabo de uma semana tomou a decisão de mandar um funcionário à sua procura, a fim de saber como estava passando e se não haveria um meio de ajudá-lo; e, quando foi informado que Akáki Akákievitch tinha morrido de uma febre repentina, chegou até a pasmar, a ouvir a censura da consciência, e passou todo aquele dia de mau humor. A fim de se divertir um pouco e esquecer a desagradável impressão, foi à festinha de um amigo e lá encontrou companhia decente; e, o que era melhor, quase todos os presentes eram do mesmo grau hierárquico, de sorte que nada podia constrangê-lo. Isto surtiu um efeito impressionante em seu estado de espírito. Tornou-se expansivo, de conversa agradável, amável, em suma, teve uma noite muito prazerosa. No jantar tomou umas duas taças de champanhe, bebida que, como se sabe, contribuiu bastante para alegrar a pessoa. O champanhe lhe despertou a vontade de fazer várias extravagâncias: resolveu não ir de imediato para casa, mas dar uma chegadinha à casa de Carolina Ivánovna, dama, ao que parece, de origem alemã, com quem mantinha laços plenamente amigáveis. É preciso esclarecer que o nosso *figurão* já não era jovem, era um bom esposo, um honrado pai de família. Tinha dois filhos, um dos quais já trabalhava na repartição, e uma graciosa filha, de dezesseis anos e narizinho um pouco arrebitado, porém bonitinho, que todos os dias lhe beijava a mão, dizendo: "*Bonjour, papa*". Sua esposa, mulher ainda nova e inclusive nada feia, dava-lhe antes a mão para beijar e, depois de virá-la ao contrário, beijava a dele. No entanto, mesmo plenamente satisfeito com o carinho do lar, o *figurão* achou por bem arranjar uma amiga no lado oposto da cidade. Essa amiga não levava nenhuma vantagem sobre a mulher dele, não era nem mais jovem que ela; mas o mundo tem dessas coisas e não nos cabe julgá-las.

Pois bem, nosso *figurão* desceu a escada, subiu no trenó e ordenou ao cocheiro: "Para a casa de Carolina Ivánovna".

Agasalhado com bastante luxo num aquecido capote, manteve-se naquela agradável situação que não se pode imaginar para um russo, isto é, quando você mesmo não está pensando em nada, e não obstante as ideias lhe entram sozinhas na cabeça, cada uma mais agradável que a outra, não sendo preciso nem se dar ao trabalho de procurá-las. Plenamente satisfeito, relembrava todos os momentos alegres da festinha, todas as palavras que fizeram gargalhar uma pequena roda; chegava inclusive a repetir muitas delas a meia-voz e percebeu que ainda continuavam divertidas como antes, não sendo por isso de estranhar que tivesse rido à vontade. No entanto, perturbava-o de raro em raro um vento fustigante que, investindo de repente sabe Deus de onde e por que motivo, açoitava-lhe deveras o rosto, lançando-lhe flocos de neve, fazendo inflar como uma vela a gola do capote ou lançando-a de repente sobre a cabeça com uma força sobrenatural, dando-lhe assim imenso trabalho em se desvencilhar dela. De repente o nosso *figurão* sentiu que alguém o agarrava pela gola com bastante força. Voltando-se, viu um homem de baixa estatura, num uniforme velho e surrado, e não foi sem pavor que reconheceu nele Akáki Akákievitch. O funcionário tinha o rosto pálido como a neve e parecia um defunto de verdade. Mas o pavor do nosso *figurão* ultrapassou todos os limites quando viu o morto entortar a boca e, exalando pavorosamente sobre ele o cheiro de sepultura, pronunciar essas palavras:

— Ah! até que enfim! até que enfim vou te... aquilo... te agarrei pela gola! É do teu capote mesmo que estou precisando! Não intercedeste para encontrar o meu e ainda me repreendeste — então agora me dá o teu!

O pobre *figurão* por pouco não morreu. Por mais enérgico que fosse na repartição e com os inferiores em geral, e embora qualquer um, só de ver seu porte de bravo e sua figura, exclamasse: "Puxa, que enérgico!", aqui ele se comportou à semelhança de muitas pessoas de aspecto hercúleo; sentiu tamanho pavor que, não sem fundamento, chegou a temer o ataque de alguma doença. Ele mesmo tirou o capote o mais depressa que pôde e gritou feito louco para o cocheiro:

— Em disparada para casa!

Ouvindo uma voz que se costuma pronunciar em momentos decisivos e vem inclusive acompanhada de algo muito mais eficaz, o cocheiro encolheu o pescoço para qualquer eventualidade, sacudiu o chicote e disparou como uma flecha. Uns seis minutos depois o figurão já se encontrava à entrada de sua casa.

Pálido, apavorado e sem capote, ele foi para sua própria casa em vez de ir à de Carolina Ivánovna; arrastou-se a custo até o seu quarto e passou a noite bastante descontrolado, de sorte que na manhã do dia seguinte a filha lhe disse durante o chá: "Papai, tu hoje estás muito pálido". Mas ele permaneceu calado e não disse a ninguém uma só palavra a respeito do que lhe acontecera, onde estivera e para onde desejara ir.

Esse acontecimento o deixou fortemente impressionado. Passou inclusive a dizer muito mais raramente aos seus subordinados: "Que ousadia é essa, não compreende diante de quem se encontra?". E se chegava a pronunciar essas palavras, já não o fazia sem antes tomar conhecimento do que se tratava. Porém o mais notável é que desde então cessou inteiramente a aparição do funcionário defunto: pelo visto o capote do general lhe caiu perfeitamente nos ombros. Ao menos não se ouviu mais falar que andassem tirando o capote de alguém em alguma parte. No entanto, muitas pessoas enérgicas e preocupadas não queriam se acalmar de modo algum e diziam que o funcionário defunto ainda continuava aparecendo em pontos distantes da cidade. E de fato: um guarda do bairro de Kolomna viu com seus próprios olhos o fantasma saindo dos fundos de um prédio; porém, sendo por natureza um tanto fraco, tão fraco que certa vez foi derrubado por um simples porquinho adulto que saía correndo de detrás de uma casa, para a maior risada dos cocheiros que ali se encontravam, risada que custou a cada um deles um níquel para o tabaco —, pois bem, com essa fraqueza toda não ousou retê-lo e limitou-se a acompanhá-lo à distância na escuridão, até que o fantasma acabou por voltar-se de repente e, parando, perguntou: "Que é que vai querer?" — e mostrou um punho daqueles que não se encontram nem entre os vivos. O guarda respondeu "Nada" e foi tratando de dar meia-volta. Mas esse já era um fantasma bem mais alto, de bigodes enormes. Tomando, ao que parece, o rumo da ponte Óbukhov, ele desapareceu por completo na escuridão da noite.

(1842)

DIÁRIO DE UM LOUCO

Outubro, dia 3

Hoje aconteceu um incidente fora do comum. Levantei-me bastante tarde e, quando Mavra me trouxe as botas escovadas, perguntei as horas. Ouvindo que já passava muito das dez, tratei de me vestir o mais depressa possível. Confesso que não iria de jeito nenhum ao departamento se soubesse de antemão a cara azeda que o nosso chefe do departamento iria fazer. Há muito tempo ele vem me dizendo: "O que é que você tem, meu rapaz? Sua cabeça é uma eterna barafunda. Ora parece um possesso de tão agitado, ora embaralha as coisas de tal modo que nem satanás entende, escreve títulos com minúsculas, não põe data nem número". Garça maldita! O que ele tem mesmo é inveja de mim porque eu fico no gabinete do diretor limpando as penas para Sua Exa. Numa palavra, eu não iria ao departamento não fosse a esperança de ver o tesoureiro e, se calhasse, pedir àquele judeu um valezinho por conta dos meus vencimentos. Eis uma figura difícil! Para ele soltar algum dinheiro um mês adiantado é um verdadeiro deus nos acuda, é mais fácil chegar o dia do Juízo. Pode pedir, pode se arrebentar, pode esticar de necessidade que esse diabo grisalho não dá. Mas em casa até a cozinheira lhe bate na cara. Todo mundo sabe disso. Não entendo qual é a vantagem de servir no departamento. Não tem nenhum recurso. Já na administração provincial, nas câmaras cíveis e na casa da moeda a coisa é bem diferente: lá você vê um sujeito metido num canto e escrevendo. Um fraque bem ruinzinho, um focinho desses que dão até engulhos, mas em compensação que casa de campo ele aluga para morar! Que ninguém se meta a lhe servir em xícara de porcelana dourada: "Isso — costuma dizer — é presente para doutor", porque o que ele quer mesmo é um par de trotões ou uma caleche, ou um casaco de pele de castor de uns trezentos rublos. É de aparência tão suave, fala com tanta delicadeza: "Empresta a tesourinha para consertar uma peninha?", mas depena de tal modo o requerente que o deixa só de cueca. É verdade que, em contrapartida, a nossa repartição é nobre, em todos os cantos há uma limpeza que a administração provincial nunca viu: mesas de mogno e todos os chefes tratados por *vós*. E reconheço mesmo: não fosse a nobreza do serviço, eu já teria deixado o departamento há muito tempo.

Vesti meu velho capote e apanhei o guarda-chuva, porque chovia torrencialmente. Não havia ninguém na rua; apenas mulheres enfiadas em suas imensas saias, comerciantes russos sob guarda-chuvas e cocheiros que passavam diante dos meus olhos. De gente nobre, só um nosso irmão funcionário passava a passos arrastados. Encontrei-o num cruzamento de ruas. Assim que o vi, disse cá com meus botões: "Ah, não, meu caro, não é para o departamento que estás indo, estás é apressando o passo atrás daquela que vai ali na frente e olhando para as perninhas dela". Que finório é o nosso irmão funcionário! Palavra que não perde para nenhum oficial: é só passar um rabo de saia que vai logo agarrando. Estava ainda com esse pensamento na cabeça quando vi uma carruagem se aproximar da loja ao lado da qual eu passava. Reconheci-a imediatamente: era a carruagem do nosso diretor. Mas ele não precisava ir à loja, e pensei: "Na certa é a filha dele". Encostei-me na parede. O criado abriu a portinhola, e ela saiu da carruagem voando como um pássaro. Que olhares, que visão fugaz deixou de seus olhos e das sobrancelhas... Ah, meu Deus! estou perdido, totalmente per-

dido. E por que ela inventa de sair num tempo tão chuvoso?!
Agora me digam se as mulheres não sentem enorme paixão
por todos esses trapos. Ela não me reconheceu, e eu mesmo
procurei esconder-me ao máximo porque estava com um capote cheio de manchas e, além disso, de corte fora de moda.
A moda de hoje é casaco de golas longas, e eu estava com um
curto e de gola curta; além do mais, o tecido não era nada
fosco. A cadelinha dela, que não conseguiu passar pela porta a tempo, ficou na rua. Eu conheço essa cadelinha: chama-
-se Medji. Eu mal havia passado um minuto ali quando de
repente ouvi uma vozinha fina: "Olá, Medji!". Vejam só que
coisa: de quem será essa voz? Olhei ao redor e vi duas mulheres que passavam sob um guarda-chuva: uma velha, a outra bem mocinha. Mas elas já haviam passado, e no entanto
tornei a ouvir ao meu lado: "Estás em falta, Medji!". Que
diabo é isso! Vi Medji se cheirando com uma cachorrinha que
vinha atrás das mulheres. "Sim senhor! — disse eu cá comigo — mas chega; será que estou bêbado? No entanto, tenho
a impressão de que isso me acontece raramente." — "Não,
Fidèle, não é o que pensas" — e vi com meus próprios olhos
Medji pronunciando essas palavras —, "eu estive au! au! Eu
estive au, au, au! muito doente."

Ah, essa cadelinha! Confesso que fiquei muito surpreso
ao vê-la falando como gente. Mas depois de compreender bem
tudo isso, não me surpreendi mais. Em realidade, no mundo
já houve uma infinidade de exemplos semelhantes. Dizem que
na Inglaterra um peixe emergiu e pronunciou duas palavras
numa língua tão estranha que há três anos os sábios vêm procurando defini-la sem nenhum sucesso. Li ainda nos jornais
que duas vacas foram ao mercado e pediram uma libra de
chá. Mas reconheço que fiquei bem mais surpreso quando
Medji disse: "Eu te escrevi, Fidèle; mas Polkan na certa não
entregou a minha carta!". Macacos me mordam! Nunca na
vida ouvi dizer que cachorro escrevesse. Escrever corretamen-
te é coisa que só um nobre sabe. É claro que às vezes alguns

Diário de um louco

empregados dos escritórios comerciais, e até servos, escrevinham; mas sua escrita é quase mecânica: sem vírgulas, pontos ou estilo.

Isso me deixou surpreso. Confesso que desde algum tempo venho ouvindo e vendo coisas que ninguém jamais viu nem ouviu. "Deixe estar — disse a mim mesmo —, que vou sair atrás dessa cadelinha para saber quem é e o que pensa." Abri meu guarda-chuva e saí atrás das duas damas. Passamos para a rua Garókhovaia, viramos para a Mieschánskaia, de onde tomamos o rumo da Stoliárnaia e finalmente da ponte Kokúchkin e paramos diante de um grande prédio. "Esse prédio eu conheço — disse a mim mesmo. — É a casa de Zvierkov." Veja só que máquina! Quanta gente mora nela: quantas cozinheiras, quantos polacos. Enquanto isso, nossos irmãos funcionários vivem como cães, uns em cima dos outros. Aí mora também um amigo meu, um bom trombeteiro. As mulheres foram para o quinto andar. "Está bem — pensei —, não vou lá agora mas reparo o lugar, e não vou perder a primeira oportunidade que tiver."

Outubro, dia 4

Hoje é quarta-feira e por isso estive no gabinete do nosso chefe. Cheguei propositadamente mais cedo, e mãos à obra: consertei todas as penas. Nosso diretor deve ser uma pessoa muito inteligente: todo o seu gabinete está cheio de armários com livros. Li os títulos de alguns: erudição total, uma erudição com a qual nosso irmão funcionário não pode nem sonhar. Tudo escrito em francês ou alemão. A gente olha para o rosto dele: fu, quanta imponência seu olhar irradia! Nunca o ouvi pronunciar uma palavra supérflua. Só quando a gente lhe entrega algo para assinar é que ele pergunta: "Como está lá fora?" — "Úmido, Excelência!". Eh, não é páreo para o nosso irmão! Um homem de Estado. Mas percebo que ele gosta particularmente de mim. Ah se a filha também... ah, velhaco!... Mas não tem nada não, nada, cala-te boca! Li o *Ptchôlka*.[1] Eta gentinha boba, esses franceses! O que será que querem? Juro que pegaria todos eles e daria uma surra de chicote! Lá mesmo li uma interessante descrição de um baile, feita por um fazendeiro de Kursk. Os fazendeiros de Kursk escrevem bem. Depois dessa leitura percebi que já era meio-dia e meia e o nosso chefe ainda não deixara o leito. Mas por volta de uma e meia aconteceu algo que nenhuma pena é capaz de descrever. A porta se abriu, e eu, pensando que fosse o diretor, saltei da cadeira com os papéis: mas era ela, ela mesma! Santo Deus, que maneira de vestir! trajava um vestido branco, como um cisne: puxa, e que suntuosidade! E que olhar! um sol! juro que era um sol! Fez reverência e perguntou: "Papá não esteve aqui?".

Ai, ai, ai, que voz! Uma canarinha, palavra, uma canarinha! "Excelência — quis eu dizer —, não desejais que me executem, e se já quereis me executar fazei-o com vossa mão de filha de general." Mas que diabo, a língua não se mexeu e eu disse apenas: "Absolutamente". Ela olhou para mim, para os livros e deixou cair o lenço. Eu me precipitei e escorreguei no maldito do piso e por pouco não quebrei o nariz, mas consegui me equilibrar e apanhei o lenço. Santo Deus, que lenço! da cambraia mais fina, muito delicado — cheirava a âmbar genuíno, exalava uma fragrância generalícia. Ela agradeceu e sorriu levemente, de modo que seus lábios doces quase não se moveram, e depois saiu. Eu ainda permaneci uma hora, até que de repente apareceu um criado e disse: "Vá para casa, Akcenti Ivánovitch, o senhor já saiu". Não suporto a criadagem: estão sempre recostados na sala da frente e não se dão nem ao trabalho de mover a cabeça. Isso ainda não é nada: uma vez uma dessas bestas teve a ousadia de me rece-

---

[1] Trata-se do jornal *Siévernaia Ptchelá*, muito difundido na época. (N. da E.)

ber sem se levantar e ainda me ofereceu um cigarrinho. Será que você, lacaio tolo, sabe que eu sou um funcionário, que eu sou de origem nobre? Mesmo assim, apanhei o chapéu e vesti eu mesmo o capote, porque esses senhores nunca me atendem, e saí. Em casa, passei a maior parte do tempo deitado na cama. Depois copiei uns versinhos muito bons:

Sem ver meu bem por uma horinha
Pensei que havia um ano não a visse
Será que poderei viver? — eu disse
Odiando esta vida minha.

Devem ser de Púchkin.[2] À noitinha, envolvi-me no capote, saí e fui para a entrada da casa de Sua Excelência, e ali esperei muito tempo para ver se ela não sairia para tomar a carruagem e então eu daria mais uma olhadinha nela — mas nada, não saiu.

Novembro, dia 6

O chefe da seção estava furioso. Quando cheguei ao departamento ele me chamou ao seu gabinete e começou: "Diga-me uma coisa, o que é que você anda fazendo?" — "Como assim? Eu não ando fazendo nada" — respondi. — "Ora, vamos, reflita direitinho! Você já passa dos quarenta, já está na hora de criar juízo. O que você imagina que é? Pensa que não estou a par de todas as suas gracinhas? Que anda arrastando a asa para a filha do diretor? Pense só quem é! Ora, veja se se enxerga, pense só quem é! você não é nada, é um joão-ninguém! Que não tem onde cair morto! Pelo menos olhe-se no espelho, veja se com essa cara você pode pensar em

---

[2] Popríschin atribui a Púchkin versos de N. P. Nikoliov, poeta do século XVIII. (N. da E.)

tal coisa!" Diabos, ele tem cara de frasquinho de farmácia, tem na cabeça um topete feito de um tufinho de cabelos presos por uma roseta de fita, mantém a fronte erguida e pensa que só ele pode fazer tudo o que quer. Entendo, entendo perfeitamente por que ele fica tão furioso comigo. É inveja; na certa já notou os sinais de benevolência endereçados preferencialmente a mim. Pois bem, estou escarrando para ele! Grande coisa um conselheiro de Corte![3] pendura uma corrente de ouro no relógio, encomenda botinas de trinta rublos... o diabo que o carregue! Eu por acaso sou filho de algum *rasnotchínietz*,[4] alfaiate ou sargento? Eu sou um nobre. Então, eu também posso subir de posto. Ainda tenho quarenta e dois anos — estou na idade em que o serviço de verdade apenas começa. Espere um pouco, meu caro! eu também chegarei a coronel e, se Deus quiser, até a algo mais. Eu também ganharei reputação e ainda maior do que a sua. Meteu na cabeça que além de você não há mais ninguém decente? Deixe eu botar um fraque da moda feito por Rutchov,[5] pôr uma gravata com um laço igual ao da sua... e então você não vai chegar aos meus pés. Mas não tenho recursos — eis o mal.

Novembro, dia 8

Fui ao teatro. Estava passando *Filatka*,[6] o bobo russo. Ri muito. Representaram ainda um *vaudeville* com versos diver-

[3] Categoria civil de sétima classe na Rússia tsarista. (N. do T.)

[4] Intelectual não pertencente à nobreza russa. O termo surgiu em decorrência de certa diferenciação verificada em fins do século XVIII e começo do XIX no seio da intelectualidade nobre, com o surgimento de uma camada de letrados mais próxima do povo. (N. do T.)

[5] Rutchov, alfaiate de grande fama na época. (N. da E.)

[6] Peça de P. I. Grigóriev, de 1833, que apresenta um quadro da vida popular russa. (N. da E.)

tidos. Satirizava funcionários, especialmente um registrador de colégio;[7] o estilo era tão livre que não sei como a censura deixou passar. Falavam dos comerciantes, dizendo francamente que eles enganam o povo, que seus filhotes provocam escândalos e fazem de tudo para obter um título de nobreza. Tinha ainda uma quadra muito engraçada sobre os jornalistas: dizia que eles gostam de injuriar a todos e que o autor pedia a proteção do público. São muito engraçadas as peças dos autores de hoje. Gosto de ir ao teatro. É só aparecerem alguns trocados no meu bolso que não resisto e vou. Mas na nossa confraria de funcionários ainda há suínos: não há nada que faça o mujique ir ao teatro, a não ser que lhe deem a entrada de graça. Uma atriz cantou muito bem. Lembrei-me dela... ah, velhaco!... não é nada, nada... cala-te, boca.

Novembro, dia 9

Às oito horas saí para o departamento. O chefe da seção fez uma cara de quem parecia não notar a minha chegada. De minha parte, eu também fiz de conta que nada havia acontecido entre nós. Conferi os papéis. Saí às quatro horas. Passei ao lado da casa do diretor, mas não vi ninguém. Depois do almoço passei a maior parte do tempo estirado na cama.

Novembro, dia 11

Hoje estive no gabinete do nosso diretor, consertei vinte e três penas para ele, e para ela, isto é, para Sua Excelência consertei quatro penas. O nosso diretor fica satisfeito quan-

---

[7] O grau mais baixo da categoria civil no serviço público russo até 1917. (N. do T.)

do há bastantes penas. Ah! que cabeça deve ter! Está sempre calado, mas acho que examina todas as coisas na cabeça. Gostaria de saber em que ele pensa mais, o que trama naquela cabeça. Gostaria de ver mais de perto a vida desses senhores, todos esses ardis e coisas da Corte, como passam o tempo, o que fazem no seu meio — eis o que gostaria de saber! Várias vezes pensei em entabular uma conversa com Sua Exa., só que, diabos, a língua se nega a obedecer: só consegue dizer que lá fora está fazendo calor ou frio, e não sai mais nadinha de nada. Gostaria de dar uma olhadinha na sala de visitas, onde só vez por outra se vê a porta aberta, e ainda num quarto que fica depois da sala de visitas. Eta riqueza de decoração! Que espelho e porcelanas! Gostaria de dar uma olhadinha lá naquela metade onde fica ela, Sua Exa., eis onde eu gostaria! Olhar o toucador, ver todos aqueles potinhos, frasquinhos, aquelas flores sobre as quais dá até medo respirar, o vestido dela todo estendido, parecendo mais com o ar do que com um vestido. Gostaria de dar uma olhada nos aposentos... eu acho que é lá que estão as verdadeiras maravilhas, eu acho que é lá que existe aquele paraíso que não há nem no céu. Ver o banquinho onde ela bota o pezinho quando se levanta da cama, vê-la enfiando no pezinho aquela meiazinha branca como a neve... ai! ai! ai! nada mal, nada mal... cala-te, boca.

Mas hoje foi como se uma luz me tivesse iluminado: lembrei-me daquela conversa entre as duas cadelinhas que ouvi na avenida Niévski. "Isso é bom — pensei cá comigo. — Agora vou ficar sabendo de tudo. Preciso me apoderar da correspondência dessas cadelas ordinárias. Nela certamente encontrarei alguma coisa." Confesso que uma vez chamei Medji e lhe disse: "Escuta aqui, Medji, agora estamos a sós; se quiseres posso fechar a porta, de sorte que ninguém verá nada: conta-me tudo o que sabes sobre a senhorita, como ela é e como vive. Juro que não vou revelar nada a ninguém". Mas a esperta da cadela meteu o rabo entre as pernas, contraiu-

Diário de um louco

-se toda e saiu devagarzinho pela porta como se nada tivesse ouvido. Desde muito tempo eu desconfiava que o cão é bem mais inteligente do que o homem; estava até certo de que ele era capaz de falar, que apenas calava por certa teimosia. O cão é um político extraordinário; percebe tudo, todos os passos do homem. Não, custe o que custar, amanhã vou mesmo à casa de Zvierkov, interrogo Fidèle e, caso consiga, apanho todas as cartas que Medji lhe escreveu.

Novembro, dia 12

Às duas da tarde saí com o propósito de ver Fidèle sem falta e interrogá-la. Não suporto repolho: seu cheiro se espalha por todas as vendas da rua Mieschánskaia, e as casas soltam um bafo tão infernal que tive de tapar o nariz e correr a toda velocidade. Ademais, os infames dos artesãos soltam uma quantidade tão grande de fumaça e fuligem das suas oficinas que se torna completamente impossível para um nobre passear por essas bandas. Quando cheguei ao sexto andar e toquei a campainha, saiu uma mocinha nada feia, com sardas miúdas no rosto. Reconheci-a. Era aquela que acompanhava a velha. Ela corou um pouquinho, e fui logo percebendo a coisa; ah, minha cara, estás querendo um namorado. "O que o senhor deseja?" — perguntou-me. — "Preciso falar com a sua cadelinha." A mocinha era tola! logo desconfiei de que era tola. Enquanto isso a cadelinha correu aos latidos em minha direção; quis agarrá-la, mas a infame por pouco não me mordeu o nariz. Mas eu avistei a sua cestinha num canto da parede. Ah, é disso mesmo que estou precisando! Cheguei-me a ela, abri na palha um buraco do tamanho de uma caixa e, experimentando uma satisfação fora do comum, retirei um pequeno maço de papeizinhos. Ao ver o que eu fazia, a nojenta da cadela primeiro me mordeu a barriga da perna e depois, quando farejou que eu tinha me apoderado dos papéis, começou a ganir e me fazer carícias, mas eu lhe disse: "Não adianta, queridinha, adeus!" e fui logo correndo. Acho que a mocinha pensou que eu fosse um louco, porque ficou terrivelmente amedrontada. Ao chegar em casa quis logo pôr mãos à obra e tentar decifrar as cartas, porque à luz de vela minha visão é meio precária. Mas Mavra inventou de lavar o chão. Essas *tchukhonkas*[8] patetas são sempre importunas de tão limpas. Por isso saí a caminhar um pouco e ponderar sobre o ocorrido. Até que enfim agora tomarei conhecimento de todas as coisas, dos intentos, dos motivos, enfim ficarei a par de tudo. Essas cartas vão me revelar tudo. Os cães são um povo inteligente, conhecem todos os laços políticos e por isso tudo certamente estará nas cartas: o retrato e todos os assuntos relacionados com esse homem. Haverá ainda alguma coisa sobre aquela que... nada disso, cala-te, boca! Ao anoitecer cheguei em casa. Passei a maior parte do tempo estirado na cama.

Novembro, dia 13

Pois bem, vamos dar uma olhada: a escrita é bastante legível. No entanto, a caligrafia não deixa de ter alguma coisa de canino. Leiamos:

Minha querida Fidèle. Não há jeito de eu me acostumar com o teu nome pequeno-burguês. Será que não podiam ter arranjado um nome melhor para ti? Fidèle, Rosa — que tom vulgar! mas deixemos isso para lá. Estou muito contente por termos resolvido nos corresponder.

---

[8] *Tchukhonkas*: termo depreciativo para se referir às mulheres finlandesas. (N. do T.)

A escrita é muito correta. A pontuação e algumas letras antigas estão no seu devido lugar. É... com esse primor não escreve nem o nosso chefe de seção, embora ele viva dizendo que estudou numa universidade sabe-se lá de onde. Continuemos a leitura:

> *Eu acho que dividir opiniões, sentimentos e impressões com outras pessoas é a maior felicidade do mundo.*

Hum! Essa ideia foi tirada de uma obra traduzida do alemão. O título me escapa.

> *Digo isso por experiência, embora não conheça o mundo além da porta da nossa casa. Será que não gozo a minha vida? A minha senhorita, a quem o papá trata por Sófia, é louca por mim.*

Ai, ai!... não é nada, não é nada. Cala-te, boca.

> *O papá também me acaricia com muita frequência. Eu tomo chá e café com creme de leite. Ah, ma chère, devo te dizer que não vejo nenhum prazer nos ossos grandes e roídos que o nosso Polkan come na cozinha. Os únicos ossos bons são os ossos das aves, e mesmo assim quando ninguém ainda chupou seu tutano. É muito bom misturar vários molhos, mas sem alcaparras e verdura; mas eu não conheço nada pior que o costume de dar aos cães as bolinhas de miolo de pão. Qualquer indivíduo que esteja à mesa, que andou metendo as mãos em tudo quanto é porcaria, começa a amassar o pão com essas mesmas mãos, chama a gente e nos mete entre os dentes uma bola de pão. Recusar é meio indelicado e por isso a gente come: com nojo, mas come...*

Historinha dos diabos! Que absurdo! Como se não tivessem melhor assunto para tratar. Vejamos a outra página. Talvez tenha algo mais interessante.

É de muito bom grado que me disponho a te informar sobre tudo o que acontece aqui em casa. Eu já te falei alguma coisa sobre a figura principal a quem Sófia chama de papá. É um homem muito estranho.

Ah, até que enfim! Eu bem sabia que eles tinham opinião política sobre todas as coisas. Vejamos o que é esse papá:

... um homem muito estranho. Passa a maior parte do tempo calado. Fala muito raramente; mas há uma semana não parava de falar sozinho: "Vou ou não vou receber?". E punha a mão em um papel, estendia a outra vazia e dizia: "Vou ou não vou receber?". Uma vez se dirigiu até a mim e perguntou: "O que achas, Medji, vou ou não vou receber?". Não consegui entender nada de nada nada, cheirei-lhe as botas e saí. Uma semana depois, ma chère, o papá chegou muito contente. Passou a manhã inteira recebendo visitas de certos senhores uniformizados, que o felicitavam por alguma coisa. Almoçou com uma alegria que eu nunca tinha visto, contou piadas, depois do almoço ergueu-me no colo e disse: "Olha o que eu tenho, Medji". Vi uma fita qualquer. Dei uma cheirada, mas francamente não senti cheiro nenhum; por fim dei uma lambidinha: era um pouco salgada.

Hum! Acho que essa cachorrinha está exagerando demais... para não ser castigada! Ah! então ele é ambicioso! Preciso levar isso em conta.

Diário de um louco

Adeus, ma chère! *Estou com muita pressa etc... etc... Amanhã termino a carta. Olá! Estou novamente contigo. Hoje a minha senhorita Sófia...*

Ah! Vamos ver o que há com Sófia. Ah, que velhacaria! Mas não é nada não... continuemos.

... a minha senhorita Sófia esteve hoje no maior dos alvoroços. Ia a um baile e eu fiquei contente porque na ausência dela podia te escrever. Minha Sófia sempre morre de alegria quando vai a bailes, embora quase sempre se zangue enquanto se veste. Eu, ma chère, *não consigo entender de modo algum como se pode ter prazer em ir a um baile. Sófia chega dos bailes às seis da manhã, e, por sua aparência pálida e delgada, eu quase sempre percebo que lá não deram de comer à pobrezinha. Confesso que eu nunca poderia viver assim. Se não me dessem molho de perdiz ou cozido de asas de galinha assada... não sei o que seria de mim. Gosto ainda de molho de trevo. Mas cenoura, nabo ou alcachofra, isso nunca vai ser gostoso.*

Estilo extremamente desigual. Logo se vê que não foi gente que escreveu. Começa como manda o figurino, mas termina em cachorrada. Vejamos mais uma cartinha. Esta é meio longa. Hum! Está sem data.

Ah, minha querida, como eu sinto aproximar--se a primavera! Meu coração bate como se estivesse sempre esperando alguma coisa. Há um eterno ruído em meus ouvidos. Por isso passo alguns minutos à escuta junto à porta, de pata levantada. Confesso-te que tenho muitos cortejadores. Frequentemente eu os observo sentada na soleira da janela. Ai, se tu soubesses que horrorosos há entre eles! Há um cão de guarda muito patudo, terrivelmente tolo, tem a tolice estampada na cara; anda pela rua todo posudo, imaginando-se uma figura ilustríssima e pensando que todo mundo tem o olhar fixo nele. Não é nada disso. Não prestei nenhuma atenção nele, como se não o tivesse notado. Mas que dogue medonho para diante de minha janela! Se ele se erguesse nas patas traseiras, o que o grosseirão certamente não sabe mesmo fazer, ficaria um palmo mais alto que o papá de minha Sófia, que também é bastante alto e gordo. Esse pateta deve ser um tremendo descarado. Rosnei para ele, mas ele nem ligou. Tivesse pelo menos franzido a testa! Botou a língua de fora, levantou as enormes orelhas e ficou olhando para a janela — um mujique! Será possível que tu, ma chère, penses que meu coração é indiferente a todos os galanteios? — ah, não!... Se tu visses um cavalheiro chamado Trezor, que pula o muro da casa vizinha! Ah, ma chère, que focinho!

Arre, com os diabos!... Quanta bobagem!... Como é possível encher cartas com essas besteiras? Gente é o que me interessa! Quero ver gente; exijo alimento, aquele capaz de saciar e deliciar a minha alma: mas em vez disso me vêm essas bobagens... Pulemos uma página; quem sabe não virá outra melhor...

... Sófia cosia alguma coisa sentada ao lado de uma pequena mesa. Eu olhava a rua pela janela, porque gosto de observar as pessoas que passam. De repente entrou o criado e disse: "Tieplov" — "Peça que entre", gritou Sófia e correu a me abraçar: "Ah, Medji, Medji, Medji! Se tu soubesses de quem se trata: um cadete, moreno, e que olhos! Negros e

*límpidos como o fogo!". E Sófia correu para o seu
quarto. Um minuto depois entrou o jovem cadete,
de costeletas negras: chegou-se ao espelho, ajeitou
os cabelos e examinou a sala. Rosnei e me sentei no
meu lugar. Sófia apareceu logo em seguida e fez
uma alegre reverência diante do rapapé dele; e eu,
como se nada estivesse vendo, continuei a olhar a
rua pela janela; no entanto inclinei um pouco a cabeça para um lado e procurei escutar o que eles conversavam. Ah,* ma chère, *que conversa mais absur-
da! Falavam de uma senhora que ao dançar tinha
feito uma figura em vez de outra; de um tal de Bo-
bov, que com os folhos no peitilho da camisa ficara parecido a uma cegonha e por pouco não levara
um tombo; de que uma tal Lídina, que imaginava
ter olhos azuis quando na realidade tinha olhos verdes — e assim por diante. E pensei comigo mesma:
já imaginou se fôssemos comparar o cadete com
Trezor? Céus! Que diferença! Em primeiro lugar, o
cadete tem a cara completamente lisa e larga, ro-
deada por costeletas, como se ele tivesse envolvido um lenço preto nela; Trezor, ao contrário, tem
um focinho delicado e uma mecha branca bem na
testa. Nem se pode comparar a cintura de Trezor
à do cadete. E os olhos, as maneiras — nenhuma
semelhança. Oh, que diferença! Não sei o que ela
pôde ver nesse cadete. Por que será que anda tão
fascinada?...*

A mim me parece que alguma coisa aí não bate. Não é
possível que um cadete possa deixá-la tão encantada. Vejamos mais um pouco:

*Acho que se esse cadete estiver agradando, lo-
go chegará o momento em que até aquele funcioná-*

rio que fica no gabinete do papá vai agradar. Ah,
ma chère, *se tu soubesses que horroroso! Uma verdadeira tartaruga encasacada...*

Que funcionário será esse?...

*Ele tem um sobrenome estranhíssimo. Está
sempre sentado, consertando penas. Os cabelos da
cabeça se parecem muito com feno. O papá sempre
o manda aos lugares no lugar do criado...*

Tenho a impressão de que essa cadelinha reles está alu-
dindo a mim. Que história é essa de que meus cabelos são
parecidos com feno?

*Sófia não consegue conter o riso quando olha
para ele.*

Estás mentindo, cadelinha maldita. Que língua vil! Como se eu não soubesse que isso é inveja. Como se eu não soubesse de onde vêm esses mexericos. São coisas do chefe da
seção. Ora, ele me jurou ódio figadal, e aí está — me prejudicando aqui, me prejudicando ali, não para de prejudicar.
Porém vejamos mais uma carta. Nela a coisa talvez se desven-
de por si mesma.

Ma chère *Fidèle. Desculpa por ter ficado tanto tempo sem escrever. Andei tomada de um completo êxtase. Um escritor teve plena razão quando
disse que o amor é a segunda existência. Ademais
temos atualmente grandes mudanças em casa. Agora o cadete vem aqui todos os dias. Sófia está lou-
camente apaixonada. O papá está muito contente.
Cheguei inclusive a ouvir do nosso Gregório, o fa-
xineiro que está quase sempre falando sozinho, que*

Diário de um louco 61

*o casamento é para breve; porque papá quer porque
quer ver Sófia casada com um general, um cadete
ou um coronel militar.*[9]

Diabos! não dá para ler mais... É sempre um cadete ou
um general. Tudo o que há de melhor no mundo fica sempre
para um cadete ou um general. Você encontra uma pobre riqueza, acha que está ao alcance de suas mãos, mas aí aparece um cadete ou um general e leva tudo. Diabos! Quisera eu
ser um general, não para ganhar a mão dela ou outras coisas.
Não; gostaria de ser um general somente para vê-los metidos
em embrulhadas e fazendo essas brincadeiras e sutilezas da
Corte para depois dizer-lhes que estou escarrando para os
dois. O diabo que os carregue! Dá nojo! Peguei as cartas da
cadelinha tola e rasguei-as em pedacinhos.

Dezembro, dia 3

Não pode ser. É conversa fiada! Não vai haver casamento! E daí que ele seja um cadete? E daí? Isso é só um mérito,
não algo visível que se possa apalpar. O fato de ser cadete não
vai lhe acrescentar um terceiro olho na cara. Ora, o nariz dele
não é de ouro, é igual ao meu e ao de todo mundo; com o
nariz ele cheira, não come; espirra, não tosse. Eu já procurei
várias vezes entender a razão dessas diferenças. Por que eu
sou conselheiro titular e por que diabo sou conselheiro titular? Vai ver que eu sou um conde ou um general, apenas parecendo conselheiro titular! Talvez eu mesmo não saiba quem
sou. Ora, quantos exemplos nos dá a história! Uma pessoa
modesta, já não digo um nobre, mas simplesmente alguém da
baixa classe média ou até um camponês, e de repente se des-

[9] Aqui se usa o termo "coronel militar" para distingui-lo dos títulos
militares usados no serviço público russo. (N. do T.)

cobre que se trata de um alto dignatário e às vezes até de um soberano. Se do meio dos mujiques saem às vezes figuras desse tipo, que dizer então do meio nobre? E se, por exemplo, eu apareço de repente em uniforme de general: dragona no ombro direito, dragona no ombro esquerdo, uma fita azul sobre o ombro — hein? aí eu quero ver a cara da minha beldade! O que dirá o papá, nosso diretor! Oh, esse é um grande ambicioso! Um maçom, um rematado maçom, embora finja ser isso, ser aquilo, mas eu logo percebi que era maçom: se ele dá a mão a alguém, estira apenas dois dedos. Eu por acaso não posso ser agora mesmo promovido a governador-geral, intendente ou a outro título qualquer? Eu só queria saber uma coisa: por que eu sou conselheiro titular? Por que logo conselheiro titular?

Dezembro, dia 5

Passei toda a manhã de hoje lendo jornais. Coisas estranhas estão acontecendo na Espanha.[10] Nem cheguei a entendê-las direito. Escrevem que o trono está vago e os mandatários, em dificuldades para escolher o herdeiro, o que está provocando revoltas. Isso me parece estranho demais. Como é que o trono pode estar vago? Dizem que uma certa dona deve subir ao trono. Uma dona não pode subir ao trono. De jeito nenhum. Quem deve ocupar o trono é o rei. É, mas dizem que está faltando rei. — É impossível que não haja rei. O Estado não pode passar sem o rei. O rei existe, só que está incógni-

---

[10] Trata-se dos acontecimentos que se sucederam após a morte de Fernando VII, em 29 de setembro de 1833. Subiu ao trono a sua filha Isabel II, de três anos de idade. Dom Carlos, irmão do rei, chefe do partido reacionário dos carlistas, contestou o direito de Isabel ao trono e se proclamou pretendente. Começou a guerra civil entre carlistas e liberais. Esperava-se intervenção da Inglaterra e da França nos assuntos espanhóis, mas ambas as partes se abstiveram. (N. da E.)

Diário de um louco

to em algum lugar. É bem provável que ele esteja lá mesmo, mas alguns motivos familiares ou temores diante de potências vizinhas — a França e outros países — o obriguem a esconder-se; ou talvez haja outros motivos.

Dezembro, dia 8

Eu já estava quase querendo ir ao departamento, mas diversos motivos e reflexões me retiveram. Não havia como tirar da cabeça as notícias da Espanha. Como é que uma dona pode chegar a ser rainha? Isso não vai ser permitido. A Inglaterra, em primeiro lugar, não vai permitir. Além disso, há os problemas políticos de toda a Europa: o imperador da Áustria, o nosso soberano... Confesso que esses acontecimentos me deixaram tão arrasado e transtornado que passei o dia todo sem conseguir me ocupar decididamente de nada. Mavra me observou que durante o almoço eu estive distraído demais. E de fato; parece que na distração joguei dois pratos ao chão e estes se espatifaram. Depois do almoço fui às colinas.[11] Nada de instrutivo. Passei a maior parte do tempo deitado na cama, matutando sobre os problemas da Espanha.

Ano 2000, 43 de abril

Hoje é o dia da mais grandiosa festa! A Espanha tem rei. Ele foi encontrado. Este rei sou eu. E só hoje é que vim a saber. Confesso que me senti como se de repente um raio me houvesse iluminado. Não entendo como pude pensar e imaginar-me conselheiro titular. Como pôde me ocorrer essa ideia extravagante? Ainda bem que até hoje não deu na telha de ninguém me internar num manicômio. Agora tudo se abre

---

[11] Trata-se das colinas de neve para a prática do esqui. (N. da E.)

diante de mim. Agora eu vejo tudo como na palma da minha mão. O que havia antes não entendo, antes tudo me parecia mais ou menos nebuloso. E tudo isso, acho eu, acontece porque as pessoas imaginam que o cérebro humano está situado na cabeça; nada disso: o vento é quem o traz das bandas do mar Cáspio. De início anunciei a Mavra quem sou eu. Quando ela soube que se encontrava diante do rei de Espanha, sacudiu os braços e por pouco não morreu de medo. Ela, coitada, nunca tinha visto o rei de Espanha. Mas eu procurei acalmá-la e tentei, com palavras afáveis, assegurar-lhe a minha benevolência e dizer que não sentia nenhuma raiva pelo fato de ela às vezes me limpar mal as botas. É uma gente ignorante. Não podemos lhe falar de matérias elevadas. Ela teve medo porque acreditava que todos os reis de Espanha fossem semelhantes a Filipe II.[12] Mas eu lhe expliquei que entre mim e Filipe não há qualquer semelhança e que eu não tenho nenhum capuchinho... Não fui ao departamento. Que fique com o diabo! Não, meus caros, agora vocês não me pegam mais; não vou mais copiar os seus papéis nojentos!

Martubro, dia 86
Entre o dia e a noite

Hoje apareceu o nosso administrador dizendo que fosse ao departamento, porque já fazia mais de três semanas que eu não ia ao meu emprego. Fui ao departamento a fim de pregar uma peça. O chefe da seção pensava que eu fosse lhe fazer reverência, pedir desculpas; mas olhei para ele com indiferença, não com muita ira nem com muita benevolência, e me sentei no meu lugar como se não estivesse vendo ninguém. Fiquei olhando para toda a canalha da chancelaria e

---

[12] Filipe II (1527-1598), rei de Espanha, famoso por sua ferocidade. (N. da E.)

pensando: "O que aconteceria se vocês soubessem quem está aqui... Céus! seria um deus nos acuda, e o próprio chefe da seção começaria a me fazer reverência até a cintura da mesma forma que atualmente o faz diante do diretor". Colocaram uns papéis na minha mesa para que eu fizesse um extrato. Mas eu não movi um dedo. Passados alguns minutos começou o corre-corre. Disseram que o diretor estava chegando. Muitos funcionários correram aos encontrões a fim de aparecerem diante dele. Mas eu nem me mexi. Quando ele passou pela nossa seção todos abotoaram os seus fraques; mas eu não dei a mínima atenção. Qual diretor! Eu, me levantar diante dele — nunca! Que diretor é ele? É uma rolha, e não um diretor. Uma rolha comum, uma simples rolha e nada mais. Dessas de tampar garrafa. O que achei mais engraçado foi quando me trouxeram um papel para assinar. Pensavam que eu ia assinar bem embaixo da folha: fulano de tal, chefe de seção, não era? Mas eu peguei e, no lugar mais importante, em que assina o diretor do departamento, assinei: "Fernando VIII". Era preciso ver o silêncio reverente que reinou; mas eu apenas fiz sinal com a mão, dizendo: "Não quero nenhum sinal de vassalagem!" — e saí. E fui direto à casa do diretor. Ele não estava. O criado tentou impedir minha entrada, mas eu lhe disse uma que ele desanimou. Fui direto ao banheiro. Ela estava diante do espelho, deu um salto e recuou. Eu, entretanto, não lhe disse que era o rei de Espanha. Disse apenas que ela tinha pela frente uma felicidade que nem podia imaginar e que, apesar das intrigas dos inimigos, nós iríamos viver juntos. Não tive vontade de dizer mais nada e saí. Oh, a mulher — que criatura pérfida! Só agora pude entender o que é a mulher. Até hoje ninguém sabia por quem ela está apaixonada: eu fui o primeiro a descobri-lo. A mulher está apaixonada pelo diabo. Não estou brincando. Os físicos escrevem bobagens, dizendo que é isso, que é aquilo — mas ela só gosta do diabo. Vejam-na olhando de luneta do camarote de primeira classe. Vocês pensam que ela está olhando para aquele gorducho com a estrela no peito! Nada disso; está olhando para o diabo que está atrás dele. Olhem, agora ele se escondeu na estrela do gorducho. Vejam-no fazendo de lá sinal com o dedo para ela! E ela vai se casar com ele. Vai. Olhem para todos esses aqui, pais de funcionários, todos esses que andam se desfazendo em bajulações a torto e a direito e fazendo das tripas coração para chegar à Corte dizendo que são patriotas, mais isso, mais aquilo: o que eles querem é renda, renda é o que querem esses patriotas! Por dinheiro vendem o pai, a mãe, Deus... esses ambiciosos, judas! Toda essa ambição e mais ambição vem de uma pequena bolha que têm debaixo da língua com um vermezinho do tamanho da cabeça de um alfinete, tudo feito por um certo barbeiro que mora na rua Garókhovaia. Não me lembro como se chama; mas se sabe de fonte fidedigna que ele e uma parteira querem percorrer o mundo afora difundindo o maometismo, e por isso andam dizendo que a maioria do povo francês já professa a religião de Maomé.

Nenhuma data
O dia não tinha data

Andei incógnito pela avenida Niévski. Passava o soberano imperador. Toda a cidade tirou o chapéu e eu também; no entanto, não dei nenhum sinal de que sou o rei de Espanha. Achei inconveniente declarar-me ali, na presença de todos, porque o meu augusto colega certamente perguntaria por que o rei de Espanha até agora não se havia apresentado à Corte. De fato, preciso antes me apresentar à Corte. Só me detive pelo fato de até hoje eu ainda não possuir traje real. Se arranjasse ao menos algum manto. Tive vontade de encomendá-lo a um alfaiate, mas são todos uns rematados asnos, e além disso são totalmente relaxados com o trabalho, meteram-se em negociatas e passam a maior parte do tempo calçando as ruas com pedras. Resolvi fazer um manto do meu uniforme novo, que vesti apenas duas vezes. Mas, para evitar que esses canalhas possam estragá-lo, resolvi eu mesmo costurá-lo e fechei bem a porta para que ninguém visse. Cortei--o todo à tesoura porque era preciso refazê-lo por completo e deixar o pano todo com o formato de caudinhas de arminho.

> *Do dia não me lembro. Mês também não havia.*
> *Havia o diabo sabe o quê*

O manto está inteiramente pronto e costurado. Mavra deu um grito quando eu o vesti. No entanto ainda não ouso apresentar-me à Corte. Até agora não chegou a deputação da Espanha. Sem deputados não é conveniente. Minha dignidade seria nula. Aguardo a chegada deles a qualquer momento.

> *Dia 1º*

Sinto-me apreensivo com a extrema lentidão dos deputados. Certos motivos poderiam retê-los. Será a França? Aliás, ela é a potência que mais cria empecilhos. Fui ao correio me informar se não haviam chegado os deputados espanhóis. Mas o diretor dos correios é tolo ao extremo, não sabe de nada: não, disse, aqui não há nenhum deputado espanhol, mas se o senhor quiser escrever alguma carta, nós despacharemos de acordo com o curso oficial. — Diabos! Carta para quê? Carta é absurdo. Carta é coisa de farmacêuticos...

> *Madri, 30 de fevereiro*

Eis-me, pois, na Espanha, e isso aconteceu com tanta rapidez que quase não me dei conta. Hoje pela manhã apareceram-me os deputados espanhóis e tomei a carruagem com eles. Pareceu-me estranha a velocidade incomum. Viajamos com tanta rapidez que em meia hora chegamos à fronteira espanhola. Aliás, todas as estradas da Europa são atualmente de ferro, e os navios andam a uma velocidade extraordinária. País esquisito essa Espanha: quando entramos na primeira sala, vi uma infinidade de pessoas de cabeças raspadas. Mas percebi que deviam ser dominicanos ou capuchinhos, porque eles raspam a cabeça. Pareceram-me demasiadamente esquisitos os modos do chanceler do Estado, que me conduziu pela mão; empurrou-me para dentro de um pequeno quarto e disse: "Fica aí sentado e, se disseres que és o rei Fernando, eu acabo com essa tua vontade". Mas eu, sabendo que isso não passava de uma tentação, respondi negativamente, pelo que o chanceler me bateu duas vezes com o bastão nas costas, e doeu tanto que quase cheguei a gritar, porém me contive quando me lembrei de que se tratava de um costume da cavalaria aplicado a pessoas que assumem altos postos, porque até hoje os costumes da cavalaria ainda vigoram na Espanha. Depois que fiquei só resolvi me dedicar a assuntos de Estado. Descobri que a China e a Espanha são exatamente o mesmo território e só por ignorância são considerados Estados diferentes. Aconselho a todos que escrevam num papel a palavra Espanha para verem como vai aparecer China. Mas fiquei muito amargurado com o que vai acontecer amanhã. Amanhã, às sete da manhã, acontecerá um fenômeno esquisito: a Terra pousará na Lua. Até o famoso químico inglês Wellington escreveu sobre isso. Confesso que senti o coração aflito quando imaginei a suavidade incomum e a fragilidade da Lua. Ora, a Lua costuma ser feita em Hamburgo; e muito malfeita. Surpreende-me que a Inglaterra não dê atenção a isso. É um tanoeiro manco que a faz, e logo se vê que o idiota não tem nenhuma noção do que seja a Lua. Botou uma corda alcatroada com uma porção de óleo de baixa qualidade, e por isso lá está ela, pairando medonha sobre toda a Ter-

Diário de um louco

ra, fazendo as pessoas taparem o nariz. E por ser a Lua uma bola tão macia é que lá as pessoas não encontram meio de viver e só narizes vivem atualmente. É por isso que nós mesmos não podemos ver os nossos narizes, pois todos eles estão na Lua. E quando imaginei que a Terra é uma matéria pesada e que, pousando na Lua, poderia esmagar os nossos narizes, senti-me presa de tamanha intranquilidade que, depois de calçar meias e sapatos, saí às pressas para a sala do conselho de Estado a fim de ordenar que a polícia impedisse a Terra de pousar na Lua. Os capuchinhos, que encontrei em grande número na sala do conselho de Estado, são pessoas muito inteligentes, e quando eu disse: "Senhores, salvemos a Lua, porque a Terra quer pousar sobre ela", todos começaram no mesmo instante a pôr em execução a minha vontade real; muitos deles subiram pelas paredes a fim de pegar a Lua com a mão; mas nesse momento entrou o grande chanceler. Ao vê-lo, todos correram. Eu, como rei, fiquei só. Mas, para a minha surpresa, o chanceler me golpeou com o bastão e me obrigou a ir para o quarto. São muito poderosos os costumes populares na Espanha!

Janeiro do mesmo ano,
que veio depois de fevereiro

Até hoje não consigo entender que espécie de país é a Espanha. Os costumes populares e as etiquetas da Corte são absolutamente singulares. Não entendo, não entendo, não entendo decididamente nada. Hoje me rasparam a cabeça, embora eu gritasse com todas as forças que não queria ser monge. Mas não consigo nem me lembrar do que aconteceu comigo quando começaram a pingar água gelada na minha cabeça. Inferno como esse eu nunca tinha experimentado. Eu estava a ponto de ter um ataque de fúria, de sorte que a muito custo conseguiram me conter. Não entendo patavina o que significa esse terrível costume. É um costume tolo, absurdo! Para mim é inconcebível a imprudência dos reis que até agora não acabaram com ele. Julgo todas as probabilidades e fico matutando: será que caí nas mãos da Inquisição e aquele que tomei por chanceler não é o Grande Inquisidor em pessoa? Só que continuo a não entender como pôde o rei sujeitar-se à Inquisição. Isso, é verdade, podia acontecer com a França e principalmente com Polignac.[13] Oh, esse Polignac é um finório! Jurou que iria me prejudicar até a morte. E eis que não para de me perseguir; mas eu sei, meu caro, que você é manipulado pelos ingleses. Os ingleses são grandes políticos. Andam sempre com suas artimanhas. Todo o mundo sabe que quando a Inglaterra cheira rapé a França espirra.

Dia 25

Hoje o Grande Inquisidor veio ao meu quarto. Porém, ao ouvir os seus passos ainda de longe, eu me escondi debaixo duma cadeira. Vendo que eu não estava, ele começou a me chamar. Primeiro gritou: "Popríschin!" — e eu calado. Depois: "Akcenti Ivánov! conselheiro titular! Fidalgo!" — e eu sempre calado. "Fernando VIII, rei de Espanha!" — Eu quis botar a cabeça de fora, mas pensei: "Ah, não, meu caro, não vais me engazopar! Eu te conheço: vais querer jogar novamente água fria na minha cabeça". Mas ele me viu e me tirou a pauladas de debaixo da cadeira. O maldito do bastão dói demais. Mas tudo isso me foi compensado pela descoberta que fiz: fiquei sabendo que todo galo tem uma Espanha escondida debaixo das penas. No entanto o Grande Inquisidor deixou meu quarto enfurecido e ameaçando me castigar. Mas eu desprezei totalmente a sua fúria impotente, porque

---

[13] Jules Armand Polignac (1780-1847), político reacionário francês, ministro de Carlos X, deposto pela revolução de 1830. (N. da E.)

sabia que ele age como uma máquina, como um instrumento dos ingleses.

Di 34 a, Ms oan' Fevereiro 349

Não, não tenho mais forças para suportar. Deus! o que eles estão fazendo comigo?! Estão despejando água gelada na minha cabeça! Não dão atenção, não me veem, não me ouvem. Que mal eu lhes fiz? Por que me maltratam? O que querem do pobre de mim? O que lhes posso dar? Eu não tenho nada. Estou sem forças, não posso suportar todos os sofrimentos, minha cabeça arde e tudo diante de mim está rodando. Me salvem! me levem! me tragam uma carruagem com uma troica de cavalos velozes como um turbilhão! Senta-te, meu cocheiro, tilinta, minha sineta, empinem, cavalos, e me levem deste mundo! Em frente, em frente, para que não se veja nada, nada. Eis o céu cobrindo-se de nuvens vaporosas à minha frente: uma estrelinha cintilando ao longe; a floresta passando com as árvores negras e com a Lua; a neblina plúmbea se estendendo no chão; uma corda de um instrumento soando na neblina; de um lado, o mar, do outro, a Itália; lá estão as isbás russas à vista. Será a minha casa que azula ao longe? Será minha mãe aquela que está sentada junto à janela? Mãezinha, salva o teu pobre orfãozinho! Deixa cair-lhe uma lágrima na cabeça doente! Olha como eles o maltratam! Estreita em teus braços o teu pobre filhinho! o mundo não é para ele! perseguem-no! — Mãezinha! tem pena de teu filhinho doente!... Sabiam que o bei argelino tem um galo bem debaixo do nariz?

(1835)

O NARIZ

1

No dia 25 de março houve em Petersburgo um incidente inusitadamente estranho. O barbeiro Ivan Yákovlievitch, que mora na avenida Voznessiênski (seu sobrenome desapareceu, e até na tabuleta onde aparece um cidadão com as faces cheias de sabão e a inscrição "e também se sangra" não se lê mais nada); o barbeiro Ivan Yákovlievitch acordou bem cedo e sentiu o cheiro de pão quente. Soerguendo-se um pouco na cama, viu que sua mulher, dama de bastante respeito, grande apreciadora de café, tirava do forno o pão que acabava de assar.

— Prascóvia Óssipovna, hoje não vou tomar café — disse Ivan Yákovlievitch —, em vez disto quero um pãozinho quente com cebola.

(Isto é, Ivan Yákovlievitch queria era ambas as coisas, mas sabia ser completamente impossível exigir duas coisas ao mesmo tempo, pois Prascóvia Óssipovna não gostava nada desses caprichos.) "Que o imbecil coma pão, para mim é até melhor — pensou a esposa de si para si —, sobrará mais uma porção de café." E atirou um pão sobre a mesa.

Por questão de decoro, Ivan Yákovlievitch pôs um fraque por cima da camisa e, sentando-se à mesa, descascou duas cebolas, polvilhou-as de sal, pegou uma faca e, com ar imponente, começou a cortar o pão. Cortou o pão ao meio, olhou o miolo e, para a sua surpresa, notou uma coisa esbranquiçada. Ivan Yákovlievitch cutucou cuidadosamente a coisa com a ponta da faca e apalpou-a. "É dura! — disse para si mesmo —, o que será?"

Enfiou o dedo e puxou — um nariz!... Ivan Yákovlievitch ficou boquiaberto; pôs-se a esfregar os olhos e apalpou a coisa: um nariz, um nariz de verdade! E ainda parecia ser de algum conhecido. O pavor estampou-se em seu rosto. Mas esse pavor não era nada diante da fúria que tomou conta de sua esposa.

— De onde você arrancou esse nariz, seu animal? — gritou ela furiosa. — Vigarista! beberrão! Eu mesma vou te denunciar à polícia. Bandido! Já ouvi de três pessoas que, quando você está barbeando, mexe tanto nos narizes que a custo eles ficam no lugar.

Mas Ivan Yákovlievitch estava mais morto do que vivo. Sabia que aquele nariz não era de outra pessoa senão do assessor de colegiado Kovaliov, que ele barbeava todas as quartas e domingos.

— Espere, Prascóvia Óssipovna! Vou envolvê-lo num trapo e colocá-lo naquele canto: que fique algum tempo lá; depois eu o levarei.

— Não quero nem ouvir falar nisso! E eu vou deixar que um nariz amputado fique no meu quarto?... Socarrão de uma figa! Seu patife, depravado; a única coisa que sabe fazer é passar a navalha no afiador, mas logo chegará o dia em que não será mais capaz de cumprir sua obrigação. E eu que responda à polícia por você, é?... Porcalhão, toupeira estúpida! Fora com ele daqui! fora! Leve-o para onde quiser! Que não fique nem cheiro dele aqui!

Ivan Yákovlievitch parecia arrasado. Tentava, tentava pensar — e não sabia o que pensar. "O diabo sabe como isso aconteceu — disse finalmente, coçando a orelha. — Se ontem cheguei em casa bêbado é coisa que não posso dizer com certeza. Tudo indica que essa ocorrência deve ser impossível: porque pão é uma coisa que se assa, mas nariz é algo bem diferente. Não consigo atinar patavina!..." Ivan Yákovlievitch calou-se. A ideia de que a polícia iria encontrar o nariz em sua casa e acusá-lo o fazia perder completamente a cabeça. Já vislumbrava diante de si aquela gola purpúrea, com o belo ornamento de prata, a espada... e tremia todo. Por fim apanhou sua roupa de baixo e as botas, jogou toda essa porcaria em cima do corpo e, acompanhado por duras admoestações de sua esposa, embrulhou o nariz num trapo e saiu para a rua.

Queria metê-lo em algum lugar: enfiá-lo no buraco que havia no frade ao lado do portão ou deixá-lo cair como que acidentalmente, e depois virar em um beco. Mas por azar deu de cara com um conhecido, que foi logo perguntando: "Aonde vai?", ou "Quem resolveu barbear tão cedo?", de sorte que não houve jeito de Ivan Yákovlievitch encontrar o momento propício. Noutra ocasião ele já o havia deixado cair, mas um guarda-cancela fez sinal de longe com a sua alabarda, acrescentando: "Apanha! Deixaste cair alguma coisa!". E Ivan Yákovlievitch teve de apanhar o nariz e escondê-lo no bolso. O desespero se apoderou dele, ainda mais porque o número de pessoas na rua se multiplicava sem cessar à medida que se abriam lojas e armazéns.

Ele resolveu tomar a direção da ponte Isakiêvski: quem sabe não conseguiria atirar o nariz no rio Nievá?...

Bem, devo algumas desculpas por até agora não ter dito nada sobre Ivan Yákovlievitch, homem respeitável sob muitos aspectos.

Como todo artesão russo que se preza, era um tremendo beberrão. E embora barbeasse queixos alheios todos os dias, o seu estava sempre por barbear. Seu fraque (Ivan Yákovlievitch nunca andava de sobrecasaca) era malhado, ou melhor, preto, mas cheio de manchas redondas mescladas de marrom, amarelo e cinza; a gola brilhava; no lugar dos três botões havia apenas fiapos pendurados. Ivan Yákovlievitch era um grande cínico, e quando barbeava o assessor Kovaliov e este sempre lhe dizia: "Tuas mãos estão sempre fedendo, Ivan Yákovlievitch!", respondia com uma pergunta: "E por que elas haveriam de feder?" — "Não sei, meu caro, sei apenas que fedem" — dizia o assessor de colegiado — e Ivan Yákovlievitch, depois de cheirar tabaco, dava-lhe um castigo, besuntando-lhe de espuma o pescoço, o nariz, as orelhas, o queixo, em suma, tudo que lhe dava na telha.

Esse respeitável cidadão já se encontrava na ponte Isakiêvski. Primeiro olhou em volta; depois se debruçou no parapeito como se pretendesse sondar se debaixo da ponte havia muitos peixes nadando, e às escondidas jogou fora o trapo com o nariz. Sentiu-se como quem acaba de se livrar de um fardo de umas dez arrobas. Ivan Yákovlievitch até deu um risinho. Em vez de ir barbear os queixos dos funcionários, dirigiu-se para um recinto onde havia um letreiro que dizia "Comida e chá", a fim de pedir um copo de ponche, mas de repente notou na outra extremidade da ponte um guarda de bairro de fisionomia nobre, de largas costeletas, chapéu triangular e espada. E ficou estupefato: enquanto isso, o guarda lhe fazia sinal com o dedo, dizendo:

— Venha cá, meu caro!

Conhecedor das formalidades, Ivan Yákovlievitch tirou o boné ainda à distância e, aproximando-se com presteza, disse:

— Desejo saúde, Sua Excelência![1]

— Não, meu caro, nada de Excelência; vá me dizendo o que fazia em pé ali na ponte.

— Juro, senhor, juro que estava indo barbear e apenas fiquei olhando se o rio estava correndo bem.

[1] *Blagoródie*, no original, termo usado na velha Rússia como título conferido a oficiais e funcionários públicos equivalentes — palavra que não encontra semelhante entre nós. (N. do T.)

— Mentira, mentira! Não vai escapar assim. Tenha a bondade de responder.

— Posso barbear sua Senhoria duas e até três vezes por semana sem nenhuma objeção.

— Não, meu caro, isso é tolice. Três barbeiros me fazem a barba e ainda acham isso uma grande honra. Agora vá me dizendo: o que fazia ali parado?

Ivan Yákovlievitch empalideceu... Mas neste ponto uma névoa encobre completamente o ocorrido e não se sabe absolutamente nada do que aconteceu depois.

2

O assessor de colegiado Kovaliov acordou bastante cedo e fez um "brr..." com os lábios como sempre fazia ao acordar, embora ele mesmo não pudesse entender por que motivo. Kovaliov espreguiçou-se, ordenou que lhe trouxessem um pequeno espelho que estava em pé sobre a mesa. Queria ver uma espinha que lhe aparecera no nariz na noite da véspera; mas, para sua imensa surpresa, viu que o lugar onde antes havia um nariz estava inteiramente plano! Assustado, Kovaliov ordenou que lhe trouxessem água e limpou os olhos com uma toalha: de fato, estava faltando o nariz! Começou a apalpar-se para se certificar: não estaria dormindo? parece que não. O assessor de colegiado Kovaliov saltou da cama, sacudiu-se: nada de nariz!... Ordenou imediatamente que lhe trouxessem a roupa e saiu voando direto para a casa do chefe de polícia.

Mas enquanto isso é preciso dizer alguma coisa sobre Kovaliov, para que o leitor veja de que espécie era esse assessor de colegiado. Os assessores de colegiado que recebem esse título mediante atestado de conhecimento de forma alguma podem ser comparados aos assessores de colegiado que se faziam no Cáucaso. Trata-se de dois tipos muito especiais. Os

O nariz

que são assessores de colegiado por conhecimento... Mas a Rússia é um país tão esquisito que, se alguma coisa é dita sobre um assessor de colegiado, todos os outros, de Riga a Kamtchatka, tomam-na forçosamente para si. O mesmo é válido para todos os títulos e categorias. Kovaliov era um assessor de colegiado do tipo caucasiano.[2] Assumira esse título havia apenas dois anos e por isso não podia esquecê-lo por um só minuto; e, para se dar mais ares de nobreza e autoridade, nunca se denominava assessor de colegiado, mas sempre major. "Escuta, minha cara — dizia sempre que encontrava na rua uma mulher que vendia peitilhos —, vem à minha casa; meu apartamento fica na rua Sadóvaia. É só perguntar: é aqui que mora o Major Kovaliov? — e qualquer um te mostrará." Se encontrava algum rostinho bonito, dava-lhe além do mais uma indicação secreta, acrescentando: "Pergunta, meu amorzinho, onde fica o apartamento do Major Kovaliov". — Por isso mesmo vamos nos antecipar e chamar de *major* esse assessor de colegiado.

O Major Kovaliov tinha o costume de caminhar todos os dias pela avenida Niévski. O colarinho de sua camisa sempre estava extremamente limpo e engomado. Suas costeletas eram daquelas que ainda hoje podem ser vistas nos agrimensores dos distritos e províncias, nos arquitetos e nos médicos de regimento, assim como nos responsáveis por diferentes funções policiais e, de modo geral, em todos os homens que têm as faces gordas e rosadas e são ótimos jogadores de bóston: essas costeletas passam pelo meio das faces e vão direitinho ao nariz. O Major Kovaliov usava na corrente do relógio uma infinidade de sinetes de cornalina, uns com brasões e outros em que estava gravado: quarta-feira, quinta, segun-

---

[2] O assessor de colegiado era uma categoria funcional de oitava classe, equivalente à patente de major na classificação militar. Graças às arbitrariedades da administração do Cáucaso, essa patente podia ser facilmente adquirida. (N. da E.)

da etc. O Major Kovaliov viera a Petersburgo por necessidade, isto é, viera procurar um posto à altura do seu título: se tivesse sorte, o posto de vice-governador, senão, o de executor[3] em algum departamento de renome. O Major Kovaliov podia até casar, mas só se a noiva tivesse duzentos mil rublos de dote. Por isso o próprio leitor já pode imaginar o estado em que ficou esse major ao ver que no lugar daquele nariz bastante razoável e mediano havia uma estúpida superfície plana e lisa.

Para completar o azar, não havia um só fiacre na rua e ele tinha de ir a pé, envolvido no seu capote e cobrindo o rosto com um lenço para fingir que estava sangrando. "Vai ver que é impressão minha: não é possível que esse nariz tenha desaparecido sem mais nem menos." E entrou numa confeitaria a fim de se olhar no espelho. Por sorte não havia ninguém; uns rapazinhos varriam a sala e arrumavam as cadeiras: alguns, de olhos sonolentos, levavam bolinhos quentes em bandejas; jornais da véspera, manchados de café, se espalhavam sobre mesas e cadeiras. "Graças a Deus não há ninguém — disse ele —, agora eu posso dar uma olhada." Chegou timidamente ao espelho e se olhou. "Só o diabo sabe que porcaria é essa! — disse ele, cuspindo... — Se houvesse ao menos alguma coisa no lugar do nariz, mas não há nada!..."

Mordendo os lábios agastado, saiu da confeitaria e, contrariando os seus hábitos, resolveu não olhar nem sorrir para ninguém. De repente parou como que petrificado à entrada de um prédio; uma coisa inexplicável acontecia diante de seus olhos: uma carruagem parou à entrada; as portas se abriram; um senhor saltou, encurvando-se, e correu escada acima. Qual não foi o horror e ao mesmo tempo a surpresa de Kovaliov ao reconhecer naquele senhor o seu próprio nariz! Diante desse espetáculo incomum, tudo pareceu girar diante

---

[3] Responsável pelo andamento dos assuntos administrativos e pela vigilância da ordem externa em repartições da Rússia tsarista. (N. do T.)

de seus olhos; sentia que a muito custo conseguia se manter em pé; mesmo tremendo todo, como alguém atacado de febre, resolveu esperar de qualquer jeito que o nariz regressasse para a carruagem. Dois minutos depois, o nariz realmente reapareceu. Vestia um uniforme costurado com linha dourada, uma grande gola alta; usava calças de camurça e uma espada do lado. Pelo seu chapéu de penacho podia-se concluir que ele integrava a categoria dos conselheiros de Estado. Tudo indicava que fazia alguma visita. Olhou para ambos os lados, gritou ao cocheiro: "Vamos!", tomou o fiacre e partiu.

O pobre Kovaliov por pouco não enlouqueceu. Não sabia nem o que pensar de tão estranha ocorrência. De fato, como era possível que um nariz que ainda ontem fazia parte do seu rosto, e que não podia andar nem viajar, estivesse agora de uniforme? Correu atrás do fiacre que, por sorte, não se distanciara muito e parara em frente à catedral de Kazan.

Ele correu para a catedral, abriu caminho em meio a uma fila de velhas mendigas, que tinham os rostos enfaixados por trapos com dois furos para os olhos e das quais tanto zombara antes, e entrou na igreja. Havia ali poucos devotos; todos estavam em pé na entrada. Kovaliov se sentia tão transtornado que não tinha condições de rezar e procurava com os olhos aquele cidadão por todos os cantos. Finalmente pôde vê-lo postado à parte. O nariz escondia inteiramente seu rosto na grande gola alta e rezava com a maior devoção.

"Como hei de me aproximar dele? — pensava Kovaliov. — Tudo, o uniforme, o chapéu, tudo mostra que ele é conselheiro de Estado. O diabo sabe como fazê-lo!"

Começou a pigarrear junto dele; mas nem por um minuto o nariz abandonou seu estado de devoção e limitou-se a reverências.

— Meu caro senhor... — disse Kovaliov, obrigando-se interiormente a animar-se —, meu caro senhor...

— O que o senhor deseja? — perguntou o nariz, virando-se para ele.

— Acho estranho, meu caro senhor... parece-me... o senhor deve conhecer o seu lugar. De repente eu o encontro, e onde? — na igreja. O senhor há de convir que...

— Desculpe-me, mas não consigo atinar no que está dizendo... Explique-se.

"Como é que eu vou explicar?" — pensou Kovaliov e, recobrando o ânimo, começou:

— Claro, eu... aliás eu sou major. Convenha que não me fica bem andar sem nariz. Uma dessas vendedoras de laranjas descascadas da ponte Voskresênski pode passar sem nariz; mas, tendo em vista receber... ademais, sendo conhecido de muitas senhoras — Tchekhtiriova, mulher do conselheiro de Estado, e outras... O senhor mesmo pode julgar... não sei, meu caro senhor... (Aqui o major Kovaliov deu de ombros.) Imagine o senhor... se julgarmos essa questão de acordo com as normas do dever e da honra... o senhor mesmo pode entender...

— Não entendo decididamente nada — respondeu o nariz. — Explique-se com mais clareza.

— Meu caro senhor... — Kovaliov falou com senso de dignidade — não sei como interpretar as suas palavras... Aqui tudo parece evidente... Ou o senhor quer... Ora, o senhor é o meu próprio nariz!

O nariz olhou para o major e franziu ligeiramente as sobrancelhas.

— O senhor está enganado, meu caro senhor. Eu tenho existência própria. E ademais não pode haver nenhuma ligação estreita entre nós. A julgar pelos botões do seu uniforme, o senhor deve ser funcionário do Senado, ou quando mais não seja, da Justiça. Quanto a mim, meu trabalho é científico.

Dito isso, o nariz deu as costas e continuou a rezar.

Kovaliov ficou inteiramente confuso, sem saber o que fazer e nem mesmo o que pensar. Nesse instante ouviu-se o agradável fru-fru de um vestido de mulher; uma senhora idosa chegava coberta de rendas, acompanhada de uma jovem

O nariz

esbelta com um vestido branco que sobressaía graciosamente em sua elegante cintura, e um chapéu cor de palha leve como um doce. Um criado alto, de longas costeletas e uma gola com várias camadas de pregas, parou atrás delas e abriu a tabaqueira.

Kovaliov chegou-se mais perto, levantou o colarinho de cambraia do seu peitilho, ajeitou os sinetes pendurados em sua corrente de ouro e, sorrindo para os lados, voltou a atenção para a suave dama que, qual uma flor primaveril, inclinara-se levemente e levava à fronte sua mãozinha branca com os dedos semitransparentes. O sorriso abriu-se ainda mais no rosto de Kovaliov quando ele viu sob aquele chapéu um queixinho redondo de uma brancura viva e uma parte das faces tingida pela cor da primeira rosa da primavera. Mas de repente ele recuou como se tivesse se queimado. Lembrou-se de que no lugar do seu nariz não havia absolutamente nada, e as lágrimas lhe brotaram dos olhos. Voltou-se a fim de dizer na cara daquele senhor de uniforme que ele apenas bancava o conselheiro de Estado, mas era um patife e canalha e não passava do nariz dele... Mas o nariz já não estava lá: conseguira escapulir, provavelmente para fazer mais alguma visita.

Isto levou Kovaliov ao desespero. Ele voltou e parou cerca de um minuto sob a colunata, olhando cuidadosamente para todos os lados para ver se o nariz não aparecia. Lembrava-se muito bem de que o nariz andava com um chapéu de penacho e um uniforme com fios dourados; mas não havia reparado o capote que usava, nem a cor da sua caleche, nem os cavalos, nem mesmo se ele levava consigo algum criado e que tipo de libré este usava. Além disso, eram tantas carruagens, num vaivém tão veloz, que Kovaliov tinha dificuldade até mesmo de fixá-las; e, mesmo que conseguisse discernir alguma delas, não teria nenhum meio de fazê-la parar. O dia estava belo e ensolarado. Gente na Niévski era mato; uma florida cachoeira de mulheres espalhava-se por toda a calçada, da Politsêiski à Anítchkin. Eis ali o conselheiro de Corte, que Kovaliov conhece e chama de tenente-coronel, sobretudo na presença de estranhos. Eis também Yaríjkin, chefe de seção no Senado, grande amigo, que sempre perde no jogo de bóston quando trapaceiam com a vaza. Eis outro major, com título de assessor adquirido no Cáucaso, acenando e chamando Kovaliov...

— Ah, com os diabos! — disse Kovaliov. — Ei, cocheiro, leve-me diretamente à casa do chefe de polícia!

Kovaliov tomou uma caleche e não parou de gritar para o cocheiro: "Vamos, acelere isso ao máximo!".

— O chefe de polícia está? — foi logo perguntando ao entrar no saguão.

— Não senhor — respondeu o porteiro —, acabou de sair.

— Essa é boa!

— Pois é — acrescentou o porteiro —, não faz muito, mas saiu. Se o senhor tivesse chegado um minutinho antes talvez o tivesse encontrado.

Sem tirar o lenço do rosto, Kovaliov tomou a caleche e gritou com uma voz desesperada: "Vamos!".

— Para onde? — perguntou o cocheiro.

— Em frente!

— Em frente, como? Ali há uma curva: para a direita ou para a esquerda?

Essa pergunta deteve Kovaliov e o obrigou a pensar mais uma vez. Em sua situação devia procurar antes de tudo a Superintendência do Decoro,[4] não porque essa organização fosse diretamente ligada à polícia, mas porque as suas ordens podiam tramitar muito mais rápido que em outras instân-

---

[4] Departamento policial que dirigia alguns assuntos judiciais. Instituídas no governo de Catarina II, as Superintendências do Decoro foram fechadas por Paulo I e reabertas para Moscou e Petersburgo pelo imperador Alexandre I. (N. da E.)

O nariz

cias; pedir satisfação ao chefe da repartição da qual o nariz se proclamara funcionário seria uma insensatez, porque das próprias respostas do nariz já se podia ver que para esse indivíduo não havia nada de sagrado, que neste caso ele podia mentir como mentira ao afirmar que nunca tinha visto Kovaliov. Portanto, Kovaliov já estava a ponto de ordenar ao cocheiro que tomasse o rumo da Superintendência do Decoro quando novamente lhe ocorreu a ideia de que aquele patife e canalha, que no primeiro encontro já se comportara de modo tão descarado, podia aproveitar comodamente a ocasião para dar um jeito de escapar da cidade — e então todas as buscas seriam inúteis ou poderiam continuar, não quisesse Deus, por todo o mês. Finalmente teve uma ideia que pareceu cair do céu.

Resolveu ir direto à seção de publicidade de um jornal e publicar antecipadamente um anúncio com uma descrição minuciosa de todas as características do nariz, para que qualquer pessoa que o encontrasse pudesse levá-lo imediatamente até ele ou pelo menos indicar o local em que se encontrava. Tomando essa decisão, ordenou ao cocheiro que rumasse para a seção de publicidade e, durante todo o percurso, não cessou de lhe bater com o punho nas costas, dizendo: "Depressa, canalha! depressa, patife!". — "Eh, senhor! — dizia o cocheiro e balançava a cabeça, açoitando com as rédeas o seu cavalo de pelos tão longos como os de um cão felpudo. A caleche finalmente parou, e Kovaliov correu ofegante a uma pequena sala de recepção, onde um funcionário de cabelos grisalhos, com uma pena na boca, de óculos e metido num velho fraque, contava moedas de cobre sentado a uma mesa.

— Quem recebe anúncios aqui? — gritou Kovaliov. — Ah, bom dia!

— Meus respeitos — disse o funcionário grisalho, levantando por um instante o olhar e tornando a baixá-lo sobre o monte de moedas...

— Desejo publicar...

— Faça o favor de esperar um pouco — disse o funcionário, escrevendo números num papel com a mão direita e com os dedos da esquerda deslizando duas contas no ábaco. Um criado com galões na libré e uma aparência de egresso de casa de aristocratas estava ao lado da mesa com um anúncio na mão e achou conveniente mostrar sua condição social: "Acredite, senhor, o cãozinho não vale oito *grivens*, isto é, por ele eu não daria nem oito *groches*;[5] mas a condessa gosta dele, juro que gosta — então, quem o encontrar vai ganhar cem rublos! Para ser franco, como estamos sendo aqui em nossa conversa, os gostos das pessoas são de todo diferentes: se você é um caçador, arranje um perdigueiro ou um poodle: não tenha pena de pagar quinhentos rublos, pague até mil, contanto que o cão seja bom".

O respeitável funcionário ouvia isso com um ar imponente e ao mesmo tempo calculava o número de letras de um anúncio que lhe haviam trazido. Ao seu redor havia um grande número de velhas, balconistas de lojas e porteiros com anúncios. Um dos anúncios oferecia um cocheiro abstêmio; outro, uma caleche pouco usada, trazida de Paris em 1814; o mesmo anúncio oferecia uma criada de dezenove anos, lavadeira experiente e apta para outros trabalhos; vendia-se uma caleche resistente, apenas sem uma mola; um cavalo jovem de dezessete anos, com manchas cinzentas e muito fogoso; sementes de rábano e de nabo, trazidas recentemente de Londres; uma casa de campo com todas as benfeitorias: dois boxes para cavalos e um terreno próprio para cultivar um belo jardim de bétulas ou abetos; no mesmo anúncio havia ainda a oferta de solas de calçados usadas, cujos compradores deveriam comparecer ao leilão que se realizava todos os dias, das oito da manhã às três da tarde. A sala que comportava toda essa gente era pequena, e o ar que ali se respirava,

---

[5] *Griven* e *groch*: respectivamente, moeda de dez e de dois copeques na antiga Rússia. (N. do T.)

extremamente pesado. Mas o assessor de colegiado Kovaliov não podia sentir o cheiro, pois tinha o rosto coberto por um lenço e além disso seu nariz andava só Deus sabe onde.

— Meu caro senhor, permita-me pedir-lhe... Preciso muito — disse finalmente com ansiedade.

— Só um minuto! Dois rublos e quarenta e três copeques! Só um minuto! Um rublo e sessenta e quatro copeques! — dizia o senhor grisalho, encostando os anúncios nos olhos das velhas e dos porteiros. — O que o senhor deseja? — perguntou finalmente, dirigindo-se a Kovaliov.

— Eu peço... — falou Kovaliov — houve um ato de vigarice ou velhacaria, até agora não consigo entender. Peço apenas que publique um anúncio dizendo que aquele que me trouxer esse canalha será bem recompensado.

— O senhor quer ter a bondade de dizer seu nome?

— Não, para que meu nome? Não posso dizê-lo. Tenho muitos conhecidos: Tchekhtiriova, mulher do conselheiro de Estado, Palagueia Grigórievna Podtótchina, mulher de um oficial do estado-maior... De repente podem ficar sabendo, Deus me livre! O senhor pode escrever simplesmente: um assessor de colegiado ou, melhor ainda, pessoa com patente de major.

— E o fugitivo, era vosso servo?

— Qual servo qual nada! Fosse isso a vigarice ainda não seria tão grande! Quem fugiu de mim foi meu... nariz...

— Hum! Que nome estranho! E foi grande a quantia que esse senhor Narízov lhe roubou?

— Nariz... não, não é isso que o senhor está pensando! Nariz, bem, foi o meu próprio nariz que desapareceu não se sabe onde. O diabo achou de fazer uma brincadeira comigo!

— Mas de que jeito ele desapareceu? Não consigo entender muito bem.

— Bem, eu não posso lhe dizer de que jeito; o pior é que ele anda pela cidade dizendo-se conselheiro de Estado. É por isso que lhe peço que publique o anúncio para que a pessoa que o agarrar me possa trazê-lo o mais rápido possível. Imagine o senhor mesmo como eu poderia passar sem uma parte tão visível do corpo. Não é o mesmo que ficar sem um dedo mínimo do pé, que sempre trago metido na botina e ninguém notaria a sua falta. Às quintas-feiras frequento casa de Tchekchtiriova, mulher de um conselheiro de Estado; também a de Palagueia Grigórievna Podtótchina, mulher de um oficial superior, que tem uma filha muito bonitinha, também são muito bons amigos; agora o senhor mesmo pode imaginar a minha atual situação... Agora não posso aparecer em casa delas.

O empregado caiu em profunda meditação, o que significava comprimir fortemente os lábios.

— Não, não posso pôr um anúncio como esse no jornal — disse finalmente depois de uma longa pausa.

— Como? Por quê?

— Por nada. O jornal pode perder a reputação. Se qualquer um se meter a escrever, dizendo que foi abandonado pelo nariz, então... E mesmo assim já andam dizendo que se publicam muitos absurdos e falsos rumores.

— Mas o que é que há de absurdo no meu caso? Acho que não há nada disso.

— O senhor pode achar que não. Mas ainda na semana passada houve um caso igualzinho a esse. Apareceu um funcionário na mesma situação que o senhor, trazendo um anúncio que custou dois rublos e setenta e três copeques para dizer apenas que tinha desaparecido um poodle de pelo negro. Até aqui parece não haver nada de extraordinário. E saiu uma pasquinada: o tal do poodle era o tesoureiro não me lembro de que repartição.

— Mas acontece que eu não estou publicando anúncio de poodle, e sim do meu próprio nariz: logo, é quase a mesma coisa que falar de mim mesmo.

— Não, esse anúncio eu não posso publicar de jeito nenhum.

O nariz

87

— Mas se o meu nariz realmente desapareceu!

— Se desapareceu, é assunto para um médico. Dizem que há pessoas capazes de colocar qualquer tipo de nariz. Mas, como estou percebendo, o senhor deve ser um homem de gênio alegre e gosta de fazer brincadeiras em sociedade.

— Juro por tudo quanto é sagrado! Bem, já que a coisa chegou a esse ponto, eu lhe mostrarei.

— Por que se preocupar? — continuou o empregado, cheirando tabaco. — Aliás, se não for incômodo — acrescentou com ar de curiosidade —, gostaria de ver.

O assessor de colegiado tirou o lenço do rosto.

— Realmente, uma coisa demasiado estranha! — disse o empregado — O lugar está completamente plano, como uma broa que acaba de ser assada. É, incrivelmente plano!

— E então, ainda vai discutir? O senhor mesmo está vendo que não pode deixar de publicar. Eu lhe ficarei muitíssimo grato e bastante satisfeito por este caso me haver proporcionado o prazer de conhecê-lo...

Como se vê, desta vez o major resolveu cometer uma pequena torpeza.

— É claro, publicar é coisa simples — disse o funcionário —, só que não consigo prever nenhuma vantagem para o senhor. Se é que o senhor realmente deseja, então mande algum mestre da pena descrever isso como uma obra rara da natureza e publicar em artigo na *Siévernaia Ptchelá*[6] (aqui ele tornou a cheirar tabaco) para proveito da juventude (aqui ele limpou o nariz), ou apenas para a curiosidade pública.

O assessor de colegiado ficou completamente desesperado. Correu os olhos de cima a baixo por um jornal, parando na seção dos anúncios de teatro; já estava a ponto de esboçar um sorriso ao ver o nome de uma atriz muito bonitinha e sua mão já se metia no bolso para ver se encontrava uma

---

[6] Jornal político e literário russo editado em Petersburgo entre 1825 e 1864. Publicava matérias sobre os mais diversos assuntos. (N. do T.)

nota de três rublos para o ingresso — porque Kovaliov achava que os oficiais superiores deviam sentar-se em poltronas —, mas a lembrança do nariz estragou tudo!

Parecia que o próprio funcionário estava comovido com a difícil situação de Kovaliov. Desejando aliviar um pouco a amargura do assessor, achou conveniente externar em algumas palavras a sua solidariedade:

— Palavra que lamento profundamente que uma anedota como essa tenha acontecido com o senhor. O senhor não gostaria de cheirar um tabaquinho? Serve para desfazer as dores de cabeça e as situações aflitivas; é bom até para hemorróidas.

Dito isto, o funcionário estendeu a tabaqueira a Kovaliov, expondo com bastante agilidade por baixo dela sua tampa com o retrato de uma mulher de chapéu. Essa atitude impensada fez Kovaliov perder a paciência.

— Não entendo como o senhor acha motivo para brincadeira — disse ele, irritado —, por acaso não está vendo que estou exatamente sem aquilo com que se pode cheirar? Ao diabo com seu tabaco! Agora não posso nem olhar para ele, e não só para o seu detestável tabaco Beriózki, mas até mesmo para o próprio rapé, se o senhor me trouxesse.

Tendo pronunciado essas palavras, saiu profundamente aborrecido e rumou para a casa do comissário de polícia, um excepcional apreciador de açúcar. A antessala de sua casa, que era também sala de jantar, estava cheia de pãezinhos de açúcar, presenteados por comerciantes como prova de amizade. Nesse momento a cozinheira tirava as botas do comissário de polícia; a espada e toda a armadura militar já se achavam tranquilamente penduradas pelos cantos, o seu filho de três anos já tocava o temível chapéu tricórnio, e ele, depois de uma vida de guerras e combates, preparava-se para sentir o gosto da paz.

Kovaliov entrou no momento em que o comissário se espreguiçava e grasnava, dizendo: "Ah, vou tirar uma bela soneca de duas horinhas!". Por isso dava para prever que a chegada do assessor de colegiado era totalmente inoportuna. Ainda que na ocasião Kovaliov tivesse lhe trazido algumas libras de chá e um corte de tecido, não sei se teria sido alvo de uma acolhida das mais alegres. O comissário era grande incentivador de todos os tipos de arte e manufatura, mas preferia acima de tudo dinheiro em papel. "É uma coisa — dizia sempre —, não, não há coisa melhor do que essa: não pede comida, ocupa pouco espaço, sempre cabe no bolso; se você deixar cair — não se quebra."

O comissário recebeu Kovaliov com bastante frieza, dizendo que depois do almoço não era hora de fazer investigação e que a própria natureza havia determinado um pouco de descanso depois que a pessoa enchia a pança (pelo que o assessor de colegiado podia perceber, o comissário não ignorava as máximas dos sábios da Antiguidade), que ninguém ia arrancar o nariz de um homem de bem e que no mundo havia toda espécie de majores que não tinham nem a roupa de baixo decente e andavam enfiados em tudo quanto era lugar indecente.

Foram coisas ditas sem rodeios, na cara! É preciso salientar que Kovaliov era uma pessoa extremamente melindrosa. Era capaz de perdoar tudo o que se dissesse a seu respeito, porém jamais perdoava quando se tratava de patente ou título. Admitia inclusive que nas peças de teatro se deixasse passar tudo o que se referisse aos oficiais subalternos, porém, não se devia jamais atacar os oficiais superiores. A recepção do comissário o deixou tão confuso que ele falou com senso de dignidade pessoal, abrindo um pouco os braços:

— Confesso que, depois de observações tão ofensivas de vossa parte, nada tenho a acrescentar — e saiu.

Chegou em casa mal sentindo as pernas. Já estava escuro. Depois de todas essas buscas frustradas, o apartamento lhe parecia triste ou repugnante. Ao entrar na antessala, viu o criado Ivan reclinado no sofá de couro manchado, atirando cusparadas no teto e acertando com bastante sucesso no mesmo lugar. Essa indiferença deixou-o furioso; bateu com o chapéu na testa do criado, acrescentando

— Seu porco, estás sempre fazendo besteiras!

Ivan saltou repentinamente do seu lugar e correu a toda pressa para lhe tirar o capote.

Entrando em seu quarto cansado e triste, o major deixou-se cair numa poltrona e, depois de alguns suspiros, disse finalmente:

"Meu Deus! Meu Deus! Por que tanta infelicidade? Estivesse eu sem um braço ou sem uma perna — tudo estaria melhor; estivesse eu sem orelhas — seria horrível, porém suportável, mas um homem sem nariz só o diabo sabe o que é: nem ave, nem cidadão; um troço que se pode pegar e atirar pela janela! Tivesse ficado sem ele na guerra ou num duelo, ou se eu mesmo tivesse sido a causa, mas não, perdi-o sem quê nem para quê, em vão, a troco de nada!... Não, não pode ser — acrescentou ele depois de uma breve meditação. É incrível que o nariz tenha desaparecido; de jeito nenhum pode ser possível. A verdade é que ou estou sonhando ou tendo visões; talvez eu tenha cometido um erro e, ao invés de beber água, bebi aquela vodca que passo no rosto depois de fazer a barba. O idiota do Ivan não bebeu, e quem acabou bebendo mesmo fui eu." E, para realmente se certificar de que não estava bêbado, o major se golpeou com tanta força que chegou a gritar. Essa dor lhe assegurou por completo que não estava sonhando, mas vivendo e agindo. Chegou-se lentamente ao espelho e semicerrou inicialmente os olhos, pensando que, quem sabe, o nariz por acaso aparecesse em seu lugar; porém recuou no mesmo instante, dizendo: "Que cara detestável!".

De fato, não dava para entender. Se tivesse desaparecido um botão, uma colher de prata, um relógio ou algo semelhante, ainda vá lá; mas desaparecer logo aquilo, e ainda por cima em sua própria casa!... Ponderando todas as circunstâncias, o Major Kovaliov quase chegou mais perto da verdade ao admitir que a culpada de tudo isso não era senão a mulher do oficial superior, Podtótchina Grigórievna, que queria vê--lo casado com sua filha. Ele mesmo gostava de cortejá-la, porém evitava o desfecho do assunto. Quando, porém, a mulher do oficial lhe anunciou sem rodeios que queria lhe dar sua filha em casamento, ele foi saindo de fininho com seus cumprimentos, alegando que ainda estava jovem e que precisava servir mais uns cinco anos, quando então completaria quarenta e dois anos. E era por isso que a mulher do oficial superior resolvera deformá-lo para se vingar, contratando para isso algumas feiticeiras, pois de maneira nenhuma era possível supor que o nariz tivesse sido amputado: ninguém entrava em seu quarto, o barbeiro Ivan Pietróvitch o barbeara na quarta-feira e durante toda a quarta-feira e inclusive na quinta o nariz estivera inteiro — disso ele se lembrava e compreendia muito bem; ademais, teria sentido dor e não havia dúvida de que o ferimento não poderia ter cicatrizado com tanta rapidez e ficado liso como uma broa. Ele urdia um plano: levar formalmente a mulher do oficial à justiça ou ir pessoalmente à sua casa e desmascará-la. Suas reflexões foram interrompidas pela luz que penetrou por todas as fendas das portas, dando conta de que Ivan já havia acendido a vela na sala da frente. Logo apareceu o próprio Ivan, trazendo consigo a vela e iluminando todo o quarto. O primeiro movimento de Kovaliov foi pegar o lenço e cobrir o lugar em que até a véspera ainda houvera um nariz, para evitar que aquele bobo ficasse boquiaberto ao ver tamanha esquisitice no rosto do senhor.

Antes que conseguisse sair para o seu cubículo, Ivan ouviu na antessala uma voz desconhecida perguntar: "É aqui que mora o assessor de colegiado Kovaliov?".

— Pode entrar. O Major Kovaliov está aqui — disse Kovaliov, precipitando-se e abrindo a porta.

Entrou um funcionário de polícia de bela aparência, de

costeletas nem muito claras nem escuras, bastante bochechudo, aquele mesmo que no começo da história se encontrava no extremo da ponte Isakiêvski.

— Foi o senhor que se dignou a perder o nariz?

— Eu mesmo.

— Ele foi encontrado.

— O que é que o senhor está dizendo? — gritou o Major Kovaliov. A alegria o fez perder a fala. Fitava, com os olhos bem abertos, o guarda postado à sua frente, seus lábios grossos e suas bochechas, sobre os quais cintilava vivamente a luz trêmula da vela. — De que maneira?

— Um caso estranho: foi apanhado já quase viajando. Já estava tomando a diligência e querendo partir para Riga. Desde muito tempo seu passaporte estava pronto e em nome de um funcionário. E o estranho é que inicialmente eu o tomei por um senhor. Mas por sorte eu estava de óculos e no mesmo instante percebi que era um nariz. Acontece que eu sou míope; se o senhor estiver à minha frente noto apenas que o senhor tem rosto, mas não percebo barba, nariz, nada. Minha sogra, isto é, a mãe da minha mulher, também não enxerga nada.

Kovaliov estava que não cabia em si.

— Onde está ele? Onde? Vou procurá-lo agora mesmo.

— Não se preocupe. Sabendo que o senhor precisava dele, eu o trouxe comigo. E o estranho é que o principal culpado de tudo isso é o vigarista do barbeiro da rua Voznessiênski, que neste momento está na delegacia de polícia. Há muito tempo eu vinha desconfiando de que ele era um bêbado e ladrão, e anteontem ele roubou de um armarinho uma dúzia de botões. O nariz do senhor está exatamente como era. — Aqui o policial meteu a mão no bolso e tirou o nariz embrulhado num papel.

— É ele! — gritou Kovaliov — ele mesmo! Tome uma xícara de chá comigo hoje.

— Para mim seria um grande prazer, mas não posso de

modo algum: daqui eu devo ir ao reformatório... A carestia aumentou muito para todos os gêneros alimentícios... Comigo moram minha sogra, isto é, a mãe da minha mulher, e meus filhos; o mais velho, sobretudo, é muito promissor: é um garoto muito inteligente, mas não tenho nenhum recurso para educá-lo.

Kovaliov adivinhou logo e tirou da gaveta uma nota vermelha, metendo-a na mão do guarda, que, depois de uns rapapés, saiu, e quase no mesmo instante Kovaliov já o ouvia dando uma bronca num mujique tolo que justo nesse momento entrava no bulevar com sua carroça.

Depois da saída do guarda, o assessor de colegiado permaneceu alguns minutos num estado indefinido e só depois de alguns minutos conseguiu perceber e atinar alguma coisa: a inesperada alegria o fez cair nessa ausência. Tomou o nariz encontrado cuidadosamente nas duas mãos fechadas em concha e tornou a examiná-lo com atenção.

"Então é ele, ele mesmo! — dizia o major Kovaliov. — Aqui está a espinha que ontem apareceu no lado esquerdo." O major quase riu de alegria.

Mas no mundo não há nada duradouro, e por isso a alegria no minuto seguinte já não é tão viva como no primeiro; no terceiro minuto ela se torna ainda mais fraca, e por fim se funde imperceptivelmente com o estado habitual da alma, como o círculo formado na água pela queda de uma pedra acaba se fundindo com a superfície plana. Kovaliov começou a refletir e percebeu que a coisa ainda não chegara ao fim: o nariz fora encontrado, mas ainda era necessário grudá-lo, colocá-lo no seu lugar.

"E se ele não aderir?"

Diante dessa pergunta feita a si mesmo, o major empalideceu.

Sentindo um pavor inexplicável, atirou-se sobre a mesa e puxou o espelho em sua direção para evitar que o nariz acabasse ficando torto. Suas mãos tremiam. Colocou-o com cuidado e prudência no antigo lugar. Oh, que horror! O nariz não aderia!... Levou-o à boca, aqueceu-o levemente com seu hálito e tornou a levá-lo ao lugar plano situado entre as faces; mas não havia jeito de o nariz grudar.

"Ah, vamos lá! Encaixa, imbecil" — dizia Kovaliov ao nariz. Mas o nariz parecia de madeira e caía na mesa fazendo um ruído tão estranho que parecia uma rolha. O rosto do major torceu-se convulsivamente. "Será que ele não vai aderir?" — dizia ele assustado. E por mais que tentasse fixá-lo em seu devido lugar, seu empenho continuava inútil.

Gritou para Ivan e mandou que ele fosse chamar o médico que morava no melhor apartamento do mesmo prédio, na sobreloja. Esse médico era um homem de boa aparência, usava belas costeletas lustrosas, tinha uma mulher jovem e sadia, comia maçãs frescas ao amanhecer e mantinha a boca numa limpeza incomum, gargarejava por quase uma hora pela manhã e escovava os dentes com cinco diferentes tipos de escova. O médico compareceu no mesmo instante. Depois de perguntar se fazia tempo que se dera a desgraça, ele ergueu o queixo de Kovaliov e lhe deu com o dedo médio um piparote no lugar onde antes existia o nariz, de sorte que o major teve de voltar a cabeça para trás com tanta força que bateu com a nuca na parede. O médico disse que aquilo não era nada e, tendo lhe sugerido que se afastasse um pouco da parede, ordenou que ele voltasse a cabeça inicialmente para a direita e, apalpando o lugar em que antes havia o nariz, disse: "Hum!". Depois ordenou que ele voltasse a cabeça para a esquerda, disse "Hum", e concluiu com mais um piparote com o dedo médio, de sorte que o major Kovaliov sacudiu bruscamente a cabeça, como um cavalo a quem se olham os dentes. Feito esse teste, o médico meneou a cabeça, dizendo:

— Não, não dá. É melhor que o senhor fique assim mesmo, porque pode provocar coisa ainda pior. É claro que é possível colocá-lo; talvez eu até pudesse colocá-lo agora mesmo no seu rosto, mas asseguro que isso seria pior para o senhor.

— Ah, essa é boa! E como é que vou ficar sem nariz? Pior do que está é que não pode ficar. Só o diabo sabe! Como é que eu vou aparecer em algum lugar com essa deformidade? Sou um homem de boas relações: hoje mesmo devo ir a festas em duas casas. Tenho muitos conhecidos: Tchekhtiriova, a mulher do conselheiro de Estado, Podtótchina, a mulher de um oficial superior... se bem que depois da atitude dela em relação a esse caso de agora não tenho nada a tratar com ela que não seja caso de polícia. Faça-me um obséquio — Kovaliov falou com voz suplicante —, será que não há um meio? Dê um jeito de colocá-lo! mesmo que não fique bom, mas que pelo menos ele encaixe; em caso de perigo, posso até escorá-lo levemente com a mão. Por isso não vou nem dançar para não danificá-lo com algum movimento imprudente. Quanto a tudo o que se refere à gratificação por suas visitas, pode estar certo de que, até onde minhas posses permitirem...

— Pode acreditar — disse o médico com voz nem alta nem baixa, porém extremamente afável e magnética —, pode acreditar que eu nunca medico por interesse. Isto contraria os meus princípios e a minha arte. É verdade que eu cobro pelas visitas, mas só e unicamente para não ofender o paciente com minha recusa. Eu, evidentemente, poderia colocar o seu nariz no lugar; porém lhe asseguro por minha honra, se é que o senhor não acredita mesmo na minha palavra, que isso lhe seria muito pior. É melhor deixar a coisa à mercê da própria natureza. Lave mais amiúde o lugar com água fria e eu lhe garanto que, mesmo sem nariz, o senhor será tão sadio como se o tivesse. Quanto ao nariz, aconselho metê-lo num frasco com álcool ou, o que é melhor ainda, botar duas colheres de sopa de vodca bem forte e vinagre aquecido — e então o senhor pode conseguir um bom dinheiro por ele. Eu mesmo posso comprá-lo, desde que o senhor não peça muito.

— Não, não! não o venderei por nada deste mundo! — gritou desesperado o Major Kovaliov. — Até prefiro que o diabo o carregue.

— Desculpe! — disse o médico em tom de despedida — eu queria lhe ser útil. O que se há de fazer! Pelo menos o senhor percebeu o meu empenho.

Dito isto, o médico deixou o quarto com ar de nobreza. Kovaliov nem chegou a notar-lhe o rosto; em seu profundo estado de insensibilidade, via apenas as mangas da camisa branca e limpa como a neve apontando sob as mangas do fraque preto.

No dia seguinte, antes de apresentar queixa, resolveu escrever à viúva do oficial superior, para saber se ela não estaria disposta a lhe entregar sem luta aquilo que era devido. A carta tinha o seguinte teor:

Minha cara senhora Alieksandra Grigórievna!

Não consigo entender a estranha atitude de vossa parte. Podeis estar certa de que, agindo dessa maneira, nada ganhareis nem me forçareis em absoluto a desposar a vossa filha. Acreditai que a história do meu nariz é do meu total conhecimento, assim como o fato de não ser outra pessoa senão vós mesma a principal artífice. Sua inesperada separação do devido lugar, a fuga e o mascaramento, ora usando o disfarce de um certo funcionário ou finalmente em sua verdadeira face não são mais que o resultado das feitiçarias praticadas por vós ou por aqueles que, à vossa semelhança, exercem esse nobre ofício. De minha parte, considero meu dever levar ao vosso conhecimento que se o nariz a que me refiro não voltar hoje mesmo ao seu devido lugar, serei forçado a recorrer à proteção e ao abrigo da lei.

Mantendo, de resto, os meus protestos de absoluto respeito, tenho a honra de ser vosso humilde servo.

Platon Kovaliov

Em resposta, recebeu este bilhete:

Meu caro senhor Platon Kuzmitch!
Fiquei extremamente surpresa com a vossa car-
ta. Confesso-vos com toda franqueza que em hipó-
tese alguma eu esperava tal coisa e muito menos as
injustas censuras que me dirigis. Previno-vos que
nunca recebi em minha casa o funcionário ao qual
vos referis, nem disfarçado, nem com sua verda-
deira face. É bem verdade que recebi Filipp Iváno-
vitch Potantchikov em minha casa. E embora ele
realmente pretendesse a mão de minha filha e fosse
um homem de comportamento sensato e de gran-
de erudição, eu jamais lhe dei qualquer esperança.
Vós ainda vos referis a um certo nariz. Se quereis
dizer com isso que eu tenha pretendido deixá-lo de
nariz comprido, isto é, negado formalmente o vos-
so pedido, fico surpresa que sejais vós mesmo a di-
zer tal coisa, pois, até onde sabeis, sempre fui de
opinião totalmente oposta, e se agora resolveis pe-
dir oficialmente a mão da minha filha, estou dis-
posta a satisfazer imediatamente o vosso pedido,
pois isto sempre foi objeto do meu mais ardente de-
sejo, e por nutrir tal esperança fico sempre ao vos-
so dispor.

Alieksandra Podtótchina

"Não — dizia Kovaliov ao ler a carta. — Ela não tem nenhuma culpa. Não pode ser! Uma pessoa culpada de crime não poderia ter escrito uma carta como esta." O assessor de colegiado entendia do riscado, porque várias vezes havia sido encarregado de realizar perícias quando ainda vivia no Cáucaso. "De que modo, por que cargas-d'água isso foi acontecer? Só o diabo sabe!" — disse finalmente tomado de desânimo.

Enquanto isso, os rumores acerca desse acontecimento inusitado varriam a capital e, como é de praxe, sem que faltassem aqueles acréscimos especiais. Naquele momento todas as mentes andavam predispostas justamente para o insólito: ainda eram bem recentes as experiências com magnetismo que haviam dominado toda a cidade.[7] Ademais, a história das cadeiras que dançavam pela rua Koniúchennaia ainda era bem recente, não sendo por isso de admirar que logo se começasse a dizer que o nariz do assessor Kovaliov passeava pela avenida Niévski às três da tarde em ponto. Era enorme o número de curiosos que afluía todos os dias ao local. Alguém disse que o nariz se encontrava na loja Junker;[8] e ao longo da Junker juntou-se uma multidão tão grande e o empurra-empurra foi tal que se fez necessária a intervenção da polícia. Um especulador de aspecto respeitável e longas costeletas, que à entrada dos teatros vendia uma variedade de doces secos, fez especialmente magníficos e sólidos bancos de madeira, nos quais os curiosos podiam subir pagando cada um oitenta copeques de aluguel. Um emérito coronel deixou de propósito sua casa mais cedo e com grande dificuldade abriu caminho por entre a multidão; porém, para sua grande indignação, em vez do nariz viu na vitrine da loja um simples casaco de flanela e uma litogravura em que aparecia uma jovem ajeitando as meias, enquanto um almofadinha de barbicha e colete a espreitava por trás de uma árvore — já fazia mais de dez anos que o quadro se encontrava naquele mesmo lugar. Afastando-se, ele disse com ar aborrecido: "Como é possível desnortear o povo com rumores tão tolos e inverossímeis?". Depois correram rumores de que não era na Niévski, mas no jardim Tavrítcheski que passeava o nariz do Major Kovaliov, de que ele já estaria lá desde muito tempo; que

[7] Gógol faz referência à prática do magnetismo com animais, muito comentada pela imprensa em 1832. (N. da E.)

[8] Loja da moda na avenida Niévski. (N. da E.)

quando Hozrev-Mirza[9] ainda morava por ali, ficara muito surpreso com aquela esquisita brincadeira da natureza. Alguns estudantes da Academia de Cirurgia marcharam para lá. Uma senhora nobre e respeitável pediu em carta especial ao vigia do jardim que mostrasse aos filhos dela aquele fenômeno raro e, se possível, com uma explicação judiciosa e edificante para os jovens.

Todos esses acontecimentos deixaram por demais contentes todos os tipos mundanos, assíduos frequentadores de reuniões, que gostavam de divertir as damas, cujos motivos para rir estavam esgotados àquela altura. O sumo descontentamento atingia uma pequena parcela de pessoas respeitáveis e bem-intencionadas. Um senhor disse indignado que não entendia como em nosso século ilustrado podiam-se difundir invenções tão absurdas e que estava surpreso com o descaso do governo pelo fato. Como se vê, esse cidadão era daqueles que gostariam de meter o governo em tudo, inclusive em suas brigas diárias com a mulher. Em seguida... bem, aqui a história torna a mergulhar na nebulosidade, e ignora-se decididamente o que aconteceu depois.

3

Cometem-se verdadeiras bobagens pelo mundo afora. E às vezes sem nada de verossímil: de repente o mesmo nariz que andou viajando com o título de conselheiro de Estado e deu tanto o que falar pela cidade inventa de reaparecer no seu lugar, isto é, justamente entre as faces do Major Kovaliov, e

---

[9] Príncipe persa que chefiou a delegação diplomática que chegou à Rússia em agosto de 1829, por motivo do assassinato, na Pérsia, de A. S. Griboiêdov, embaixador russo. Hozrev-Mirza foi recebido solenemente em Petersburgo e hospedado no Palácio Tarvrítcheski. (N. do T.)

como se nada tivesse acontecido. Isso ocorreu já no dia 7 de abril. Despertando e olhando-se casualmente no espelho, o major vê: o nariz! aperta-o com a mão — o nariz mesmo! "Eh, eh!" — exclama Kovaliov e, movido pela alegria, quase desandou a sapatear descalço por todo o quarto, mas a chegada de Ivan o atrapalhou. Mandou trazer água imediatamente para se banhar e, ao banhar-se, tornou a olhar-se no espelho: o nariz! Ao enxugar-se com a toalha, tornou a se olhar no espelho: o nariz!

— Ivan, dá uma olhadinha aqui; parece que estou com uma espinha no nariz — disse, e enquanto isso pensava: "Vai ser uma desgraça se Ivan disser: nada disso, senhor: além de não ter nenhuma espinha, nem nariz o senhor tem!".

Mas Ivan disse:

— Não, não tem espinha nenhuma: o nariz está limpo!

"Que bom, que beleza!" — disse consigo o major e estalou os dedos. Nesse momento o barbeiro Ivan Yákovlievitch espiou pela porta; mas com aquele medo de um gato que acaba de ser castigado pelo roubo do toucinho.

— Vá logo dizendo: estás com as mãos limpas? — gritou ainda de longe Kovaliov.

— Estou.

— Mentira!

— Juro que estão limpas, senhor.

— Veja lá!

Kovaliov sentou-se. Ivan Yákovlievitch o cobriu com uma toalha e, com a ajuda de um pincel, transformou num instante toda a sua barba e parte das faces num creme semelhante àquele que se serve em festas de aniversário nas casas dos comerciantes. "Você, hein!" — disse lá com seus botões Ivan Yákovlievitch, olhando para o nariz, e depois virou a cabeça para o lado oposto e o fitou de perfil. — "Ei-lo! Palavra que, só de pensar..." — continuou e observou demoradamente o nariz. Por fim levantou dois dedos com suavidade, com todo o cuidado que se pode imaginar, a fim de

O nariz

101

segurar a ponta do nariz. Porque esse era o sistema de Ivan Yákovlievitch.

— Ai, ai, ai! cuidado! — gritou Kovaliov.

Ivan Yákovlievitch ficou de braços cruzados, pasmou e desconcertou-se como nunca tinha se desconcertado. Finalmente começou a coçá-lo debaixo do queixo com a navalha e, embora sentisse dificuldade e não lhe fosse nada fácil barbear um cliente sem se apoiar na parte cheiradora do corpo, mesmo assim deu um jeito de acomodar o seu rugoso polegar na face e na gengiva inferior de Kovaliov, vencendo por fim todos os obstáculos e conseguindo barbeá-lo.

Já de barba feita, Kovaliov apressou-se em vestir-se, tomou um fiacre e rumou direto para a confeitaria. Ao entrar, foi logo gritando: "Rapazinho, uma xícara de chocolate!" — e no mesmo instante foi até o espelho: o nariz está aqui. Voltou-se alegre e, apertando um pouco os olhos, observou com ar satírico dois militares, um dos quais tinha o nariz igualzinho a um botão de colete. Depois foi ao escritório do departamento, onde vinha pleiteando um lugar de vice-governador ou, caso fracassasse, de executor. Ao passar pela sala de recepção olhou-se no espelho: o nariz está aqui. Em seguida foi visitar outro assessor de colegiado ou major, grande zombador, a cujas picuinhas frequentemente respondia: "Logo você, eu o conheço, é um língua viperina!". Enquanto caminhava, pensou: "Se o major não explodir de rir ao me ver será um sinal evidente de que tudo está no seu devido lugar". Mas isso lhe era irrelevante. "Está bem, está bem, puxa vida!" — pensou consigo o Major Kovaliov. Encontrou Podtótchina, mulher do oficial superior, acompanhada da filha, cumprimentou-as com reverência e foi recebido com alegres exclamações, logo, não faltava nada em seu rosto. Conversou longamente com elas e, tirando deliberadamente do bolso a tabaqueira, demorou muito para encher diante delas ambos os portões do seu nariz, dizendo de si para si: "Veja só, mulher, cérebro de galinha! Apesar de tudo, não vou me casar com a sua filha. Simplesmente *par amour*[10] — tenha a santa paciência!". Desde então o Major Kovaliov andou pela avenida Niévski, pelos teatros e por toda parte como se nada tivesse acontecido. E o nariz, também como se nada tivesse acontecido, manteve-se em seu rosto, sem dar nem sequer a impressão de que andara se ausentando. E depois o Major Kovaliov foi visto eternamente de bom humor, sorridente, perseguindo decididamente todas as mulheres bonitas e inclusive parando certa vez diante de uma barraca no Gostíni Dvor[11] e comprando fita para alguma medalha, não se sabe por que motivo, pois ele mesmo não era cavaleiro de nenhuma ordem.

Eis a história que aconteceu na capital do norte do nosso vasto Estado! Hoje, pela simples percepção de seu conjunto vemos que nela há muito de inverossímil. Já sem falar que é realmente estranha a separação sobrenatural do nariz e a sua aparição em diferentes lugares sob o disfarce de conselheiro de Estado — como Kovaliov não percebeu que não podia anunciar na imprensa o desaparecimento de um nariz? Não estou falando no sentido de achar cara a publicação do anúncio: isso seria absurdo e nada tenho a ver com gente ambiciosa. Mas isso é indecente, esquisito, ruim! E depois — como o nariz achou de aparecer no pão assado e com o próprio Ivan Yákovlievitch?... não, isso de maneira nenhuma eu consigo entender, decididamente não entendo! Porém o que é mais estranho, o que é mais incompreensível é como os autores podem escolher semelhantes temas. Confesso que isso é simplesmente inconcebível, é de fato... não, não, absolutamente não entendo. Em primeiro lugar, isso não traz decididamente nenhum proveito à pátria; em segundo... em segun-

[10] Em francês, no original russo. (N. do T.)

[11] Grande centro comercial de Petersburgo na época de Gógol. (N. do T.)

do lugar também não há nenhum proveito. Simplesmente não entendo o que isso...

Entretanto, apesar de tudo, embora, é claro, se possa admitir isso, aquilo e aquilo outro, pode-se até... ora bolas, onde é que não acontecem absurdos? — E mesmo assim é só pensar um pouco para ver que, palavra, em tudo isso há alguma coisa. Digam o que disserem, mas histórias semelhantes acontecem pelo mundo; raramente, mas acontecem.

(1836)

NOITE DE NATAL

Foi-se o dia da véspera do Natal. Caiu uma clara noite de inverno. No alto apareceram as estrelas. A Lua subiu majestosa ao céu a fim de iluminar os homens de boa vontade e o mundo inteiro para que todos se sentissem alegres e cantassem *koliadas*,[1] glorificando o Cristo. Fazia mais frio que ao amanhecer; mas em compensação o silêncio era tão grande que a meio quilômetro se ouvia o ranger da neve sob as botas de alguém. Ainda não tinha aparecido nenhum grupo de rapazes ao pé das janelas das casas; apenas a Lua as espiava às furtadelas, como se convidasse as mocinhas enfeitadas a correrem para a neve rangente. De repente, torvelinhos de fumaça subiram da chaminé de uma casa e como uma nuvem ganharam o céu, e com a fumaça subiu uma bruxa montada numa vassoura.

Se nesse momento passasse por ali o assessor administrativo de Sorótchintsi,[2] em sua carruagem puxada por uma

---

[1] Entre nós são denominadas *koliada* ou *koliadka* as canções que se cantam ao pé das janelas na véspera de Natal. Os donos da casa ou quem ali esteja sempre põem salame, pão, moedas ou qualquer outra prenda no saco de quem canta. Dizem que houve um idiota chamado Koliada, a quem se tomava por Deus, e daí teriam vindo as *koliadas*. Quem sabe? Não cabe a nós, gente simples, discutir essas coisas. No ano passado, o padre Ossi quis proibir a *koliada* pelo povoado, alegando que ela comprazia a satanás. Mas, para dizer a verdade, nas *koliadas* não há uma palavra sobre Koliada. Canta-se frequentemente o nascimento de Cristo; no final se deseja saúde aos donos da casa e a toda a família. (N. do A.)

[2] Povoado da região de Mírgorod, do município de Poltava, na Ucrânia, onde nasceu Gógol. (N. do T.)

troica de cavalos, de chapéu de pele com tarja de couro de cordeiro, à moda dos ulanos, casaco de pele azul forrado de *smuchka*[3] preta e com aquele chicote diabolicamente entrançado com que costuma apressar o seu cocheiro, na certa ele a notaria, porque nenhuma bruxa no mundo escaparia ao assessor de Sorótchintsi. Ele sabe com precisão quantos leitões pare a porca de cada mulher, quantos cortes de tecido há no fundo de cada baú e que parte de seu vestuário e de seus bens as boas almas penhoram nas tabernas, aos domingos. Mas o assessor de Sorótchintsi não passou; aliás, o que lhe importava a terra alheia quando tinha o seu distrito? Enquanto isso, a bruxa subira tanto que apenas uma manchinha negra tremeluzia lá em cima. Mas, por onde quer que a mancha passasse, as estrelas desapareciam uma atrás da outra. Ao cabo de alguns instantes a bruxa já havia enchido a sua manga com elas. Umas três ou quatro ainda brilhavam. De repente outra manchinha apareceu do lado oposto ao da bruxa, cresceu, começou a se estender e deixou de ser manchinha. Um míope, mesmo que, em vez de óculos, pusesse na cara as rodas da caleche do comissário, nem assim conseguiria descobrir o que era aquilo. O que havia adiante era um autêntico alemão:[4] a cara fina, que girava sem parar e cheirava tudo o que ia encontrando pela frente, acabava num focinho redondo como os dos nossos porcos, e as pernas eram tão finas que se as do alcaide de Yareskov[5] fossem iguais, iriam quebrar-se no primeiro *kozatchók*.[6] Mas em compensação ele era pelas costas um autêntico advogado de provín-

[3] *Smuchka*, tipo de carneiro de raça. (N. do T.)

[4] Entre nós são chamados de alemão todos os estrangeiros — seja francês, suíço ou sueco — é tudo alemão. (N. do A.)

[5] Lugarejo situado no rio Psel, a 30 km de Mírgorod. (N. do T.)

[6] O *kozatchók* é uma dança popular russa cujo ritmo, muito intenso, acelera-se gradativamente com a inclusão de novos elementos e movimentos. (N. do T.)

cia uniformizado, porque o rabo que tinha pendurado era tão pontudo e longo como as abas das casacas de hoje em dia; só pela barba de bode que tinha debaixo do focinho, os pequenos chifres que lhe apontavam da cabeça e a cor de todo o corpo, que não era mais alvo que o de um limpador de chaminé, era possível perceber que não se tratava de alemão nem de advogado de província, mas simplesmente do diabo, a quem restava a última noite para vagar pelo mundo iniciando no pecado os homens de bem. Ao cair da madrugada, às primeiras badaladas das matinas, correria para a sua toca com o rabo encolhido e sem olhar para trás. Enquanto isso, o diabo se acercava furtivamente da Lua e já ia estirando o braço para agarrá-la; mas de repente a empurrou como se tivesse se queimado, chupou os dedos, balançou uma perna, contornou-a e voltou a pular para trás e recolher a mão. Mas, apesar de todos os malogros, o astuto diabo não desistiu das suas travessuras. Depois de acercar-se, agarrou a Lua com as duas mãos, fazendo caretas e soprando-as, passando-a de uma para a outra mão como um mujique que pega brasa com as mãos para o seu cachimbo. Por fim escondeu-a apressadamente no bolso e, como se nada tivesse acontecido, seguiu em frente. Em Dikanka ninguém notou como o diabo roubara a Lua. É verdade que o escrivão distrital, ao sair de quatro da taberna, viu a Lua dançando sem quê nem pra quê lá no céu e jurava por Deus a todo o povoado sobre o que tinha visto; mas os leigos balançavam a cabeça e até zombavam dele. No entanto, que motivo teria levado o diabo a cometer um ato de tamanha ilegalidade? Eis o motivo: ele sabia que o rico cossaco Tchub havia sido convidado pelo sacristão para um *kutiá*,[7] ao qual compareceriam: o alcaide, um chantre parente do sacristão, que cantava no coro do bispado, usava sobre-

---

[7] Prato de arroz, trigo, cevada, passas e mel, com textura de mingau grosso, consumido em cerimônias fúnebres nas igrejas e também no Natal, em algumas regiões da Rússia e da Ucrânia. (N. do T.)

casaca azul e tirava o baixo mais grave, o cossaco Svierbiguz e mais alguém; ali, além do *kutiá*, haveria também pasteizinhos, vodca açafroada e uma grande variedade de comestíveis. Enquanto isso ficava em casa a filha de Tchub, com aquela beleza que preenchia toda a aldeia, e certamente seria visitada pelo ferreiro, tipo hercúleo e rapagão para homem nenhum botar defeito, a quem o diabo detestava mais que às pregações do padre Kondrat. Nas horas de ócio, o ferreiro se dedicava à borradura e ganhara a fama de ser o melhor pintor das redondezas. Quando ainda estava bem de saúde, L..., chefe de um esquadrão de cossacos, convidou-o especialmente a Poltava para pintar uma amurada de madeira ao lado de sua casa. Todas as tigelas em que os cossacos de Dikanka sorviam o seu *borsh*[8] eram lambuzadas pelo ferreiro. O ferreiro era um homem temente a Deus e frequentemente desenhava imagens de santos, e até hoje ainda se pode ver na igreja de T... o evangelista Lucas pintado por ele. Mas o momento triunfal de sua arte foi quando ele lambuzou um quadro na parede do adro direito de uma igreja, no qual reproduziu São Pedro no dia do Juízo Final, de chaves na mão e expulsando do inferno o espírito mau; assustado, o diabo corria para todos os lados, pressentindo o seu fim, enquanto os pecadores, antes trancafiados no inferno, o fustigavam a chicotadas, cipoadas e com tudo o que iam encontrando. Enquanto o pintor trabalhava nesse quadro, pintando-o numa grande placa de madeira, o diabo procurava perturbá-lo por todos os meios; empurrava-lhe invisivelmente o braço, levantava cinza da forja e polvilhava o quadro; mas, apesar de tudo, o trabalho foi concluído, o quadro levado para a igreja e embutido na parede do adro, e desde então o diabo jurara vingar-se do ferreiro. Restava-lhe apenas uma noite para vagar pelo mundo; mas nessa noite procurava um meio de des-

---

[8] Famosa sopa de beterraba, repolho e vários condimentos, habitualmente acompanhada de creme de leite. (N. do T.)

carregar a sua raiva sobre o ferreiro. Foi com esse fim que resolveu roubar a Lua, contando com o fato de que o velho Tchub, preguiçoso e pesadão, não morava nada perto da casa do sacristão, e teria de percorrer um caminho que se arrastava por fora do povoado, passava ao lado de moinhos, de um cemitério, contornava um barranco. Numa noite de luar, vá lá que Tchub fosse atraído por pasteizinhos e vodca açafroada. Mas naquela escuridão era de duvidar que alguém conseguisse arrancá-lo de perto da lareira e tirá-lo de casa. E então o ferreiro, que desde muito tempo não andava de bem com Tchub, apesar de toda a sua força não ousaria visitar-lhe a filha com ele em casa. Pois bem, foi só o diabo esconder a Lua no bolso para que de repente o mundo inteiro ficasse tão escuro, que encontrar o caminho da taberna, ainda mais o da casa do sacristão, não era para qualquer um. Vendo-se subitamente na escuridão, a bruxa deu um grito. Nisso o diabo, que se desfazia em rapapés, pegou-lhe a mão e pôs-se a segredar-lhe ao ouvido aquilo mesmo que sempre se segreda a todo o sexo feminino. O nosso mundo é realmente esquisito! Todos os seus viventes estão sempre tentando macaquear e arremedar uns aos outros. No passado, havia casos em Mírgorod em que o juiz ou o alcaide andavam de *tulupes*[9] durante o inverno, enquanto os pequenos funcionários usavam apenas casaco de couro sem forro. Hoje em dia até o assessor e o fiscal resolvem alcatroar seus novos casacos de *smuchka* de Rechetílovka, cobertos de pano. No ano retrasado o escrevente e o escrivão distrital compraram brim azul de quarenta copeques o metro. O sacristão mandou fazer para o verão bombachas de nanquim e um colete de fio de lã listrado. Em suma, todo mundo quer aparecer! Quando é que essa gente vai deixar de ser fútil! Sou capaz até de apostar que muitos acharão um assombro ver o diabo também procurando fazer

---

[9] Longo casaco de pele de gola alta, feito habitualmente sem uso de tecido. (N. do T.)

Noite de Natal

o mesmo. O pior é que ele certamente se acha bonito, embora a figura — dá até vergonha olhar. A cara, como diz Fomá Grigórievitch, é o horror dos horrores, e mesmo assim ele também faz seus cortejos amorosos! Mas no céu e sob o céu ficou tão escuro que já não se podia enxergar nada do que acontecia entre os dois.

* * *

— Então, compadre, quer dizer que você ainda não visitou o sacristão na casa nova? — perguntava o cossaco Tchub, saindo de sua isbá, a um mujique alto, magro, de *tulup* curto e barba crescida, sinal de mais de duas semanas sem contato com um pedaço de gadanha, que o mujique costuma usar para fazer a barba por falta de navalha. — Agora mesmo ele vai oferecer um bom pileque! — continuava Tchub com um sorriso largo. — É só a gente não se atrasar. — E ajeitou o cinturão que lhe prendia solidamente o *tulup*, enterrou com força o gorro de pele na cabeça, segurou com firmeza o chicote, terror dos cachorros inoportunos, mas parou ao olhar para o céu... — Que diabo é isso! Olhe, olhe só, Panás!...

— O quê? — pronunciou o compadre e também levantou a cabeça.

— Como o quê? A Lua sumiu.

— Que diabos! Realmente sumiu.

— Pois é, sumiu — disse Tchub, um tanto aborrecido com a inabalável indiferença do compadre. — Para você talvez dê no mesmo.

— E o que é que eu posso fazer?

— Algum diabo tinha de meter o bedelho — continuou Tchub, limpando o bigode com a manga da camisa. — Tomara que esse cão não arranje nem uma taça de vodca para tomar de manhã!...[10] Palavra, parece até gozação... Eu, em casa, olhava à toa pela janela: a noite estava um sonho. Tudo

[10] Quando um russo ou ucraniano passa a noite "enchendo a cara",

claro; a neve brilhando ao luar. Tudo visível como se fosse de dia. Nem bem consegui sair pela porta, olhe o que encontrei: um breu.

Tchub ainda ficou muito tempo resmungando e blasfemando, enquanto pensava que decisão tomar. Estava morrendo de vontade de ir à casa do sacristão jogar conversa fora, onde, sem qualquer sombra de dúvida, já estariam o alcaide, o baixo recém-chegado e Mikita, o fabricante de breu, que de duas em duas semanas ia a Poltava a negócios e contava piadas que faziam as pessoas rolarem de rir. Tchub já imaginava a *varienukha*[11] sobre a mesa. Tudo era sedutor, verdade; mas a escuridão da noite lhe fazia lembrar aquela indolência que todos os cossacos tanto apreciam. Que bom seria estar agora deitado na *lejanka*[12] com as pernas encolhidas, fumando tranquilamente seu cachimbo e ouvindo, na embriaguez da modorra, as *koliadas* e as cantigas dos alegres rapazes e moças amontoados ao pé das janelas! Sem dúvida ele se decidiria pela *lejanka* se estivesse só, mas agora não era tão maçante e temível para os dois andar pela noite escura e, ademais, ele não queria aparecer como indolente ou medroso aos olhos dos outros. Terminando de praguejar, Tchub tornou a dirigir-se ao compadre.

— Então, compadre, a Lua sumiu mesmo?

— Sumiu.

— É esquisito, palavra. Dê-me um rapezinho. Seu tabaco é uma beleza. Onde o consegue?

— Beleza coisa nenhuma! — respondeu o compadre, fechando a tabaqueira de bétula, ornada de desenhos gravados. — Não faz nem uma galinha velha espirrar!

---

a tradição manda tomar uma taça de vodca, conhaque etc. ao amanhecer para "rebater" a ressaca. (N. do T.)

[11] Bebida alcoólica feita de uma infusão de vodca, mel, bagas e especiarias. (N. do T.)

[12] Leito de tijolos junto à lareira. (N. do T.)

— Eu me lembro — continuou assim mesmo Tchub —, eu me lembro que uma vez o finado Zuzúlia, o taberneiro, me trouxe tabaco de Niéjin. Eta, beleza! Tabaco bom tava ali! E então, compadre, o que vamos fazer mesmo? Aí fora está escuro!

— Bem, o jeito é a gente ficar em casa — disse o compadre, pondo a mão na maçaneta da porta.

Se o compadre não tivesse dito isso, Tchub certamente teria resolvido ficar em casa, mas agora era como se alguma coisa o empurrasse a fazer o contrário.

— Não, compadre, vamos! não podemos desistir, precisamos ir!

Mal acabara de dizer isso e já estava se recriminando por ter dito. Para ele era muito desagradável sair vagando numa noite como aquela; mas se consolava porque esse tinha sido o seu propósito e assim ele agia, desconsiderando os conselhos que lhe haviam dado. O compadre, que não esboçara em seu rosto nenhum sinal de insatisfação, como uma pessoa para quem não faz a mínima diferença ficar em casa ou sair, olhou ao redor, coçou os ombros com o bastão, e os dois compadres se puseram a caminho.

* * *

Agora vejamos o que fazia a bela filha de Tchub depois de ficar sozinha. Osana ainda nem tinha completado dezessete anos, e já em quase todo o mundo e em todas as bandas de Dikanka só se falava nela. Os rapazes proclamavam em coro que moça mais bonita nunca houvera nem haveria jamais na aldeia. Osana estava a par e dava ouvidos a tudo o que diziam a seu respeito, e tinha os caprichos da mulher bela. Se não usasse *plakhta*[13] com avental, mas qualquer quimonozinho, derrubaria todas as suas concorrentes. Os ra-

---

[13] Peça quadrada de tecido grosso, listrado ou quadriculado, que as ucranianas usam como uma saia alta, envolvendo o tronco. (N. do T.)

112   Nikolai Gógol

pazes andavam aos bandos atrás dela, porém, depois de perderem a paciência, foram se afastando pouco a pouco e procurando outras menos mimadas. O único obstinado era o ferreiro, que não desistia dos seus galanteios, embora ela lhe desse um tratamento igualzinho ao que dispensava aos outros. Depois da saída do pai, ela ainda ficou muito tempo se emperiquitando e se requebrando diante de um pequeno espelho com moldura de estanho, e não cansava de se admirar. "Por que as pessoas acham de espalhar que eu sou bonita?", dizia ela como que distraída, com o único fim de falar sozinha sobre alguma coisa. "Mentira, não sou nada bonita." Mas o rosto viçoso, vivo e juvenil que resplandecia no espelho, com aqueles olhos negros e brilhantes e aquele sorriso de uma simpatia indescritível que incendeia a alma, de repente demonstrou o contrário. "Será que os meus cílios negros e os meus olhos são tão bonitos que não existem iguais no mundo?", continuava a bela sem largar o espelho. "O que há de bonito nesse nariz arrebitado? e nessas faces? e nesses lábios? Por acaso as minhas tranças negras são bonitas? Oh! Dão até medo de noite; são como cobras compridas que se entrelaçaram e se enroscaram em torno da minha cabeça. Agora estou vendo que não sou nada bonita!" E, afastando um pouco o espelho, exclamou: "Não, eu sou bonita! Ah, como sou bonita! Uma maravilha! Que alegria darei a quem me tiver como esposa! Como meu marido vai se deleitar comigo! Não vai caber em si. Vai me matar de beijos".

"Um encanto de menina! — disse em voz baixa o ferreiro, que entrara de mansinho —, e nem um pouco vaidosa! Já faz uma hora que está aí em pé, contemplando-se no espelho, e não se cansa de se contemplar, e ainda se elogia em voz alta!"

"Ora, rapazes, vocês lá são par para mim? Olhem — continua a bela coquete —, vejam como meu andar é suave: minha blusa é de seda vermelha. E que laços de fita eu tenho no cabelo! Em toda a sua existência vocês não verão galões

Noite de Natal

mais ricos! Meu pai me comprou tudo isso para que o melhor rapagão do mundo se casasse comigo!" — e voltou-se sorrindo para o outro lado, dando de cara com o ferreiro...

Deu um grito e parou com ar severo diante dele.

O ferreiro pasmou.

É difícil narrar o que exprimia o rosto amorenado da encantadora mocinha: transparecia severidade; e por entre a severidade, um quê de chacota para com o desconcertado ferreiro, e um rubor quase imperceptível de irritação se espalhando em tons delicados pelo rosto; e tudo isso tão misturado e tão indescritivelmente belo que beijá-la um milhão de vezes era o melhor que se poderia fazer.

— O que foi que você veio fazer aqui? — começou Osana. — Será que quer ser jogado porta afora a pazadas? Vocês todos são mestres em nos cortejar. Farejam logo quando os nossos pais não estão em casa. Ah! Sei quem são vocês! E então, minha arca está pronta?

— Vai ficar pronta, meu coraçãozinho, depois das festas vai ficar pronta. Se você soubesse o quanto eu já me empenhei nela: passei duas noites sem me afastar da forja, mas em compensação nenhuma filha de pope terá uma arca igual.[14] Fiz os adornos de um ferro que não usei nem na charrete do chefe de esquadrão dos cossacos naquela vez em que fui a Poltava fazer aquele serviço. E que desenhos vai ter! Pode percorrer todas as redondezas com os seus pezinhos alvos que não encontrará outra igual! Por toda a superfície se espalharão flores vermelhas e azuis. Vai brilhar como uma chama. Não fique zangada comigo! Deixe-me pelo menos conversar, pelo menos olhar pra você!

— E quem está proibindo? Pode falar e olhar!

Em seguida sentou-se no banco, tornou a se olhar no

---

[14] O pope, sacerdote da Igreja Ortodoxa, podia constituir família; e o pope russo era de certa forma um privilegiado, graças ao grande poder econômico de que dispunha a Igreja russa até 1917. (N. do T.)

espelho e pôs-se a ajeitar as tranças na cabeça. Contemplou o colo, a nova blusa de seda, e uma leve sensação de vaidade desenhou-se em seus lábios e nas faces viçosas, irradiando-se nos olhos.

— Deixe eu me sentar a seu lado! — disse o ferreiro.

— Sente-se — pronunciou Osana, conservando nos lábios e no olhar a mesma sensação.

— Minha querida, minha encantadora Osana, deixe-me beijá-la! — disse o ferreiro animado, e apertou-a contra si no intento de lhe roubar um beijo; mas Osana afastou a face que já estava a uma ínfima distância dos lábios do ferreiro e o empurrou.

— E o que que você ainda vai querer? Não pode ver mel, que vai logo querendo a colher! Vá embora daqui; suas mãos são mais ásperas do que o ferro. E, além disso, ainda cheira a fumaça. Assim você me suja toda de cinza.

Puxou para si o espelho e se pôs novamente a se arrumar diante dele.

"Ela não gosta de mim — pensou consigo o ferreiro, cabisbaixo. — Só quer saber de brinquedo; fico aqui postado diante dela como um imbecil sem tirar os olhos de cima dela. E mesmo assim eu ficaria plantado diante dela e passaria a vida inteira sem tirar os olhos de cima dela! Uma mocinha linda! O que eu não daria para saber o que tem no coração e de quem gosta! Mas não, para ela ninguém serve. Vive encantada consigo mesma, atormentando o pobre de mim; e eu, cego de tristeza; mas eu a amo tanto como homem nenhum neste mundo jamais amou nem vai amar."

— É verdade que sua mãe é uma bruxa? — perguntou Osana e deu uma risada. E o ferreiro sentiu que no seu íntimo tudo se punha a rir. Era como se aquele riso tivesse ecoado ao mesmo tempo em seu coração e em suas veias, que lentamente se agitavam, e junto com tudo isso, um desgosto lhe calou fundo na alma porque ele não podia cobrir de beijos aquele rosto que com tanta simpatia se desmanchava em risos.

Noite de Natal

— Que me importa minha mãe? Para mim você é mãe, pai e tudo o que há de precioso no mundo. Se o rei me chamasse e dissesse: "Ferreiro Vakula, pede-me o que houver de melhor no meu reino, que eu te darei. Ordenarei que te façam uma forja de ouro, e tu passarás a martelar com martelos de prata". — "Não quero", diria eu ao rei, "nem pedras preciosas, nem forja de ouro, nem todo o teu reinado. Prefiro que me dês minha Osana!".

— Você, hein! Só que meu pai não é cego. Isso você verá quando ele não se casar com sua mãe — disse Osana, sorrindo cheia de malícia. — E as meninas que não chegam, sim senhor!... O que significaria isto? Há muito já é hora da *koliada*. Está começando a ficar chato.

— Que fiquem com Deus, minha linda!

— Era só o que faltava! na certa elas virão acompanhadas de rapazes. E então haverá baile. Imagino as histórias engraçadas que vão contar!

— Então você se sente alegre na companhia deles?

— Com certeza mais alegre do que na sua. Ah! Bateram à porta, são mesmo as moças e os rapazes.

"O que mais vou esperar?" — falava sozinho o ferreiro. — Ela zomba de mim. Para ela eu valho tanto quanto uma ferradura enferrujada. Mas, se é assim, pelo menos outra pessoa não terá a ocasião de zombar de mim. Tomara que eu seja o único a descobrir na certa de quem ela gosta mais do que de mim: aí eu me afasto..."

Uma batida na porta e um "abra!" que ecoou agudo no frio interromperam-lhe as reflexões.

— Espere, eu mesmo abro — disse o ferreiro, e saiu ao alpendre com a intenção de quebrar por despeito as costelas do primeiro que encontrasse.

* * *

O frio aumentara, e lá nas alturas esfriara tanto que o diabo pulava de uma pata a outra e soprava os punhos, procurando aquecer pelo menos um pouquinho as mãos geladas. Era natural, entretanto, que o frio congelasse até aquele que passava dias e noites no inferno, onde, como se sabe, não faz tanto frio como no nosso inverno e ele, postado de touca diante duma fornalha como um verdadeiro mestre-cuca frita os pecadores com a mesma satisfação que experimentam as mulheres quando fritam salame para o Natal. A própria bruxa, apesar de bem agasalhada, sentia frio; por isso levantou os braços e abriu as pernas, colocando-se na posição de quem voa sobre patins sem mover uma única junta, e desceu céu abaixo como quem desce pela vertente de uma montanha de gelo, indo cair direto dentro de uma chaminé. O diabo fez o mesmo e saiu atrás dela. Mas como esse bicho é mais ágil que qualquer dândi de meias, não era de admirar que em plena boca da chaminé despencasse no seu colo sua amante, caindo os dois entre as panelas, dentro de forno largo. A viajante abriu levemente a tampa do forno a fim de examinar se Vakula, seu filho, tinha trazido algum convidado para casa; mas ao ver que não havia ninguém, apenas alguns sacos no meio da sala, saiu do forno, tirou o quente *tulup* e ajeitou-se, e ninguém poderia dizer que um minuto antes ela estivera voando numa vassoura.

A mãe do ferreiro Vakula não tinha mais de quarenta anos. Não era bonita nem feia. Aliás, é difícil ser bonita nessa idade. No entanto, era tão ardilosa em deixar encantados até mesmo os cossacos da estepe (que, aliás, não custa observar de passagem, pouco ligam para a beleza) que recebia visitas do alcaide, do sacristão Óssip Nikíforovitch (certamente quando a mulher dele não estava em casa), do cossaco Korni Tchub e do cossaco Kassian Svierbiguz. E, honra lhe seja feita, sabia tratá-los com habilidade. A nenhum deles passava pela cabeça a ideia de ter um rival. Se um devoto mujique, ou um nobre, como os cossacos costumam se declarar, ia com mau tempo à igreja no domingo ou à taberna e passava enfiado em seu encapuzado casaco de pano, como iria deixar de fazer uma visitinha a Solokha, comer gordurosos pasteizinhos com creme de leite e bater um papo com aquela mulher falante e solícita na isbá aquecida? E para tanto o nobre dava de propósito uma longa volta antes de chegar à taberna e chamava isso de aproveitar a passagem para fazer uma visitinha. E quando acontecia de Solokha ir à igreja nos dias de festa, vestindo saiote de lã xadrez clara sob uma saia azul com passamanes dourados e um aventalzinho de lã por cima e se postava bem perto da ala direita, o sacristão ia logo pigarreando e apertando involuntariamente os olhos naquela direção; o alcaide alisava o bigode, torcia sobre a orelha uma mecha de cabelo e dizia a quem estivesse a seu lado: "Eh, bondade de mulher! O diabo em figura de mulher!". Solokha reverenciava a todos, e cada um pensava que ela só reverenciava a si mesmo. Mas quem gostasse de se meter em assuntos alheios percebia logo que Solokha era mais amável com o cossaco Tchub que com os outros. Tchub era viúvo; à frente de sua casa sempre havia oito medas de trigo. Duas parelhas de bois agigantados botavam a cabeça para fora da cerca entrançada do telheiro e mugiam todas as vezes em que viam se aproximando a comadre, uma vaca, um homem, ou um touro gordo. Um bode barbudo subia em pleno telhado e bodejava lá de cima com voz aguda como a do alcaide, arremedando os perus que apareciam no quintal, e dava as costas quando divisava os seus inimigos, os garotos que zombavam da sua barba. Tchub guardava no fundo do baú muitos cortes de tecido, *jupans*[15] e *kuntuches*[16] antigo com galões dourados: sua falecida esposa fora mulher luxenta. Em sua horta, além de papoula, repolho e girassóis, ainda se plantavam todos os

[15] Do polonês *zupan*: antiga veste superior usada pelos ucranianos e poloneses, semelhante ao *caftan* curto russo. (N. do T.)

[16] Do húngaro *Kòntòs* e do polonês *kontusz*: antiga vestimenta masculina usada pelos ucranianos e poloneses, de mangas muito longas e também semelhante ao *caftan*. (N. do T.)

anos dois partidos de fumo. Solokha não achava nada mau juntar tudo isso aos seus bens, matutava por antecipação como isso ficaria quando passasse para as suas mãos, e duplicou sua benevolência com o velho Tchub. E para evitar que seu filho Vakula desse um jeito de conquistar a filha de Tchub e se apoderar de tudo, pois certamente o rapaz não iria permitir que ela metesse o bedelho em nada, apelou para o recurso habitual de todas as comadres quarentonas: fazer Tchub e o ferreiro brigarem com a maior frequência possível. Talvez fosse por causa dessas artimanhas e astúcias que as velhas já andavam dizendo por aí, sobretudo quando bebiam demais nas rodas alegres, que Solokha era mesmo uma bruxa; diziam que o jovem Kiziakolupenko tinha visto nela um rabo do tamanho de um fuso de fiar; de que duas semanas antes, na quinta-feira, ela havia cruzado o caminho de alguém na forma de gato preto; que certa vez um porco correra até a casa da mulher do pope, cantara como galo, metera na cabeça o chapéu de pele do padre Kondrat e saíra correndo. Certa vez, quando as velhas contavam essas histórias, chegou o pastoreador Timich Korostiavi. Este não perdeu a oportunidade de contar como certa vez, no verão, em plena noite de São Pedro, quando se deitava para dormir no estábulo, fazendo um travesseiro de um montículo de palha, vira com seus próprios olhos como uma bruxa com as tranças soltas, só de camisola, começara a ordenhar as vacas sem que ele pudesse nem se mexer de tão enfeitiçado que estava; depois de ordenhar as vacas, a bruxa fora até ele e besuntara-lhe os lábios com uma coisa tão nojenta que depois ele passara o dia todo cuspindo. Mas tudo isso tinha algo de suspeito, porque só o assessor de Sorótchintsi podia ver uma bruxa. E por isso todos os cossacos notáveis abanavam a mão ao ouvir essas histórias e sempre diziam: "Mentira dessas cadelas!".

Depois de sair do forno e pôr-se em ordem, Solokha, como boa dona de casa, começou a arrumar as coisas e colocá-las todas em seus devidos lugares; mas não tocou nos

Noite de Natal

119

sacos: Vakula os trouxe, então que ele mesmo os leve daqui! O diabo, quando ainda entrava na chaminé, virara-se involuntariamente e avistara Tchub e o compadre juntos, já longe da isbá. Num piscar de olhos voou da chaminé, cortou-lhes o caminho e começou a remover de todos os lados montes de neve congelada. Levantou-se uma tempestade de neve. O espaço começou a branquejar. A neve assolava para frente e para trás, e os enredava, ameaçando tapar os olhos, a boca e os ouvidos dos transeuntes. Enquanto isso, o diabo tornou a voar para a chaminé, com a firme convicção de que Tchub voltaria com o compadre, encontraria o ferreiro e lhe daria tal acolhida que ele ficaria muito tempo sem condições de segurar um pincel e pintar caricaturas ofensivas.

* * *

De fato, mal começou a nevasca, e o vento passou a açoitar em cheio seus olhos, Tchub foi logo se declarando arrependido e, afundando mais o gorro de pele na cabeça, distribuiu blasfêmias para si, o diabo e o compadre. Aliás, essa irritação foi simulada. Tchub estava muito satisfeito com a nevasca que acabava de começar. Até a casa do sacristão ainda restava uma distância oito vezes maior do que a que eles haviam percorrido. Os viajantes deram meia-volta. O vento açoitava a nuca: mas em meio à neve revolta não se enxergava nada.

— Espere, compadre! Parece que não estamos no caminho certo — disse Tchub, afastando-se um pouco —, não estou vendo nenhuma casa. Puxa, que nevasca! Compadre, dê uma guinadinha para ver se encontra o caminho daquele lado; enquanto isso eu vou procurando por aqui. Eh, só sendo coisa do espírito mau fazer a gente sair vagando numa nevasca como essa! Não se esqueça de gritar quando encontrar o caminho. Arre, que monte de neve o satanás me atirou nos olhos!

Enquanto isso, não se divisava o caminho. Afastando-se para um lado, o compadre perambulava para frente e para trás, metido em suas longas botas, e acabou dando direto na taberna. Esse achado o alegrou tanto que ele esqueceu tudo e, depois de sacudir a neve de cima do corpo, entrou no vestíbulo sem se preocupar minimamente com o compadre, que ficara na rua. Entrementes, Tchub teve a impressão de ter encontrado o caminho; parou, pôs-se a gritar a plenos pulmões, mas vendo que o compadre não aparecia, resolveu caminhar sozinho. Depois de breve caminhada, viu a sua casa. Montões de neve lhe apareciam ao lado e no telhado.

Com as mãos congeladas de frio, pôs-se a bater à porta e a gritar imperioso para a sua filha vir abrir.

— O que é que você quer aqui? — gritou severo o ferreiro, saindo.

Reconhecendo a voz do ferreiro, Tchub deu alguns passos para trás. "Ah, não, essa não é a minha casa — disse para si —, na minha casa o ferreiro não se mete. Eh, reexaminando bem, essa também não é a casa do ferreiro. De quem então será ela? Ah! Já sei! Não tinha reconhecido! É a casa do coxo Lievtchenko, que se casou recentemente com uma mulher jovem. A casa dele é a única que se parece com a minha. Por isso, inicialmente achei meio esquisito chegar tão rapidamente em casa. Mas neste momento Lievtchenko está na casa do sacristão, disso não tenho dúvida: então, o que é que o ferreiro?... Ah, ora veja! então ele anda visitando a jovem mulher de Lievtchenko. Então é isso! Ótimo!... agora entendi tudo!"

— Quem está aí e por que anda fuçando ao pé das janelas alheias? — disse o ferreiro em tom mais severo que antes e chegando-se mais perto.

"Não, não vou dizer a ele quem sou — pensou Tchub —, esse degenerado maldito ainda pode me espancar!" E, mudando a voz, respondeu: "Sou eu, homem de bem! e vim aqui para distraí-lo com um pouquinho de *koliada* ao pé da janela!".

— Vá pro inferno com as suas *koliadas*! — gritou raivoso Vakula. — O que ainda está fazendo aí em pé? Está ouvindo, vá dando o fora agora mesmo!

Noite de Natal

O próprio Tchub já estava com essa prudente intenção, mas achou que era uma ofensa ter de obedecer às ordens do ferreiro. Parecia que algum espírito mau o empurrava pelo cotovelo e o forçava a dizer alguma coisa para contrariar.

— Por que é mesmo que grita tanto? — disse ele com a mesma voz. — Quero cantar *koliadas* e chega.

— Ah, ah! quer dizer que palavras não bastam para acalmá-lo! — Em seguida Tchub sentiu um golpe muito dolorido no ombro.

— Bem, pelo que vejo é você que já está começando a brigar! — disse ele, recuando um pouco.

— Fora, fora! — gritava o ferreiro, condecorando Tchub com outro empurrão.

— O que está fazendo?! — disse Tchub com uma voz em que havia dor, mágoa e timidez. — Pelo que vejo você está brigando de verdade e ainda bate para doer!

— Vamos dando o fora, vamos! — gritou o ferreiro e bateu a porta.

— Vejam só que valentão! — dizia Tchub, depois de ficar só na rua. — Tente só se aproximar!... que coisa, hein! imaginem que figurão! pensa que não posso castigá-lo? Não, meu caro, vou agora mesmo ao comissário. Você vai se haver comigo. Não vou considerar o fato de você ser ferreiro e pintor. Eh, mas preciso dar uma olhada nas costas e nos ombros: acho que estou com manchas azuladas. Devo estar mesmo, o filho do diabo bateu para doer! É uma pena que esteja frio e eu não possa tirar o *tulup*! Espere, ferreiro endiabrado, que o diabo leve a você e sua forja, você vai me pagar! patife maldito! Ah, mas neste momento ele não está em casa. Acho que Solokha está só. Hum... e não fica longe; seria o caso de ir até lá! Essa é uma hora em que ninguém vai nos pegar de surpresa. Talvez a gente possa até fazer aquilo... puxa, como está doendo a pancada do maldito ferreiro!

Então Tchub coçou as costas e tomou outra direção. A satisfação que o aguardava no encontro com Solokha atenuava um pouco a dor e o tornava insensível ao próprio frio, cuja crepitação por todas as ruas o assobio da nevasca não conseguia abafar. Uma expressão meio suave se esboçava de quando em quando no rosto de Tchub, cuja barba e bigode o vento besuntara de neve melhor que qualquer barbeiro que torce tiranicamente o nariz de sua vítima. Mas se mesmo assim a neve não turvasse tudo diante dos olhos, por muito tempo ainda daria para ver Tchub parando, coçando as costas, dizendo: "Bateu pra doer o maldito ferreiro!", e tornando a pegar o caminho.

* * *

Enquanto o ágil dândi de rabo e barba de bode voava para fora e para dentro da chaminé, a bolsinha que ele levava de um lado, e na qual havia escondido a Lua roubada, ficou presa no forno não se sabe como, dissolveu-se, e a Lua aproveitou a oportunidade para subir pela chaminé da casa de Solokha e ganhar suavemente as alturas. Tudo ficou claro. Foi como se não tivesse havido nevasca. A neve resplandeceu em forma de um vasto campo prateado e desfez-se toda em estrelas cristalinas. O frio pareceu amornar. Surgiram grupos de rapazes e moças munidos de sacos. Ecoaram as canções, e rara era a casa diante da qual não havia grupos cantando *koliadas*. O luar estava um encanto! É difícil dizer como é bom brincar de empurra-empurra em noites como essa, no meio de moças que cantam e gargalham e entre a rapaziada disposta a todos os tipos de brincadeira e invenções, que só podem ser inspiradas por uma noite que sorri alegremente. A gente se sente aquecida debaixo de uma grossa peliça; o frio faz as faces arderem com mais intensidade; e os mais ardilosos empurram os outros para a roda da brincadeira.

Grupos de moças irromperam com seus sacos na casa de Tchub, rodeando Osana. Os gritos, gargalhadas e histórias ensurdeceram o ferreiro. Cada uma procurava ser a primeira a contar apressadamente alguma novidade à bela Osana,

Noite de Natal

e todas descarregaram os seus sacos e se gabaram dos pães, salames, pasteizinhos que até então haviam conseguido ganhar em quantidade bem razoável com as *koliadas*; Osana parecia mergulhada em plena satisfação e alegria, falava pelos cotovelos ora disso, ora daquilo e dava gargalhadas sem fim. Era com certa amargura e despeito que o ferreiro observava essa alegria, e desta vez amaldiçoava a *koliada*, embora pessoalmente tivesse loucura pelo folguedo.

— Ah, Odarka! — disse a alegre beldade, voltando-se para uma das moças. — Você de botinhas novas! Ah, que gracinha! Têm até enfeites de ouro! Você é que é feliz, Odarka, tem quem lhe compre tudo; só eu não tenho quem me compre botinhas tão lindas.

— Não se aflija, minha querida Osana! — interpôs o ferreiro. — Vou lhe conseguir umas botinhas daquelas que só raras senhoritas usam.

— Você? — disse Osana, lançando-lhe um olhar breve e altivo. — Quero ver onde vai arranjar botinhas que eu possa calçar. Só se trouxer as mesmas que a tsarina usa.

— Vejam só o que ela está querendo! — gritou entre risos o moçame.

— Bem! — continuou a altiva beldade —, que vocês todas sejam testemunhas, se o ferreiro Vakula me trouxer as mesmas botinhas que a tsarina usa, dou minha palavra que me casarei com ele no mesmo instante.

As moças saíram, levando consigo a bela Osana.

"Vão rindo... vão rindo!..." — dizia o ferreiro, saindo atrás delas. — Eu mesmo rio de mim! Penso, penso e não consigo atinar onde estou com a cabeça. Ela não gosta de mim, que fique com Deus! como se no mundo inteiro só existisse Osana! Graças a Deus existem muitas boas moças além dela. Aliás, qual Osana qual nada! ela nunca vai dar uma boa dona de casa; a única coisa que sabe fazer é embonecar-se. Não, chega, já é tempo de deixar de bobagens." Mas enquanto o ferreiro se dispunha a tornar-se um homem decidido, algum espírito mau fez passar de relance diante dos seus olhos a imagem sorridente de Osana, que dizia com ar de zombaria: "Vamos, ferreiro, consiga-me as botinhas da tsarina que me casarei com você!". Ele estava cheio de ansiedade e só pensava em Osana.

Os grupos de cantadores da *koliada*, rapazes numa turma, moças em outra, corriam de rua em rua. Mas o ferreiro seguia em frente e não via nem sentia nada naquele divertimento, do qual outrora gostara mais do que ninguém.

* * *

Enquanto isso, o diabo se desfazia a valer em mimos com Solokha: beijava-lhe a mão com aqueles trejeitos que faz o assessor quando está com a mulher do pope, levava a mão ao coração, soltava "ais" e dizia com a maior franqueza que, se ela não aceitasse satisfazer a sua paixão e, como era de praxe, compensá-lo, então ele estava disposto a tudo, jogar-se no rio e mandar a alma direto para o inferno. Solokha não era lá tão cruel e, além disso, sabia-se que ela e o diabo agiam em parceria. Ela, que gostava tanto de ver uma multidão lhe arrastando a asa e raramente ficava sem companhia, estava pensando em passar logo essa noite sozinha, já que todos os notáveis do povoado tinham sido convidados para o *kutiá* na casa do sacristão. Mas tudo saiu diferente: mal o diabo acabou de apresentar a sua pretensão, ouviram uma batida na porta e a voz do corpulento alcaide. Solokha correu para abri-la, enquanto o ágil diabo enfiava-se num saco que estava no chão. O alcaide, depois de sacudir a neve do seu *kapeliukh*[17] e beber uma taça de vodca das mãos de Solokha, contou que não tinha ido à casa do sacristão porque havia começado uma nevasca, mas ao ver que ela estava com a luz acesa tomara o caminho da sua casa com a intenção de passarem a noite juntos. Nem bem o alcaide pronunciou essas palavras ouviram

[17] Chapéu de pele com largos tapa-orelhas. (N. do T.)

Noite de Natal

uma batida na porta e a voz do sacristão. "Esconda-me em algum canto — cochichou o alcaide. — Não quero encontrar o sacristão agora." Solokha pensou demoradamente onde esconder um hóspede tão corpulento; por fim escolheu o maior saco de carvão: despejou o carvão numa tina, e o massudo alcaide meteu-se no saco com bigode, cabeça, chapéu *kapeliukh* e tudo.

O sacristão entrou, lamuriando-se e esfregando as mãos, e contou que ninguém tinha ido à sua casa, que estava sinceramente alegre por ter essa oportunidade de distrair-se alguns minutos com ela e que não havia temido a nevasca. E então se acercou mais dela, pigarreou, sorriu, tocou-lhe o braço gordo e nu com seus dedos longos e falou com um ar que tanto expressava malícia como fatuidade:

— O que é isso, magnífica Solokha? — e ao dizer isso recuou um pouco.

— Como o que é isso? É o braço, Óssip Nikíforovitch! — respondeu Solokha.

— Hum! o braço! ah! ah! ah! — disse o sacristão e, sinceramente satisfeito com o seu começo, deu alguns passos pela sala.

— E isso, querida Solokha? — proferiu com o mesmo ar, chegando-se a ela, pegando-a levemente pelo pescoço e do mesmo jeito dando um passo para trás.

— Como se não estivesse vendo, Óssip Nikíforovitch! — respondeu Solokha. — É o pescoço, e no pescoço, um colar.

— Hum! um colar no pescoço! ah! ah! ah! — e tornou a caminhar pela sala, esfregando as mãos.

— E isso aqui, incomparável Solokha?... — Não se sabe o que o sacristão tocaria agora com seus dedos longos; de repente ouviu-se uma batida na porta, seguida da voz do cossaco Tchub.

— Ah, meu Deus, gente estranha! — gritou amedrontado o sacristão. — O que vai acontecer se surpreenderem uma pessoa de minha classe aqui?... chegará aos ouvidos do padre

Kondrat!... — Mas os temores do sacristão eram de outra ordem: o que ele temia era que a coisa chegasse aos ouvidos de sua cara-metade, que já antes havia deitado a mão terrível em sua grossa trança, reduzindo-a a uma bem fininha. — Pelo amor de Deus, benemérita Solokha — dizia ele, tremendo da cabeça aos pés. — A vossa bondade, como diz o Evangelho de Lucas, capítulo tre... tre... Estão batendo, juro que estão batendo! Oh, esconda-me em algum canto.

Solokha despejou o carvão de outro saco na tina, e o sacristão, não muito volumoso, enfiou-se nele, acomodando-se bem no fundo, de sorte que por cima dele ainda cabia meio saco de carvão.

— Boa noite, Solokha! — disse Tchub ao entrar. — Você talvez não estivesse à minha espera, hein? não é verdade que não estava? Pode ser que eu esteja atrapalhando... — continuou Tchub, estampando no seu rosto uma expressão alegre e significativa, que de antemão dava a entender que sua cabeça tarda funcionava e se preparava para uma brincadeira mordaz e divertida. — Vai ver que você estava se divertindo com alguém!... ou quem sabe já escondeu alguém, hein? — e, maravilhado com essa sua observação, Tchub começou a rir, sentindo-se no íntimo triunfante por ser o único a gozar das boas graças de Solokha. — Bem, Solokha, agora me dê um pouco de vodca para beber. Acho que fiquei de garganta congelada por causa do maldito frio. Deus achou de mandar uma noite dessas na véspera de Natal! Como a nevasca açoitava, estava ouvindo, Solokha, como açoitava... Arre, estou com as mãos petrificadas! Não consigo desabotoar a peliça! Como a nevasca açoitava...

— Abra! — ouviu-se da rua uma voz, acompanhada por uma batida na porta.

— Alguém está batendo? — perguntou Tchub, pondo-se de pé.

— Abra! — gritaram mais alto.

— É o ferreiro! — disse Tchub, apanhando o seu *kape-*

Noite de Natal   127 *liukh*. — Ouça, Solokha, me esconda onde quiser; não quero aparecer na frente desse maldito degenerado por nada nesse mundo. Tomara que nasça uma bolha do tamanho dum monte de feno debaixo dos dois olhos desse filho do diabo!

Solokha, também assustada, andava de um canto a outro da sala como uma desatinada e, por distração, fez sinal a Tchub para que se metesse no mesmo saco em que já estava o sacristão. O coitado do sacristão não ousou sequer exprimir sua dor com um pigarro ou um gemido, quando o pesado mujique sentou-se quase na sua cabeça e pôs as botas congeladas pelo frio em ambos os lados da sua fronte.

O ferreiro entrou sem dizer uma palavra, sem tirar o chapéu de pele, e quase desabou em cima de um banco. Via-se que estava de péssimo humor. No mesmo instante em que Solokha fechava a porta após a entrada dele, mais alguém bateu. Era o cossaco Svierbiguz. Este já não poderia esconder num saco, porque era impossível encontrar um saco tão grande. Era mais corpulento que o próprio alcaide e mais alto que o compadre de Tchub. Por isso, Solokha o levou para a horta, a fim de ouvir tudo o que ele tinha a lhe dizer. O ferreiro observava distraído os cantos de sua casa, escutando de quando em quando as *koliadas* que ecoavam ao longe; por fim, deteve o olhar nos sacos: "O que é que esses sacos estão fazendo aqui? Já deviam ter sido levados para fora há muito tempo. Esse amor bobo me deixou completamente atordoado. Amanhã é dia de festa e até agora a casa está cheia de tudo quanto é porcaria. É o caso de levá-los para a forja!". E o ferreiro sentou-se junto aos enormes sacos, amarrou-os com bastante força e preparou-se para atirá-los nos ombros. Mas se notava que estava com o pensamento sabe Deus onde, pois, do contrário, teria ouvido Tchub resmungar quando teve os cabelos torcidos pela corda com que ele amarrara o saco e os soluços bastante claros que o gordo alcaide chegou a esboçar. "Será que não vou conseguir tirar da cabeça essa droga de Osana? — dizia o ferreiro. — Não quero pensar nela; mas não paro de pensar e, como se fosse de propósito, só penso nela. Por que será que mesmo contra a minha vontade, a lembrança se mete na minha cabeça? Que diabo, parece que os sacos estão mais pesados do que antes! Na certa puseram mais alguma coisa além de carvão. Sou um idiota! Até esqueci que agora tudo me parece mais pesado. Antes eu chegava a dobrar e desdobrar uma moeda de cobre e uma ferradura de cavalo só com uma das mãos, mas agora não consigo levantar nem um saco de carvão. Logo, até o vento vai me derrubar." "Não! — gritou ele, calando-se e animando-se —, por acaso sou mulher? Não vou deixar ninguém rir de mim! Podem aparecer dez sacos desses, que levanto todos." E, disposto, atirou nos ombros sacos que nem dois homens forçudos conseguiriam levantar. "Vou levantar esse também — continuou ele, erguendo um saco pequeno, em cujo fundo estava o diabo encolhido. — Parece que foi nesse saco que botei minhas ferramentas." Dito isto, saiu assobiando a canção:

Não tenho tempo a perder com mulher.

* * *

Gritos e canções ecoavam cada vez mais ruidosos pelas ruas. A multidão, que se acotovelava, tinha aumentado com a chegada de mais gente das aldeias vizinhas. A rapaziada dava asas às suas brincadeiras e diabruras. De quando em quando ecoava entre as *koliadas* alguma canção alegre, composta ali mesmo por algum jovem cossaco. Ou de repente, no meio da multidão, alguém entoava uma canção em vez da *koliada*, e bramia:

Salve minha gente boa!
Ponha aqui um pastelzinho
Um punhadinho de broas,
E um rolo de salaminho!

Noite de Natal

E esse engenhoso recebia gargalhadas como prêmio. As janelinhas se abriam, e as velhas, as únicas a permanecerem nas isbás ao lado dos graves pais de família, enfiavam os braços magros pelos postigos, com as mãos cheias de salame e bolo. Os rapazes e as moças apresentavam alternadamente os seus sacos e pegavam as suas prendas. Aqui, os rapazes acorriam de todos os lados e cercavam um grupo de moças: algazarra, gritos, um atirava uma bola de neve, outro rasgava um saco cheio das coisas mais variadas; ali, as moças alcançavam um rapaz, punham-lhe um calço, e ele despencava no chão com saco e tudo. Pareciam dispostos a passar a noite toda se divertindo. E, como de propósito, a noite estava esplendidamente tépida! e o luar parecia ainda mais claro com o brilho da neve. O ferreiro parou com os seus sacos. Teve a impressão de ouvir no meio do moçame a voz e a risada fininha de Osana. Estremeceram-lhe todas as veias; depois de jogar todos os sacos no chão, de tal forma que o sacristão soltou um gemido no fundo do saco com a pancada que recebeu, e o alcaide deu um soluço de rasgar a garganta, vagou com o saco pequeno às costas junto com um grupo de rapazes que seguia atrás da turma de moças, entre as quais ouviu a voz de Osana.

"Então é ela! está ali postada como uma rainha e com seus olhos negros brilhando! Um rapaz bem-apessoado lhe conta alguma coisa; na certa é algo divertido, porque ela está rindo. Mas ela sempre está rindo." E, como que involuntariamente, sem entender mesmo de que maneira, o ferreiro abriu caminho por entre a multidão e postou-se ao lado dela.

— Ah, Vakula, você por aqui?! Olá! — disse a beldade com o mesmo sorriso que por pouco não fez o ferreiro perder a cabeça. — E então, ganhou muita coisa com a *koliada*? Puxa, que saquinho pequeno! E as botinhas que a tsarina usa, conseguiu? Arranje as botinhas que me casarei com você! — e correu aos risos junto com a multidão.

O ferreiro permaneceu no mesmo lugar, como estivesse plantado. "Não, não posso; não tenho mais forças... — disse finalmente. — Mas... meu Deus, por que ela é tão diabolicamente linda? O olhar, a voz, enfim, tudo, e como arde, como arde... Não, já não consigo me dominar! Está na hora de acabar com isso tudo: que se dane a alma, vou me afogar no *prólub*[18] e desaparecer sem deixar rastro!" E com passos firmes avançou, alcançou a multidão, emparelhou com Osana e disse com voz firme:

— Adeus, Osana! Procure o namorado que quiser, faça quem quiser de trouxa; a mim você não verá mais neste mundo.

A bela pareceu surpresa, quis dizer alguma coisa, mas o ferreiro abanou a mão e saiu correndo.

— Aonde vai, Vakula? — gritaram os rapazes ao ver o ferreiro correndo.

— Adeus, amigos! — gritou em resposta Vakula. — Se Deus quiser, nos veremos no outro mundo; neste já não sairemos juntos. Adeus, não me guardem rancor! Digam ao padre Kondrat que celebre uma missa pela minha alma pecadora. Por causa dos afazeres mundanos, este pecador não teve tempo de acender velas às imagens do taumaturgo e da Virgem Maria. Tudo o que houver no meu baú entreguem à igreja! Adeus!

Tendo pronunciado essas palavras, o ferreiro pôs-se novamente a correr com o saco nas costas. "Esse se perdeu!", disseram os rapazes. "É uma alma perdida! — murmurou penalizada uma velha que passava ao lado. — Vou sair contando que o ferreiro se enforcou!"

* * *

Enquanto isso, Vakula parou para tomar fôlego depois de percorrer várias ruas. "Para onde mesmo eu estou correndo? — pensou —, como se tudo já estivesse perdido. Vou ten-

---

[18] Buraco feito no gelo para pescar ou lavar roupa. (N. do T.)

Noite de Natal

tar mais uma coisa: vou à casa do *zaporójino*[19] Patsiuk Puzáti.[20] Dizem que ele conhece tudo quanto é diabo e faz o que quer. Vou lá porque, seja como for, minha alma vai se perder mesmo!" Aqui o diabo, há muito tempo totalmente imóvel, pulou de alegria no fundo do saco; mas o ferreiro, pensando que ele mesmo tivesse prendido o saco com o braço e feito esse movimento, bateu no saco com seu punho volumoso e, atirando-o às costas com uma sacudidela, tomou a direção da casa de Patsiuk Puzáti.

Esse Patsiuk Puzáti tinha sido de fato um *zaporójino* no passado; mas, se ele mesmo havia abandonado a organização dos *zaporójinos* ou tinha sido expulso, era coisa que ninguém sabia. Fazia muito tempo — coisa de uns dez anos e talvez até quinze — que ele vivia em Dikanka. A princípio, vivia como um verdadeiro *zaporójino*: não movia uma palha, passava três quartos do dia dormindo, comia por seis ceifeiros e entornava de uma só vez quase um balde de vodca: aliás, tinha onde botar tudo isso, porque Patsiuk, apesar de sua baixa estatura, era muito avantajado na largura. Além disso, as bombachas que usava eram tão largas que, por mais longos que fossem os seus passos, não se notava qualquer sinal de perna e tinha-se a impressão de ver uma barrica de vinho andar pela rua. Talvez tenha sido isso o que deu motivo ao apelido de Puzáti. Mal haviam passado alguns dias depois de sua chegada ao povoado e todos já sabiam que era um curandeiro. Se alguém aparecia com alguma doença, iam logo chamando Patsiuk; e bastava Patsiuk sussurrar algumas palavras

[19] *Zaporójino*: cossaco, membro da *Zaporójskaia Sietch*, organização autônoma dos cossacos ucranianos, existente desde o século XVI e dissolvida em 1775 por Grigóri Alieksândrovitch Potiómkin. Este, depois de esmagada a insurreição dirigida por Emilian Pugatchóv, passou a ver na *Sietch* um possível foco de novas rebeliões. (N. do T.)

[20] A palavra *puzáti* significa barrigudo ou bojudo, aplicando-se tanto a pessoas como a coisas. (N. do T.)

para que a doença desaparecesse como por encanto. Se acontecia de um nobre esfomeado se engasgar com uma espinha de peixe, Patsiuk lhe dava um murro nas costas com tanta arte que a espinha tomava a devida direção sem causar o mínimo dano à nobre garganta. Nos últimos tempos, raramente era visto. A causa disto era provavelmente a preguiça ou talvez o fato de ter a cada ano mais dificuldade de passar pela porta. Então as próprias pessoas tinham de ir à sua casa, caso precisassem dele. Não foi sem timidez que o ferreiro abriu a porta e viu Patsiuk sentado à turca no chão diante de uma pequena barrica, sobre a qual havia uma bacia cheia de *galuchka*.[21] Essa bacia fora colocada intencionalmente à altura da boca de Patsiuk. Sem mover um só dedo, ele inclinou levemente a cabeça e bebeu o caldo direto na bacia, pegando de quando em quando uma *galuchka* com os dentes. "Não — pensou consigo Vakula —, esse aí ainda é mais preguiçoso do que Tchub, que pelo menos come com a colher, enquanto esse aí não quer nem levantar a mão!" E Patsiuk estava mesmo muito ocupado com as suas *galuchkas*, pois parecia ignorar completamente a chegada do ferreiro que, mal cruzando a porta, fez-lhe uma reverência profunda.

— Patsiuk, estou aqui para te pedir um favor! — disse Vakula, fazendo nova reverência.

O gordo Patsiuk levantou a cabeça e recomeçou a sorver as *galuchkas*.

— Dizem que tu... não leves a mal... — disse o ferreiro, recobrando o ânimo —, eu não falo disso com a intenção de te causar a mínima ofensa... dizem que tu tens algum parentesco com o diabo.

Depois dessas palavras, Vakula ficou assustado, pensando que tivesse sido muito direto e atenuado pouco as palavras fortes; e, esperando que Patsiuk pegasse a barrica com bacia

---

[21] Prato ucraniano à base de bolinhos de massa cozidos em caldo ou no leite. (N. do T.)

e tudo e lhe atirasse bem na cabeça, afastou-se um pouco e protegeu-se com a manga do casaco para evitar que o caldo quente com as *galuchkas* lhe salpicassem a cara.

Mas Patsiuk deu uma olhada e voltou a sorver as *galuchkas*.

Animado, o ferreiro resolveu continuar:

— Vim falar contigo, Patsiuk, que Deus te dê tudo, bens em abundância, pão à vontade! — Às vezes o ferreiro sabia usar palavras da moda; isso ele aprendera aos poucos, quando estivera em Poltava pintando a amurada de madeira do chefe de esquadrão dos cossacos. — Eu, pecador que sou, vou ter de me perder mesmo! nada me ajuda neste mundo! O que tiver de acontecer acontecerá, e terei de pedir ajuda ao próprio diabo. O que é que tu achas que eu devo fazer, Patsiuk? — disse o ferreiro, vendo que ele continuava calado do mesmo jeito.

— Quando se precisa do diabo, então se procura o diabo! — respondeu Patsiuk, sem levantar a vista para ele e continuando a dar bocadas nas *galuchkas*.

— É por isso que vim te procurar — respondeu o ferreiro fazendo uma reverência —, acho que, além de ti, ninguém nesse mundo sabe o caminho que leva a ele.

Patsiuk não disse uma palavra e acabou de comer as *galuchkas*.

— Faça essa gentileza, homem bondoso, não me diga não! — investia o ferreiro. — Carne de porco, salame, farinha de trigo-sarraceno, tecido, milho ou qualquer coisa de que precisar, como normalmente se faz entre gente de bem... não regatearemos. Diga, por exemplo, ao menos como encontrar o caminho que leva a ele.

— Quem tem o diabo nas costas não precisa ir longe — disse indiferente Patsiuk, sem mudar de posição.

Vakula fixou o olhar nele como se em sua testa estivesse escrita a explicação dessas palavras. "O que estará dizendo?", perguntava em silêncio a expressão em seu rosto; enquanto isso, aquela boca entreaberta se preparava para engolir sua primeira palavra como engolia uma *galuchka*. Mas Patsiuk calava. Então Vakula percebeu que no chão diante dele não havia *galuchka* nem barrica, mas duas escudelas; uma cheia de pasteizinhos e outra de creme de leite azedo. Seus olhos e pensamentos se voltaram involuntariamente para essa comida. "Quero ver como Patsiuk vai comer os pasteizinhos — dizia consigo. — Certamente não vai querer se inclinar para sorver como o fez com as *galuchkas*; e nem pode: primeiro precisa molhar os pasteizinhos no creme de leite." Mal acabou de pensar nisso, Patsiuk abriu a boca, olhou para os pasteizinhos e abriu ainda mais a boca. Então um pastelzinho atirou-se para fora da escudela, despencou no meio do creme, virou-se de um lado para o outro, pulou para cima e foi cair exatamente em sua boca. Patsiuk comeu, tornou a abrir a boca e outro pastelzinho repetiu a mesma trajetória. Ele tinha apenas o trabalho de mastigá-los e engoli-los. "Vejam só que prodígio!", pensou o ferreiro, abrindo a boca de tão admirado, e no mesmo instante percebeu que um pastelzinho se metia em sua boca e já lhe untava os lábios com creme de leite. Depois de afastar o pastelzinho e limpar os lábios, o ferreiro começou a pensar nas maravilhas que acontecem no mundo e a que complexidades o espírito mau leva o homem, percebendo, além do mais, que Patsiuk era o único que podia ajudá-lo. "Vou lhe fazer mais uma reverência, que explique direito... Mas que diabos! hoje é dia de *kutiá* pobre,[22] e ele comendo pasteizinhos, e pasteizinhos de dias gordos! Realmente, que espécie de idiota sou eu para ficar aqui postado, me enchendo de pecado! É cair fora!" — e o devoto ferreiro saiu como um raio.

Mas o diabo, que estava no fundo do saco e já se alegrara de antemão, não podia suportar que lhe escapasse tão mag-

---

[22] Isto é, dia em que é proibido o consumo de carne. (N. do T.)

nífico troféu. Foi só o ferreiro botar o saco no chão, que ele pulou de dentro e escanchou-se em suas costas.

Um frio ardeu por sobre a pele do ferreiro; assustado e pálido, sem saber o que fazer, o ferreiro quis se benzer... Mas o diabo inclinou seu focinho de cachorro até o ouvido do ferreiro e disse:

— Sou eu, sou teu amigo, tudo farei para um amigo e camarada! Darei todo o dinheiro que quiseres — chiou-lhe no ouvido esquerdo. — Osana será nossa hoje mesmo — cochichou-lhe, voltando o seu focinho novamente para o ouvido direito. O ferreiro ficou parado, refletindo.

— Bem — disse finalmente ele —, a esse preço estou disposto a ser teu!

O diabo levantou os braços e começou a pular de alegria nas costas do ferreiro. "Agora o ferreiro caiu de verdade! — pensou o diabo com seus botões. — Ah, meu caro, agora você vai me pagar por todas as suas caricaturinhas e lorotas atribuídas aos diabos. O que agora hão de dizer meus camaradas quando souberem que o maior carola de todo o povoado está em minhas mãos?" Aqui o diabo gargalhou de alegria ao se lembrar de como iria zombar de toda a rabuda tribo no inferno, de como iria ficar furioso o diabo coxo, que entre eles era considerado o primeiro em matéria de imaginação.

— Bem, Vakula! — chiou o diabo, ainda escanchado nas costas dele como se temesse que ele fugisse. — Tu sabes que sem contrato, nada feito.

— Estou pronto! — disse o ferreiro. — Como ouvi dizer, entre os senhores se assina com sangue; espere que eu vou tirar um prego do bolso! — Nisso ele botou a mão para trás e zás... agarrou o diabo pelo rabo.

— Veja só que brincalhão! — gritou o diabo aos risos. — Mas basta, chega de brincadeira!

— Espera aí, meu caro! — gritou o ferreiro. — Quero ver o que achas disso! — Ao dizer isto fez uma cruz e o diabo ficou mansinho como um cordeiro. — Mas espere — dis-

se o ferreiro segurando-o pelo rabo e levando-o ao chão —,
vou te ensinar a instigar cristãos bons e honrados ao pecado.

E, sem largar o rabo, o ferreiro escanchou-se no lombo
do diabo e levantou o braço para fazer o sinal da cruz.

— Tenha dó, Vakula! — gemeu lastimando o diabo —
farei tudo o que te for necessário, só peço que me deixes em
paz: não me ponhas a terrível cruz!

— Ah, foste logo mudando de tom, alemão maldito!
Agora eu sei o que fazer. Leva-me nesse instante em tuas costas! Estás ouvindo, leva-me como um pássaro!

— Para onde? — perguntou o triste diabo.

— A Petersburgo, direto à presença da tsarina! — e o
ferreiro pasmou de pavor ao sentir-se subindo ao espaço.

* * *

Osana ficou muito tempo postada, refletindo sobre as
terríveis palavras do ferreiro. Em seu íntimo, algo já lhe dizia que fora excessivamente cruel com ele. "E se ele resolver
mesmo fazer alguma coisa terrível? Pode ser que ele, amargurado, ache de se apaixonar por outra e por despeito passe a
chamá-la a mulher mais bela do povoado. Mas não, é a mim
que ele ama. Eu sou tão bonita! Ele não vai me trocar por
nada neste mundo; ele está brincando, fingindo. Em menos
de dez minutos ele voltará com certeza, a fim de olhar para
mim. Eu sou mesmo severa. Preciso deixar, como que sem
querer, que ele me beije. Aí ele vai ficar contente!", e a fútil
beldade já gracejava com as suas amigas.

— Esperem — disse uma delas —, o ferreiro esqueceu os
seus sacos; olhem que sacos enormes! Ele fez uma *koliada*
diferente da nossa: acho que jogaram aqui dentro um quarto inteiro de carneiro; e salame e pão sem conta. Um luxo! Dá
para passar festas inteiras comendo.

— Esses sacos são do ferreiro? — intercalou Osana. —
Vamos levá-los o mais rápido lá pra casa e olhar direitinho
o que ele botou aqui dentro.

Todos aprovaram aos risos essa sugestão.

— Mas nós não vamos conseguir levantá-los! — gritou todo o moçame ao redor, esforçando-se por mover os sacos.

— Esperem — disse Osana —, vamos correndo apanhar os trenós para levá-los!

E o moçame correu para pegar os trenós.

Os prisioneiros estavam fortemente aborrecidos dentro daqueles sacos, apesar de o sacristão ter aberto com o dedo um buraco razoável para si. Se ainda não houvesse ninguém por ali, ele talvez encontrasse um meio de sair; mas sair do saco diante de todos, expor-se ao ridículo... Isso o continha, e ele resolveu aguardar, apenas gemendo levemente sob as descorteses botas de Tchub. O próprio Tchub não desejava menos a liberdade, sentindo que debaixo de si havia algo em que era terrivelmente incômodo sentar-se. Mas, tão logo ouviu a decisão de sua filha, acalmou-se e perdeu a vontade de sair, refletindo que precisaria caminhar pelo menos uns cem e talvez duzentos passos dali até sua casa. Se fosse sair, teria de se ajeitar, abotoar o *tulup*, apertar o cinturão — quanto trabalho! E além disso tinha deixado o *kapeliukh* na casa de Solokha. O melhor mesmo era deixar que as moças o levassem de trenó. Porém, a coisa foi bem diferente do que esperava Tchub; no momento em que as moças corriam em busca dos trenós, o magro compadre saía da taberna transtornado e de mau humor. Não houvera meio de a taberneira lhe vender fiado; ele quis esperar para ver se algum nobre aparecia por acaso e lhe pagava uma bebida, mas, como de propósito, todos os nobres haviam ficado em casa e, como cristãos honrados, comiam o *kutiá* no seio da família. Refletindo sobre a depravação dos costumes e o coração de pedra da judia vendedora de vinho, o compadre deu com os sacos e parou maravilhado. "Caramba, que sacos alguém largou no caminho! — disse olhando ao redor. — Aqui deve ter até carne de porco. Esse teve mesmo sorte de ganhar tanta coisa com as *koliadas*! Que sacos terríveis! É de supor que estão abarrotados de farinha de trigo e sequilhos e outras coisas! Mesmo que tenham só broas com semente de papoula, a judia dá uma oitava de vodca por broa.[23] O negócio é ir logo passando a mão antes que alguém veja." E tentou jogar nas costas o saco com Tchub e o sacristão, mas sentiu que era pesado demais.

"Não, é muito peso para um homem só", disse ele. "Ah, mas como de propósito está vindo o tecelão Chapuvalenko."

— Boa noite, Ostap.

— Boa noite — respondeu o tecelão, parando.

— Para onde vai?

— Andando por aí. Para onde as pernas levam.

— Ajude a levar esses sacos, meu amigo! Alguém os ganhou com a *koliada*, mas os largou no meio do caminho. Dividiremos pela metade o que houver dentro.

— Sacos? O que é que tem neles: panqueca amanteigada ou broas?

— Bem, acho que tem de tudo.

Então tiraram apressadamente paus de uma cerca, puseram um saco sobre os mesmos e saíram com ele nos ombros.

— Para onde vamos levá-lo? Para a taberna? — perguntou pelo caminho o tecelão.

— Eu também estava pensando nisso: levar para a taberna, mas acontece que a maldita da judia não vai acreditar, ainda vai pensar que o roubamos de algum lugar; além disso, acabo de sair de lá. Vamos levá-lo para a minha casa. Ninguém vai nos atrapalhar; a mulher não está em casa.

— Será que não está mesmo? — perguntou o cuidadoso tecelão.

— Graças a Deus ainda não estamos loucos de todo — disse o compadre —, o diabo é quem me carregaria para onde ela estiver. Acho que ela vai vagar até o amanhecer junto com o mulherio.

---

[23] Oitava: cerca de 50 gramas, ou a oitava parte da libra russa. (N. do T.)

— Quem vem lá? — gritou a mulher do compadre, ao ouvir ruído no vestíbulo, provocado pela chegada dos dois amigos com o saco, e abrindo a porta.

O compadre pasmou.

— Veja só que coisa! — falou o tecelão, perdendo o ânimo.

A mulher do compadre era uma dessas joias raras que existem em nosso mundo. Assim como o marido, quase nunca estava em casa e passava quase o dia inteiro enfiada nas casas das comadres e das velhas bem situadas, fazendo elogios, comendo com grande apetite, e brigava só de manhã com o marido porque era só nessa hora que às vezes o via. A casa deles era duas vezes mais velha que a bombacha do escrivão distrital, e o telhado estava sem palha em alguns lugares. Da cerca, só se via uns restos, porque ninguém, ao sair de casa, levava um pau para dar nos cachorros, contando com arrancar um da cerca ao passar ao lado da horta do compadre. Fazia uns três dias que o forno não via lenha. Tudo o que a carinhosa esposa conseguia com a gente bondosa escondia para o mais longe possível do marido e amiúde lhe tomava arbitrariamente o que ele arranjava, caso ele não conseguisse gastar na taberna. O compadre, apesar do seu eterno sangue-frio, não gostava de ceder diante dela, motivo pelo qual quase sempre saía de casa com equimoses debaixo dos olhos, enquanto a cara-metade saía pelas casas das velhas gemendo, contando às mesmas as arbitrariedades do seu marido e as sovas que levava dele.

Agora podemos imaginar como o compadre e o tecelão estavam preocupados com tão inesperada aparição. Puseram o saco no chão, montaram guarda diante dele e o cobriram com tábuas; mas já era tarde: a mulher do compadre, apesar de enxergar mal com seus olhos de velha, acabou percebendo o saco.

— Ah, que bom! — disse ela com uma expressão em que se percebia a alegria de um abutre. — Que bom que vocês ganharam tanta coisa com a *koliada*! É assim que pessoas de

Nikolai Gógol

bem sempre fazem; só que não, eu acho que vocês o afanaram em algum lugar. Mostrem-me agora mesmo o saco, escutem, mostrem agora mesmo esse saco!

— Um diabo careca pode lhe mostrar, não nós — disse imponente o compadre.

— O que é que você tem a ver com isso? — disse o tecelão. — Fomos nós que o ganhamos e não você.

— Ah, não, você vai me mostrar, beberrão safado! — gritou a mulher, dando um soco no queixo do alto compadre e investindo na direção do saco.

Mas o tecelão e o compadre defenderam valentemente o saco e obrigaram a mulher a recuar. Mal conseguiram se recompor, a mulher já irrompia no saguão com um atiçador. Acertou agilmente umas pancadas nos braços do marido e nas costas do tecelão, e já se postara ao lado do saco.

— Por que a deixamos passar? — perguntou o tecelão, recompondo-se.

— É, por que deixamos?! Por que você deixou?! — disse calmamente o compadre.

— Seu atiçador pelo visto é de ferro! — disse o tecelão depois de um breve silêncio, coçando as costas. — No ano passado, minha mulher comprou um na feira; o dela não é mau... não dói.

Enquanto isso a triunfante esposa, de candeia no chão, desamarrava o saco e olhava para dentro dele.

Mas a verdade é que o seu olhar velho, que tão bem enxergara o saco, desta vez cometeu um engano.

— Ora, aqui tem... um javali inteiro! — gritou ela, esfregando as mãos de contentamento.

— Um javali! está ouvindo, um javali inteiro! — o tecelão cutucava o compadre — a culpa é toda sua!

— O que se há de fazer! — disse o compadre dando de ombros.

— Como o quê? Por que estamos aqui em pé? Vamos tomar o saco! vamos lá!

Noite de Natal

— Sai daí! Sai! esse javali é nosso! — gritou o tecelão, investindo.

— Sai, sai, mulher do diabo! essa prenda não é tua! — disse o compadre, aproximando-se.

A mulher do compadre tornou a agarrar o atiçador, mas nesse momento, Tchub saiu do saco e postou-se no meio do saguão, espreguiçando-se como quem acaba de despertar de um longo sono.

A mulher do compadre deu um grito, bateu com as mãos no chão, e todos ficaram involuntariamente de boca aberta.

— E essa idiota dizendo que era um javali! Isso não é um javali! — disse o compadre, arregalando os olhos.

— Vejam só que homem meteram dentro do saco! — disse o tecelão, recuando assustado. — Podem dizer o que quiserem, podem se arrebentar, mas isso não se passou sem o dedo do espírito mau. Ele não passa nem por uma janela!

— É o compadre! — gritou, olhando para ele, o compadre.

— E quem você pensava que era? — disse Tchub, sorrindo maliciosamente. — Viram que peça eu preguei em vocês? Mas na certa vocês queriam me comer no lugar do javali. Esperem um momento, vou deixá-los alegres: no saco ainda tem alguma coisa, se não for um javali, certamente é um leitão ou outro bicho qualquer. Havia alguma coisa se mexendo sem parar debaixo de mim.

O tecelão e o compadre correram para o saco; a dona da casa se meteu pelo lado oposto, e a briga recomeçaria se o sacristão, vendo agora que não tinha onde se esconder, não tivesse se arrastado para fora do saco.

Pasmada, a mulher do compadre largou a perna pela qual começara a puxar o sacristão para fora do saco.

— Ih, mais um! — exclamou amedrontado o tecelão. — O diabo sabe como anda o mundo... a gente até fica de cabeça tonta... em vez de salame e pão, estão jogando gente dentro dos sacos!

— É o sacristão! — disse Tchub, mais admirado que os outros. — Imaginem só! Ai, Solokha! Metendo no saco... Por isso eu notei que a casa dela estava cheia de sacos... Agora eu sei de tudo: cada saco tinha duas pessoas dentro. E eu pensando que era só para mim que ela... Arre, Solokha!

* * *

As moças ficaram um pouco surpresas quando deram por falta de um saco. "Nada se pode fazer, esse já nos basta", balbuciou Osana. Todas agarraram o outro saco e o atiraram em cima do trenó. O alcaide resolveu ficar calado, refletindo: se gritasse para que o deixassem sair e desamarrassem o saco, as tolas mocinhas iam debandar, iam pensar que era o diabo que estava dentro do saco e ele ficaria na rua, talvez até o dia seguinte. Enquanto isso, as moças se deram as mãos em boa harmonia e saíram como um raio, puxando o trenó pela neve rangente. Muitas se sentaram por brincadeira no trenó; outras treparam em cima do próprio alcaide. O alcaide resolveu suportar tudo. Finalmente chegaram, abriram uma por uma as portas do saguão da casa e às gargalhadas arrastaram o saco para dentro. "Vamos ver o que tem aqui dentro", gritaram todas, e se precipitaram a desamarrá-lo. Aqui os soluços, que não cessaram de atormentar o alcaide durante todo o tempo em que estivera no saco, aumentaram tanto que ele começou a se rasgar de tossir e soluçar.

— Ih, tem alguém aqui dentro! — gritaram todas, e assustadas correram para fora da casa.

— Que diabo é isso! Pra onde vocês estão correndo feito desatinadas? — perguntou Tchub, entrando.

— Ah, meu pai! — falou Osana. — Tem alguém dentro do saco!

— Dentro do saco? Onde vocês acharam esse saco?

— O ferreiro o largou no meio do caminho — disseram todas de repente.

"Então, bem, eu não disse...", pensou Tchub com seus botões.

— De que vocês estão com medo? Vamos ver: vamos lá, homem, peço que não se zangue por não o tratarmos pelo nome e o patronímico, mas saia do saco!

O alcaide saiu.

— Oh! — exclamaram as moças.

"Até o alcaide se meteu lá — disse consigo Tchub, perplexo, medindo-o da cabeça aos pés. — Sim senhor!... Eh, eh!...", nada mais pôde dizer.

O próprio alcaide não estava menos desconcertado, nem sabia como abrir a boca.

— Lá fora deve estar frio! — disse dirigindo-se a Tchub.

— É, está fazendo um friozinho — respondeu Tchub. — Agora me permita perguntar o que você passa nas botas, banha de porco ou alcatrão?

Não era isso que ele queria perguntar, e sim: "Como você, alcaide, se meteu naquele saco?", mas ele mesmo não entendia como tinha dito uma coisa tão diferente.

— Alcatrão é melhor! — respondeu o alcaide. — Bem, Tchub, até logo! — e saiu, metendo o *kapeliukh* na cabeça.

— A título de quê fiz a besteira de perguntar o que ele passa nas botas! — disse Tchub olhando para a porta por onde saíra o alcaide. — Ah, Solokha danada! Meter um homem como esse no saco... arre, mulher do diabo! e eu, imbecil... ah, mas onde está aquele saco maldito?

— Joguei num canto, não tem mais nada dentro — disse Osana.

— Conheço essas brincadeiras, não tem nada! Traga-o aqui: lá ainda tem um! Dê uma boa sacudida nele... o quê? não tem?... Arre, que mulher maldita! A gente olha pra ela: parece uma santa, como se nunca tivesse quebrado a abstinência.

Mas deixemos Tchub desafogando o seu despeito na ociosidade e voltemos ao ferreiro, porque lá fora certamente já passa das oito.

* * *

A princípio, Vakula sentiu um medo dos diabos quando atingiu uma altura de onde não enxergava mais nada lá embaixo, e passou como uma mosca tão perto da Lua que se não tivesse se inclinado um pouco, seu chapéu de pele teria ficado preso nela. Mas logo depois se animou e começou a brincar com o diabo. Divertia-se por demais vendo o diabo espirrar e tossir quando ele tirava do pescoço a cruz de cipreste e encostava nele. Levantava propositalmente a mão para coçar a cabeça, e o diabo, pensando que ele ia benzê-lo, voava ainda mais rápido. Nas alturas a claridade envolvia tudo. Na névoa leve e prateada o ar era transparente. Tudo estava à vista; puderam ver até um feiticeiro que passava como um furacão ao lado deles sentado num jarro; estrelas formando grupinhos e brincando de cabra-cega; um enxame de almas turbilhonando ao lado como uma nuvem; um diabo dançando ao luar e tirando o chapéu de pele ao ver o ferreiro passar montado e galopando; uma vassoura fazendo o caminho de volta, pelo visto depois de levar uma bruxa ao devido destino... e muitos outros trastes. Todas essas coisas, ao verem o ferreiro, paravam um instante, olhavam para ele e retomavam seu caminho, seguindo viagem; o ferreiro continuava voando e, de repente, brilhou diante dos seus olhos Petersburgo toda iluminada. (Por algum motivo, a cidade estava iluminada naquela ocasião.) O diabo, depois de atravessar voando uma cancela, transformou-se em cavalo e o ferreiro se viu montando num corcel fogoso no meio da rua. Meu Deus! Tropel, estrondo, esplendor; por ambos os lados se amontoavam prédios de quatro andares; o tropel dos cavalos e o som das rodas das carruagens ecoavam como um trovão e repercutiam de todos os lados; os prédios cresciam e pareciam brotar do solo a cada passo; as pontes tremiam; carruagens voavam; cocheiros gritavam; a neve assobiava sob milhares de trenós que voavam de todos os lados; os pedestres se encolhiam e se cosiam às paredes dos prédios alumiados pelas luminárias, suas enormes sombras tremiam pelas paredes e suas cabeças atingiam a chaminé e o telhado. O ferreiro olhava maravilhado para todos os lados. Parecia-lhe que todos os prédios fixavam nele seus inúmeros olhos de fogo. Deus! viu tanta gente de casaco de pele forrada que não sabia nem a quem tirar o chapéu. "Meu Deus, quanta gente nobre tem aqui! — pensou o ferreiro. — Acho que todo mundo que passa de casaco de pele pela rua é assessor, assessor! e os que passeiam nessas caleches maravilhosas, cheias de vidro, quando não são governadores da cidade, na certa são comissários e talvez mais ainda." Suas palavras foram interrompidas pela pergunta do diabo: "Vamos direto à tsarina?". "Não, dá medo — pensou o ferreiro. — Por aqui, não sei onde, pararam os *zaporójinos* que passaram por Dikanka no outono. Vinham da *Sietch* com um papel para a tsarina; seria bom pedir a opinião deles. Ei, satanás, enfia-te em meu bolso e me leva aos *zaporójinos*!" Num minuto o diabo emagreceu e encolheu tanto que entrou sem dificuldade no bolso do ferreiro. E mal Vakula olhou para trás, achou-se diante de uma casa grande, subiu sem saber como uma escada, abriu a porta e recuou um pouco diante do esplendor que vinha da sala arrumada, mas ganhou um pouco de ânimo ao reconhecer os mesmos *zaporójinos* que haviam passado por Dikanka e estavam ali sentados em sofás de seda, de botas alcatroadas e fumando o tabaco mais forte, chamado de raizinha.

— Boa noite, senhores! Deus os proteja! Vejam só onde nos encontramos! — disse o ferreiro, chegando-se a eles e inclinando a cabeça até o chão.

— Quem é esse homem? — perguntou um homem, sentado bem em frente ao ferreiro, ao outro mais afastado.

— Os senhores não me reconheceram? — disse o ferreiro. — Sou eu, Vakula, o ferreiro! Quando os senhores passaram por Dikanka no outono, que Deus lhes dê saúde e muitos anos de vida, os senhores passaram nada menos que dois dias na minha casa. E, naquele momento, eu botei um aro novo na roda dianteira da vossa carroça.

— Ah! — disse um *zaporójino* —, é aquele ferreiro que pinta bonito. Saúde, conterrâneo, para que Deus o trouxe aqui?

— Coisa à toa; deu vontade de dar uma olhada, como se diz...

— E então, conterrâneo — disse com garbo um *zaporójino*, querendo mostrar que era capaz de falar até russo. — Então, a cidade é grande?

O ferreiro também não queria fazer feio e passar por novato, e ademais, como os outros já haviam tido oportunidade de ver, ele sabia inclusive falar bem a língua.

— É uma província nobre! — respondeu com indiferença. — De fato, os prédios são enormes, há quadros importantes pendurados por toda parte. Muitos prédios estão exageradamente cobertos de inscrições em ouropel. Realmente, uma magnífica proporção!

Os *zaporójinos*, que ouviram o ferreiro se exprimindo com tanta fluência, concluíram a conversa de maneira muito proveitosa para ele.

— Depois a gente bate um papo melhor com você, conterrâneo; agora mesmo vamos falar com a tsarina.

— Com a tsarina! Ah, senhores, façam a gentileza de me levar junto!

— Você? — o *zaporójino* falou com a mesma expressão de um mentor quando fala ao seu pupilo de quatro anos que lhe pede para montá-lo num cavalo de verdade, num cavalo grande. — O que é que você vai fazer lá? Não, não pode. — E aqui fez no rosto uma expressão de importância. — Nós, meu caro, vamos conversar com a tsarina sobre os nossos problemas.

— Ah, me levem! — insistiu o ferreiro. "Peça!", cochichou ao diabo, dando um soco no bolso. Mal terminou de dizer essas palavras, outro *zaporójino* disse:

Noite de Natal

— Ah, vamos levá-lo, pessoal!

— Vá lá, levemos! — disse outro.

— Ponha uma roupa como a nossa.

O ferreiro começou a vestir apressadamente um *jupan* verde e, de repente, a porta se abriu e entrou um homem com galões na túnica, dizendo que já estava na hora de partir.

O ferreiro tornou a sentir-se encantado quando saiu em disparada na enorme carruagem, ao balanço das molas, e viu a seu lado prédios de quatro andares que passavam correndo, enquanto a própria rua rangia e também parecia rolar sob os cascos dos cavalos.

"Meu Deus, que iluminação — pensava consigo o ferreiro —, nem de dia nós temos uma claridade assim."

As carruagens pararam diante de um palácio. Os *zaporójinos* desceram, entraram nos magníficos vestíbulos e começaram a subir uma escada esplendidamente iluminada.

"Que escada! — segredava consigo o ferreiro —, dá até pena pisá-la. E que adornos! Ainda há quem diga que as fábulas mentem! Mentem o diabo! Meu Deus, que corrimão! que obra! aqui só de ferro se foram uns cinquenta rublos!"

Transposta a escada, os *zaporójinos* passaram à primeira sala. O ferreiro seguia tímido atrás deles, com medo de escorregar no parquete. Passaram por três salas, e o ferreiro sempre maravilhado. Quando entraram na quarta, ele se acercou involuntariamente de um quadro pendurado na parede. Era a Virgem Imaculada com o Menino Jesus no colo. "Que quadro! Que pintura maravilhosa! — meditava ele. — Parece até que fala! que está viva! e a criança é um santo! tem os bracinhos maniatados! e sorri, coitada! E as tintas! Meu Deus, que tintas! Aqui eu acho que não foi gasto um só copeque de ocra, tudo aqui é verdete e tinta a óleo. E o azul chega até a arder! obra de valor! o fundo deve ter sido pintado de alvaiade. No entanto, por mais admiráveis que sejam essas pinturas — continuou, chegando à porta e apalpando a fechadura —, essa maçaneta de cobre merece ainda mais admiração.

Que trabalho perfeito! Eu acho que tudo isso foram ferreiros alemães que fizeram e cobraram o preço mais alto..." Talvez o ferreiro ainda ficasse muito tempo refletindo se um criado, de galões, não lhe tivesse tocado o braço e lembrado que não se distanciasse dos demais. Os *zaporójinos* passaram por mais duas salas e pararam. Ali mandaram que esperassem. Havia na sala alguns generais em uniformes costurados com linha dourada. Os *zaporójinos* fizeram reverências para todos os lados e se juntaram a um grupo. Ao cabo de um minuto entrou, acompanhado de toda uma comitiva, um homem de estatura imponente e bastante corpulento, de uniforme de *hétman*[24] e botas amarelas. Tinha os cabelos revoltos, um olho meio torto, seu rosto estampava um ar de soberba majestade e todos os seus gestos revelavam o hábito de mandar. Todos os generais, que caminhavam com ar bastante sobranceiro em seus uniformes dourados, ficaram agitados e, através de reverências profundas, pareciam adivinhar alguma ordem e até os mínimos gestos indicando que no mesmo instante eles saíssem às pressas para executá-la. Mas o *hétman* não deu a mínima atenção, mal inclinou a cabeça e acercou-se dos *zaporójinos*.

Todos os *zaporójinos* inclinaram a cabeça até o chão.

— Estão todos aqui? — perguntou ele em voz arrastada e meio anasalada.

— Todos, pai! — responderam eles.

— Não vão se esquecer de falar como lhes ensinei?

— Não, pai, não vamos esquecer.

— Esse é o tsar? — perguntou a um deles o ferreiro.

— Que tsar, rapaz! Esse é o próprio Potiómkin — respondeu o *zaporójino*.

Ouviram-se vozes na outra sala, e o ferreiro ficou sem saber o que fazer com os olhos diante da infinidade de damas

---

[24] Nos séculos XVI e XVII, chefe eleito do exército cossaco na Ucrânia; nos séculos XVII e XVIII, governador da Ucrânia. (N. do T.)

Noite de Natal

que entravam trajando vestidos de cetim com longas caudas e cortesãos de *caftans*[25] costurados a ouro com tufos atrás. Ele via apenas o esplendor e nada mais. De repente, todos os *zaporójinos* se jogaram no chão e gritaram em uma só voz:

— Perdoe, mãe! Perdoe!

O ferreiro, sem ver nada, também se jogou no chão com toda a rapidez.

— Levantem-se! — ecoou sobre eles uma voz imperiosa e ao mesmo tempo agradável.

Alguns cortesãos se agitaram e cutucaram os *zaporójinos*.

— Não nos levantaremos, mãe! Não nos levantaremos! Morreremos, mas não nos levantaremos! — gritaram os *zaporójinos*.

Potiómkin mordeu os lábios; por fim foi até um deles e lhe segredou algo em tom imperioso. Os *zaporójinos* se levantaram.

Nesse instante o ferreiro também ousou levantar a cabeça e viu em pé à sua frente uma mulher de baixa estatura, até um pouco cheia, empoada, de olhos azuis e também com um majestoso sorriso que sabia tão bem conquistar tudo e só podia ser de uma imperatriz.

— O príncipe prometeu me apresentar hoje ao meu povo que até agora não conheço — dizia a mulher de olhos azuis, observando curiosamente os *zaporójinos*. — Os senhores estão sendo bem tratados aqui? — continuou ela, chegando-se mais perto.

— Sim, mãe, obrigado! A comida é boa (embora o carneiro daqui seja bem diferente do nosso de Zaporójie). Por que a gente não pode viver como quer?...

Potiómkin franziu o cenho, vendo que os *zaporójinos* estavam dizendo uma coisa bem diferente do que ele lhes havia ensinado...

---

[25] Antiga vestimenta usada na Rússia e na Ucrânia. (N. do T.)

Um deles avançou, ostentando galhardia:

— Tem piedade, mãe! Por que arruínas um povo fiel? O que fizemos para provocar a tua ira? Por acaso apertamos a mão do infame tártaro? Será que pactuamos em alguma coisa com os turcos? Por acaso te traímos em algum pensamento ou ação? Por que caímos em desgraça? Antes ouvíamos dizer que mandavas construir fortalezas em toda parte para te proteger de nós; depois ouvimos dizer que querias *fazer de nós carabineiros*; agora ouvimos novos ataques. Que culpa tem o exército *zaporójino*? A de ter carregado o teu exército pelo estreito de Perekop e ajudado os teus generais a aniquilar as tropas da Crimeia?...[26]

Potiómkin permanecia calado e limpava negligentemente com uma pequena escova os brilhantes que lhe cobriam as mãos.

— O que os senhores desejam? — perguntou solícita Catarina.

Os *zaporójinos* se entreolharam com ar significativo.

"Está na hora! A rainha está perguntando o que querem", disse consigo o ferreiro, e de repente jogou-se no chão.

— Vossa Majestade Imperial, não ordene execução, ordene perdão. Sem querer ofender a Sua Majestade, de que são feitas as botinhas que tendes nos pés? Acho que nenhum sapateiro em país nenhum do mundo é capaz de fazer coisa semelhante. Meu Deus, o que aconteceria se a minha mulher calçasse botinhas como essas!

A imperatriz sorriu. Os cortesãos também sorriram. Potiómkin franzia o cenho e sorria ao mesmo tempo. Os *zapo-*

---

[26] Referência a acontecimentos que antecedem a dissolução da *Sietch Zaporójino* em 1775. Falando sobre o projeto de se acabar com o exército *zaporójino* e substituí-lo por regimentos de carabineiros, os delegados mencionam a participação dos *zaporójinos* na guerra contra a Turquia e na campanha da Crimeia (1768-74), quando os turcos foram derrotados pelos russos e perderam seu domínio sobre a região. (N. da E.)

rójinos começaram a cutucar o ferreiro, imaginando se ele não teria enlouquecido.

— Levanta-te! — disse a imperatriz com carinho. — Se queres tanto botinhas como estas, não é difícil consegui-las. Tragam-lhe agora mesmo um par de minhas botinhas mais caras, daquelas com ouro! Em verdade, gosto muito dessa simplicidade! Eis aí um objeto digno da vossa pena sutil! — continuou a imperatriz, voltando o olhar para um homem de meia-idade e rosto cheio, mas um tanto pálido, que estava um pouco afastado dos demais; pelo seu *caftan* de grandes botões de madrepérola, via-se que não pertencia ao meio cortês.

— Vossa Majestade Imperial, sois demasiado benevolente. Aqui se precisa pelo menos de um La Fontaine! — respondeu o homem dos botões de madrepérola, fazendo reverência.

— Eu vos digo com toda sinceridade: até agora estou louca por vosso *O brigadeiro*. Vós ledes admiravelmente![27] No entanto — continuou a imperatriz, dirigindo-se novamente aos *zaporójinos* —, ouvi dizer que na vossa *Sietch* nunca ninguém se casa.

— Como não, mãe! Tu mesma sabes que o homem não pode viver sem mulher — respondeu o mesmo *zaporójino* que conversara com o ferreiro, e o ferreiro ficou surpreso ao ouvir que esse *zaporójino*, sabendo tão bem a língua culta, falava como que de propósito com a imperatriz no dialeto mais grosseiro, chamado habitualmente dialeto de mujique.

"Gente astuta! — pensou o ferreiro. — Certamente não é à toa que age assim."

---

[27] O homem dos botões de madrepérola é Denís Ivânovitch Fonvízin (1744-1792), célebre escritor satírico, um dos ideólogos do iluminismo russo e autor da comédia *O brigadeiro*, a que se refere Catarina II. Na Rússia era comum um autor ler sua obra para amigos ou pessoas importantes. (N. do T.)

— Não somos monges — continuou o *zaporójino* —, e os homens são pecadores. Ávidos de carne, como todos os cristãos honrados. Entre nós não são poucos os que têm esposas, só que não vivem com elas na *Sietch*. Há aqueles que têm esposas na Polônia, há aqueles que têm esposas na Ucrânia, e há os que têm esposas até na Turquia.

Nesse momento, trouxeram as botinhas para o ferreiro.

— Meu Deus, que enfeites! — gritou cheio de alegria, agarrando as botinhas. — Vossa Majestade Imperial! Quando Vossa Honra tem botinhas como essas nos pés, e desliza sobre o gelo, como não devem ser as perninhas? Acho que no mínimo de puro açúcar.

A imperatriz, que na realidade tinha as pernas as mais benfeitas e lindas, não pôde deixar de sorrir, ouvindo tal elogio da boca de um simples ferreiro, que em seu traje de *zaporójino* podia ser considerado um homem belo, apesar do rosto moreno.

Contente com uma atenção tão complacente, o ferreiro já estava com vontade de fazer toda sorte de perguntas à tsarina: se era verdade que os tsares comem apenas toucinho e mel e assim por diante — mas, sentindo que os *zaporójinos* o cutucavam nos flancos, resolveu calar-se; e, quando a imperatriz se dirigiu aos velhos e começou a perguntar como viviam na *Sietch*, que costumes havia entre eles, ele deu alguns passos para trás, inclinou-se sobre o bolso e disse baixinho: "Leva-me daqui o mais rápido", e de repente se viu além da cancela.

* * *

— Morreu afogado! juro que morreu! Quero ficar pregada aqui nesse canto se ele não tiver morrido afogado! — parolava a gorda mulher do tecelão, em pé no meio da rua, numa roda de mulheres de Dikanka.

— Ora, será que sou alguma mentirosa? será que andei roubando vaca de alguém? será que botei mau olhado em quem não acredita em mim? — gritava gesticulando uma velha de nariz violeta, metida num curto suéter cossaco. — Que eu perca a vontade de beber água se a velha Perepiértchikha não tiver visto com seus próprios olhos como o ferreiro se enforcou!

— O ferreiro se enforcou! Que coisa, hein! — disse o alcaide, saindo da casa de Tchub, parando e se acercando mais da roda de conversa.

— É melhor que digas "vontade de beber vodca", velha beberrona! — respondia a mulher do tecelão. — É preciso ser maluca como tu para se enforcar! Ele se afogou! se afogou no *prólub*. E sei tanto disso como sei que acabas de sair da taberna.

— Ah, sua sem-vergonha! Vejam só que censura me faz! — objetava irada a velha de nariz violeta. — Tu devias era ficar calada, sujeitinha à toa! Pensas que não sei que o sacristão te visita todas as noites?

A mulher do tecelão explodiu.

— O sacristão o quê?... quem o sacristão visita? que mentira é essa?

— Sacristão? — resmungou a mulher do sacristão, metida num casaco de pele de coelho forrado de brim azul. — Quem está falando do sacristão? vou te mostrar o sacristão!

— Olhe aí quem recebe o sacristão! — disse a mulher de nariz violeta, apontando para a mulher do tecelão.

— Ah, então és tu, sua cachorra — disse a mulher do sacristão chegando-se à do tecelão. — Então, sua bruxa, és tu que andas jogando areia nos olhos dele e dando chá da erva do diabo pra que ele te visite?

— Deixa-me em paz, satanás! — dizia a mulher do tecelão, recuando.

— Sua bruxa maldita, tomara que não vivas para ver teus filhos nascerem, sua imprestável! fu!... — e a mulher do sacristão acertou uma cusparada bem nos olhos da mulher do tecelão.

A mulher do tecelão quis fazer o mesmo, mas acabou dando uma cusparada na barba crescida do alcaide, que, para ouvir melhor tudo aquilo, chegara bem perto das contendoras.

— Ah, mulher nojenta! — gritou o alcaide, limpando o rosto com a aba do casaco, e levantando o chicote. Esse movimento fez todas se afastarem entre insultos para todos os lados. — Que coisa nojenta! — repetiu ele, continuando a limpar-se. — Quer dizer que o ferreiro se afogou! Ah, meu Deus! que pintor importante que ele foi! que boas facas, foices e arados ele sabia fazer! que força era aquela! Eh... — continuou o alcaide, meditando — temos pouca gente como ele no povoado. Bem que eu, ainda metido no maldito saco, percebi que o coitado estava muito transtornado. Vejam só que coisa: estava vivo, agora não está mais! E eu que queria ferrar minha égua pintada!... — e, imbuído desses pensamentos cristãos, o alcaide saiu a duras penas para sua casa.

Osana ficou desconcertada quando lhe chegaram essas notícias. Não dava crédito aos olhos de Perepiértchikha nem às conversas das mulheres, pois sabia que o ferreiro era bem religioso para decidir pôr a alma a perder. Mas o que poderia acontecer se ele realmente havia partido com a intenção de nunca mais voltar ao povoado? E dificilmente se encontraria em outro lugar um rapagão como o ferreiro! Ele a amava tanto! Mais do que ninguém, suportava os seus caprichos! A beldade passou a noite inteira rolando da direita para a esquerda e da esquerda para a direita debaixo do seu cobertor — e não conseguiu adormecer. Ora se maldizia quase em voz alta, escarrapachada em sua nudez fascinante, que a escuridão da noite ocultava até dela mesma, ora, calada, resolvia não pensar em nada, e no entanto pensava. E ardia toda; quando amanheceu, estava perdidamente apaixonada pelo ferreiro.

Tchub não manifestou nem alegria nem tristeza pela sorte de Vakula. Tinha os pensamentos voltados para uma única coisa: não havia jeito de esquecer a traição de Solokha e, sonolento, não parava de amaldiçoá-la.

Noite de Natal

O dia amanheceu. Toda a igreja estava cheia desde a madrugada. Mulheres idosas de saiais brancos e suéteres brancos de tecido ralo se benziam contritamente em plena saída da igreja. À sua frente haviam-se postado fidalgas vestidas de blusas amarelas, outras até de *kuntuchs* azuis com bordados em arabescos nas costas. Mocinhas, que tinham enrolada na cabeça uma venda inteira de fitas, com colares, cruzes e medalhas nos pescoços, procuravam acercar-se mais da iconóstase. Mas, na frente de todas, estavam os nobres e os mujiques humildes, de bigodes, casacos de pele, pescoços grossos e queixos recém-barbeados, a maioria vestindo capotes encapuzados sob os quais aparecia um suéter, branco em uns e azul em outros. Para onde quer que se olhasse, em todos os rostos estava estampado o clima de festa; o alcaide lambia os beiços, imaginando-se quebrando o jejum com salame; o moçame sonhava em deslizar no gelo com a rapaziada; as velhas, mais aplicadas do que nunca, sussurravam orações. Em toda a igreja se ouvia como o cossaco Svierbiguz batia penitência.[28] Só Osana parecia uma alma penada. Rezava, mas não era reza. Seu coração estava tomado de tantos sentimentos estranhos, cada um mais amargo que o outro, cada um mais triste que o outro, e seu rosto traduzia apenas uma forte perturbação; as lágrimas tremiam em seus olhos. As moças não conseguiam entender o motivo e não suspeitavam que fosse o ferreiro o causador. No entanto, Osana não era a única ocupada com o ferreiro. Todas as pessoas notaram que a festa era como se não fosse festa; era como se faltasse alguma coisa. Como por desgraça, o sacristão ficara rouco depois do passeio de saco e mal se ouvia sua voz de cana rachada; é verdade que o cantor visitante tirava um magnífico baixo, porém seria muito melhor se ali estivesse o ferreiro, pois, mal começavam a cantar o Padre Nosso ou o Querubínico, ele se pos-

---

[28] *Poklon*, no original: penitência que o devoto ortodoxo russo faz ajoelhado, batendo várias vezes com a testa no chão. (N. do T.)

tava numa ala e de lá entoava um cântico desses que só se ouvem em Poltava. Além do mais, o ferreiro era o único que exercia as funções de zelador dos bens da igreja. Já haviam passado as matinas; depois das matinas veio a missa... onde teria mesmo se metido o ferreiro?

* * *

No resto da noite, o diabo foi ainda mais veloz ao trazer de volta o ferreiro. E, num abrir e fechar de olhos, viu-se Vakula ao lado de sua casa. Nesse momento, o galo cantou.

— Aonde vais? — gritou ele, agarrando pelo rabo o diabo que tentava fugir. — Espera um pouco, meu caro, ainda não acabou: eu ainda não te agradeci.

Pegou um cipó, deu-lhe três cipoadas, e o pobre diabo saiu em disparada como um mujique que acaba de ser chicoteado pelo assessor. E assim, em vez de enganar, seduzir e fazer os outros de bobo, foi o próprio inimigo do gênero humano quem acabou sendo feito de bobo. Depois disso, Vakula entrou no saguão, enfiou-se debaixo do feno e dormiu até a hora do almoço. Assustou-se ao despertar, vendo que o sol já estava alto: "Perdi as matinas e a missa!". E então, o devoto ferreiro caiu em desânimo, imaginando que na certa tinha sido Deus que o havia castigado deliberadamente por sua pecaminosa intenção de perder a alma, mandando-lhe esse sono que não lhe permitiu nem assistir a uma festa tão solene na igreja. Voltando, porém, à calma, porque na semana seguinte iria confessar tudo isso ao padre e a partir daquele dia começaria a bater cinquenta penitências por ano, ele deu uma olhada pela casa; mas não havia ninguém. Pelo visto, Solokha ainda não havia voltado. Tirou cuidadosamente as botinhas de debaixo da camisa, e novamente ficou maravilhado com a preciosa obra e o acontecimento encantador da noite passada; lavou-se, vestiu-se da melhor maneira possível, pondo a mesma veste que arranjara com os *zaporójinos*; tirou do baú um chapéu novo de *smuchka* de Rechetílovka co-

Noite de Natal

157

berto de azul, que ainda não usara uma única vez desde que o comprara quando estivera em Poltava; tirou ainda um cinturão novo, de todas as cores; fez uma trouxa com tudo isso e mais um chicote, e rumou para a casa de Tchub.

Tchub arregalou os olhos quando o ferreiro entrou, e ficou sem saber do que se admirar: se da ressurreição do ferreiro, da ousadia de ele vir à sua casa ou do fato de estar usando um traje tão elegante e de *zaporójino*. No entanto, ficou ainda mais maravilhado quando Vakula desfez a trouxa, pôs diante dele o chapéu novinho e o cinturão de um tipo que ele nunca tinha visto no povoado, ajoelhou-se a seus pés e disse com voz suplicante:

— Perdão, pai! não te zangues! Aí tens um chicote; bate até matar a vontade, eu mesmo me entrego; eu me arrependo de tudo; bate, só não te zangues! Outrora foste como um irmão para o meu falecido pai, comeram juntos da mesma comida e beberam da mesma bebida.

Não foi sem uma satisfação velada que Tchub viu o ferreiro, o mesmo homem que no povoado não ligava para ninguém, que dobrava com os dedos uma moeda ou uma ferradura de cavalo como quem dobra broas, agora ajoelhado a seus pés. Para não se desacreditar ainda mais, Tchub pegou o chicote e deu-lhe três chicotadas nas costas.

— Bem, já chega, levanta-te! ouve sempre os mais velhos! Vamos esquecer tudo o que houve entre nós! E agora diz o que queres!

— Dê-me Osana em casamento, pai!

Tchub refletiu um pouco, olhou para o chapéu de pele e o cinturão; o chapéu era uma beleza, o cinturão não ficava atrás, lembrou-se da desleal Solokha e disse resoluto:

— Está bem! Manda vir os casamenteiros!

— Ai — exclamou Osana, entrando e vendo o ferreiro, e fixou nele o olhar alegre e maravilhado.

— Olha que botinhas eu te trouxe! — disse Vakula —, as mesmas que a tsarina usa.

— Não! não preciso de botinhas! — disse ela, agitando as mãos e sem tirar os olhos dele. — Até sem botinhas, eu... — não concluiu a fala e corou.

O ferreiro chegou mais e segurou-lhe a mão, a beldade até baixou os olhos. Nunca estivera tão encantadoramente bela. O maravilhado ferreiro deu-lhe suavemente um beijo, ela ficou com o rosto ainda mais corado e ainda mais bela.

* * *

Passava por Dikanka um prelado de saudosa memória, elogiava o lugar em que se situava o povoado, e ao passar pela rua, parou diante de uma casa nova.

— De quem é essa casa tão bem pintada? — perguntou o reverendíssimo a uma linda mulher, que estava à porta em pé e com uma criança no colo.

— É do ferreiro Vakula! — disse-lhe Osana, fazendo reverência, porque era ela mesma que ali estava.

— Magnífico! uma bela obra! — disse o reverendíssimo, observando as portas e as janelas.

As janelas eram todas pintadas de vermelho; em todas as portas havia pinturas de cossacos a cavalo e com cachimbo na boca. Mas o maior elogio o reverendíssimo fez a Vakula, quando soube que ele havia suportado a penitência dada pela igreja e pintado de graça toda a asa esquerda, de verde e com flores vermelhas. Mas isso ainda não era tudo: na parede lateral a quem entra na igreja, Vakula pintara um diabo no inferno tão repugnante que todos que passavam por perto cuspiam; as mulheres, assim que seu filhinho começava a chorar em seu colo, aproximavam-no do quadro e diziam: "Olhe, aquilo ali foi pintado com cocô!", e a criança parava de chorar, olhava de esguelha para o quadro e cosia-se ao peito da mãe.

(1832)

Noite de Natal

VIY[1]

Mal batia, nas manhãs de Kíev, o estridente sino do seminário à entrada do mosteiro Bratski, e turmas de colegiais e *bursaques*[2] já acorriam apressadas dos quatro cantos da cidade. Gramáticos, retóricos, filósofos e teólogos[3] se arrastavam para as salas de aula com seus cadernos debaixo dos braços. Os gramáticos eram ainda bem jovenzinhos; quando caminhavam, empurravam uns aos outros e se insultavam no mais fino dos tiples: andavam quase todos de roupa manchada e puída, os bolsos cheios de toda espécie de porcaria, como ossinhos de quartela, apitos feitos de pena, sobras de bolo e às vezes até filhotes de pardal que, de repente, quebravam com um pio o silêncio incomum da sala, fazendo seu dono ganhar boas reguadas em ambas as mãos e às vezes até açoi-

---

[1] Viy é uma criação colossal da imaginação popular. É o nome que os ucranianos dão ao rei dos gnomos, cujas pálpebras chegam ao chão. Toda essa história é lenda popular. Por não querer submetê-la a qualquer modificação, narro-a quase com a mesma simplicidade com que a ouvi contar. (N. do A.)

[2] Nesta novela, Gógol usa o termo *bursa* para designar estudantes pobres que vivem em alojamentos, empregando o termo "seminário" para designar os mais bem situados, que vivem em apartamentos particulares. Para facilitar a leitura, preferimos os termos *bursaque* e seminarista, pois correspondem exatamente à ideia do autor. (N. do T.)

[3] Nos seminários, eram chamados gramáticos os alunos do primeiro ano; em seguida vinham a turma de retórica, a de filosofia, e a turma superior — a de teologia. (N. da E.)

tes com varas de cerejeira. Os retóricos tinham um ar mais grave: andavam frequentemente com as roupas bem inteiras, mas seus rostos estavam quase sempre decorados por algo que lembrava um tropo retórico: um olho subia até o meio da testa, ou no lugar dos lábios aparecia uma bolha ou outro sinal qualquer; esses conversavam entre si e juravam por Deus em tiple. Os filósofos chegavam a tirar uma oitava abaixo deles; em seus bolsos não havia nada, exceto grossas peles de fumo. Não estocavam nada, e tudo o que encontravam iam logo comendo; exalavam cheiro de cachimbo e vodca, e às vezes de tão longe que, quando um artesão passava por perto, parava e ainda ficava muito tempo cheirando o ar como um galgo. A essa hora, habitualmente, o mercado apenas começava a se movimentar, e vendedoras de pãezinhos, roscas, sementes de melancia e bolos recheados de semente de papoula agarravam pela ponta do casaco aqueles que usavam roupas de tecido fino ou algodão. "*Pans! pans!*[4] aqui! aqui!", investiam elas de todos os lados. "Olhem a rosca, a broinha com semente de papoula, o pãozinho, as broinhas estão muito gostosas, juro! levam mel! eu mesma assei!" Outra, levantando uma coisa comprida, feita de massa torcida, gritava: "Olhem o *suslo*,[5] *pans*! comprem *suslo*! Não comprem nada dessa aí: olhem como é nojenta, que nariz asqueroso, que mãos sujas...". Mas elas temiam esbarrar nos filósofos e nos teólogos, porque os filósofos e os teólogos só queriam provar as mercadorias e ainda por cima enchiam a mão. Ao chegar ao seminário, toda a multidão se dividia em turmas, que se distribuíam por salas baixinhas mas bastante espaçosas, com janelas pequenas, portas largas e bancos sujos. De repen-

---

[4] A palavra *pan*, de origem polonesa, significa fazendeiro, nobre e senhor, em relação aos servos na Ucrânia e Bielorrússia. Tem o sentido, ainda, de "senhor", como forma de tratamento. (N. do T.)

[5] Bastãozinho de massa que lembra o nosso puxa-puxa. (N. do T.)

te, o zum-zum de muitas vozes encheu a sala; os auditores[6] ouviam as explicações dos seus alunos; o sonoro tiple do gramático esbarrava justamente no som do vidro das pequenas janelas, e o vidro respondia quase com o mesmo som; lá num canto, buzinava um retórico, dono de uma estatura e de uns lábios grossos que deviam pertencer pelo menos à filosofia. Buzinava em som grave, e de longe apenas se ouvia: *bu, bu, bu, bu*... Enquanto ouviam a aula, os auditores espichavam um olho para debaixo do banco, onde um pãozinho, um pastelzinho ou uma semente de abóbora apareciam no bolso de um *bursaque*, seu subordinado. Quando toda essa sábia multidão conseguia chegar um pouco mais cedo, ou sabia que os professores chegariam mais tarde que de costume, então, com a anuência de todos, inventava uma batalha, e dessa batalha todos deviam participar, inclusive os censores, que tinham a obrigação de zelar pela ordem e a moral de toda a casta estudantil. Dois teólogos costumavam resolver como seria a batalha: se cada turma devia se defender isoladamente ou se todos deviam se dividir em duas metades: *bursaques* e seminaristas. Em todo caso, os gramáticos eram os primeiros a entrar em ação, mas assim que os retóricos interferiam eles iam logo tratando de bater em retirada e correr para um ponto elevado, de onde observavam a batalha. Depois entrava a filosofia, com seus bigodes compridos e negros, e finalmente a teologia, com suas bombachas horrorosas e seus pescoços de uma grossura descomunal. A coisa sempre terminava com a teologia batendo em todo mundo, enquanto a filosofia coçava os flancos, era fustigada a entrar na sala e se sentava nos bancos para descansar. O professor, outrora participante de semelhantes batalhas, ao entrar na sala reconhecia num segundo, pelos rostos vermelhos dos seus alunos,

---

[6] Alunos das classes superiores, escolhidos e incumbidos de verificar os conhecimentos dos seus colegas. (N. da E.)

que a batalha não tinha sido nada má; enquanto ele cipoava os dedos da retórica, noutra turma outro professor esquentava à palmatória as mãos da filosofia. O tratamento dispensado aos teólogos era bem diferente: segundo expressão do professor de teologia, os teólogos eram agraciados com pequenas chibatadas.

Nas ocasiões solenes e nos dias de festa, os seminaristas e os *bursaques* saíam de casa em casa representando *vertiéps*.[7] Às vezes encenavam uma comédia, e neste caso sempre se destacava algum teólogo quase da altura do campanário de Kíev, representando Herodíade ou Pentefria,[8] a esposa de um cortesão egípcio. Como recompensa, recebiam um corte de tecido, um saco de cereais, metade de um ganso cozido e coisas afins. Toda essa gente sábia, tanto seminaristas como *bursaques*, que alimentavam certa aversão hereditária uns pelos outros, era por demais carente de meios de subsistência, e ainda por cima comilona além da conta; de sorte que era absolutamente impossível calcular quantas *galuchkas*[9] cada um deles devorava no jantar; por isso as doações feitas de boa vontade pelos proprietários abastados nunca eram suficientes. Então o senado, composto por filósofos e teólogos, mandava gramáticos e retóricos saírem com um saco nas costas devastando as hortas alheias sob o comando de um filósofo, e às vezes o próprio senado se juntava a eles. E então aparecia quibebe entre os *bursaques*. Os senadores enchiam tanto a pança com melancia e melão que no dia seguinte os auditores ouviam duas aulas deles ao invés de uma: uma aula saía da boca, outra roncava na barriga do senador. Os *bursaques*

---

[7] *Vertiép*: teatro de bonecos ambulante, difundido na Antiguidade, que apresenta peças de fundo religioso e profano. (N. do T.)

[8] Herodíade e Pentefria: personagens de dramas de temática bíblica, frequentemente encenados por alunos de seminário. (N. da E.)

[9] Prato ucraniano à base de bolinhos de massa cozidos em caldo ou leite. (N. do T.)

e seminaristas usavam uns longos arremedos de sobrecasaca que se estendiam até abaixo dos calcanhares.

O acontecimento mais festivo para o seminário eram as férias, temporada que começava em junho e momento em que os *bursaques* costumavam sair para as suas casas. Então toda a estrada real ficava cheia de gramáticos, filósofos e teólogos. Quem não tinha para onde ir, ia para a casa de algum dos colegas. Os filósofos e teólogos iam para a *kondítsia*,[10] isto é, passavam a dar aulas ou preparar filhos de gente abastada, pelo que ganhavam botas novas e às vezes até o suficiente para comprar uma sobrecasaca. Toda essa tropa se arrastava junta, formando um verdadeiro acampamento; fazia mingau para comer e pernoitava no campo. Cada um levava um saco com uma camisa e um par de polainas. Os teólogos eram especialmente econômicos e cuidadosos: para não gastar as botas, tiravam-nas dos pés, penduravam-nas num pau e as carregavam nas costas, sobretudo quando havia lama. E então, com as bombachas arregaçadas até os joelhos, chapinhavam destemidamente os charcos com os pés. Mal avistavam uma granja, deixavam imediatamente a estrada e, após se aproximarem da casa mais vistosa, faziam uma fila junto à janela e começavam a entoar um cântico a plenos pulmões. O dono da casa, algum velho colono cossaco, debruçava-se na janela e ficava a ouvi-los demoradamente, depois chorava aos soluços, muito amargurado, e dizia à sua mulher: "Mulher! O que os colegiais estão cantando deve ser muito sensato, traga para eles toucinho ou alguma coisa que tiver por aí!". E despejava-se no saco uma bacia cheia de *variéniques*.[11] Um bom pedaço de toucinho, algumas broas e às vezes até uma galinha amarrada entravam junto. Reforçados com essa

[10] Assim se chamava na Ucrânia o lugar provisório em que ficava o preceptor ou o professor particular que dava aula a domicílio. (N. da E.)

[11] Espécie de pasteizinhos recheados de requeijão, cerejas etc., cozidos em água. (N. do T.)

reserva, gramáticos, retóricos, filósofos e teólogos retomavam o caminho. Quanto mais caminhavam, mais diminuía o grupo. Quase todos se dispersavam pelas casas, restando os que tinham o ninho paterno mais adiante.

Certa vez, durante uma dessas peregrinações, três *bursaques* se desviaram da estrada real com a finalidade de se abastecerem de provisões na primeira casa que encontrassem, porque o saco que levavam desde muito se esvaziara. Eram eles: o teólogo Khaliava, o filósofo Khomá Brut e o retórico Tibéri Górobiets. O teólogo era um homem alto, espadaúdo, e tinha um costume estranhíssimo: tudo o que aparecia à sua volta, ele roubava infalivelmente. Em outros momentos, era de temperamento por demais sombrio e, quando se embriagava, escondia-se no meio do matagal, onde o seminário tinha muita dificuldade de encontrá-lo. O filósofo Khomá Brut era de temperamento alegre. Gostava muito de ficar deitado e fumar cachimbo. Se bebia, contratava sem falta músicos e sapateava. Provava com frequência o castigo da chibata, mas com absoluta indiferença filosófica, dizendo que o que tem de acontecer acaba acontecendo. O retórico Tibéri Górobiets ainda não tinha o direito de usar bigodes, beber vodca e fumar cachimbo. Usava apenas uma espécie de crista ao longo da cabeça e por isso sua natureza ainda era pouco evoluída; mas, a julgar pelos grandes galos na testa, com que amiúde aparecia na sala de aula, dava para supor que seria um bom guerreiro. O teólogo Khaliava e o filósofo Khomá o puxavam repetidas vezes pela crista em sinal de sua proteção e o usavam como deputado.[12]

Já era noitinha quando eles se desviaram da estrada real. O sol acabara de se pôr, e o calor do dia ainda continuava no ar. O teólogo e o filósofo caminhavam calados, fumando cachimbo; o retórico Tibéri Górobiets quebrava com um pau as cabeças dos cardos que brotavam dos lados da estrada. A es-

---

[12] *Deputat*, no original. (N. do T.)

trada se estendia entre grupos dispersos de carvalhos e nogueiras que cobriam o prado. Declives e montes, verdes e redondos como cúpulas, demarcavam vez por outra a planície. Um trigal de espigas maduras que aparecia em dois lugares dava a entender que alguma aldeia estava prestes a surgir. Porém, já fazia mais de uma hora que haviam passado pelos trigais e, no entanto, nenhuma casa aparecia. O crepúsculo já turvara completamente o céu, e apenas no ocidente empalidecia um resto de auréola rubra.

— Que diabo é isso! — disse o filósofo Khomá Brut. — Tive a absoluta impressão de que estava quase aparecendo uma granja.

O teólogo ficou calado, olhou ao redor, depois tornou a meter o cachimbo na boca e continuou a andar.

— Francamente! — tornou a falar o filósofo, parando. — Não se enxerga um palmo à frente do nariz.

— Quem sabe se mais adiante não aparecerá alguma granja — disse o teólogo, sem largar o cachimbo.

Mas agora já era noite, e uma noite bastante escura. Pequenas nuvens aumentavam a escuridão e, a julgar por todos os indícios, não se devia esperar nem estrelas, nem lua. Os *bursaques* perceberam que se haviam perdido e há muito caminhavam fora da estrada.

O filósofo, após tatear com os pés por todos os lados, perguntou finalmente com voz entrecortada:

— Onde está a estrada?

O teólogo ficou calado e, depois de refletir, acrescentou:

— É, a noite está escura.

O retórico afastara-se para um lado e procurava agachado tatear a estrada, mas as suas mãos encontravam apenas tocas vazias. Tudo ao redor era estepe, por onde aparentemente ninguém passava. Os viajantes ainda se esforçaram para seguir adiante, porém o deserto era total. O filósofo tentou chamar os outros, mas sua voz saiu completamente abafada e ele não obteve nenhuma resposta. Só depois de algum tempo, ouviu-se um fraco gemido, parecido com o uivo de um lobo.

— Caramba, o que é que vamos fazer aqui? — falou o filósofo.

— Qual é o problema? vamos ficar e pernoitar no campo! — disse o teólogo, e meteu a mão no bolso à procura do fuzil de pederneira para tornar a acender o cachimbo.

Mas o filósofo não podia concordar com isso. Ele tinha sempre o costume de guardar para a noite um pedaço de pão de meia arroba e umas quatro libras de toucinho, e desta vez sentia no estômago uma solidão insuportável. Além disso, o filósofo tinha algum medo de lobo, apesar de ser uma pessoa de temperamento alegre.

— Não, Khaliava, não podemos — disse ele. — Como é que a gente vai se estirar como um cachorro para dormir sem forrar o estômago? Vamos tentar mais um pouco, talvez a gente consiga achar alguma casa e beber pelo menos um copinho de vodca para dormir.

Ao ouvir a palavra vodca, o teólogo cuspiu para um lado e disse:

— Isso mesmo, nada de ficar no campo.

Os *bursaques* seguiam adiante e, para sua enorme alegria, ouviram um latido distante. Após perceberem de que lado vinha, saíram animados naquela direção e depois de caminharem um pouco, avistaram uma luzinha.

— Uma granja, palavra, uma granja! — disse o filósofo.

As suposições não o enganaram: ao cabo de algum tempo, eles avistaram mesmo uma pequena granja, composta de apenas duas casas situadas no mesmo pátio. A luz iluminava as janelas. Umas dez ameixeiras sobressaíam, formando uma cerca. Olhando através de uma porteira de tábuas, os *bursaques* viram o pátio coberto de carroças de mascate. Nesse instante, estrelas brilharam em algum ponto do céu.

— Olhe aí, pessoal, nada de desistir! Vamos tentar a qualquer custo passar a noite aqui!

Os três homens de ciência bateram todos juntos na porteira e gritaram:

— Abram!

Uma porta rangeu numa das casas e, segundos depois, os *bursaques* viram à sua frente uma velha metida num sobretudo de pele de cordeiro.

— Quem é? — gritou ela, tossindo abafado.

— Deixe a gente pernoitar, vovozinha. A gente se perdeu. Passar a noite no mato é tão ruim como ficar de barriga vazia.

— Que espécie de gente são vocês?

— Uma gente sem melindres: o teólogo Khaliava, o filósofo Brut e o retórico Górobiets.

— Não pode — resmungou a velha —, estou com o pátio cheio de gente, e todos os cantos da casa estão tomados. Onde vou metê-los? E ainda por cima vocês são uma gente alta e corpulenta! Minha casa vai até desabar se eu botar gente desse tamanho pra dentro. Eu sei que filósofos e teólogos são esses. Se a gente começa a receber esses beberrões, logo fica até sem pátio. Vamos caindo fora! Vão embora! Aqui não há lugar pra vocês.

— Tenha piedade, vovozinha! Como pode deixar que cristãos desapareçam sem quê nem mais? Acomode a gente onde quiser. Se fizermos qualquer coisa anormal, alguma coisa errada, queremos que nos sequem os braços, que nos venham castigos de que só Deus sabe.

A velha pareceu se acalmar um pouco.

— Está bem — disse ela, como se refletisse —, vou deixá-los entrar; só que vou colocá-los em lugares diferentes, pois não ficarei tranquila se vocês ficarem juntos.

— Como a senhora quiser, não vamos reclamar de nada — responderam os *bursaques*.

A porteira rangeu e eles entraram no pátio.

— Vovozinha — disse o filósofo, seguindo atrás da velha —, e se... como se diz... juro que parece que alguém está passando de carroça por cima da minha barriga. Desde que o dia amanheceu, não botei nenhuma migalha na boca!

— Vejam só o que está querendo! — disse a velha. — Não tenho, não tenho nada de comer, e o forno não foi aceso hoje.

— Mas nós — continuou o filósofo —, amanhã nós pagaríamos bem e em dinheiro vivo por tudo isso. É!... — continuou ele com seus botões — a gente não vai arranjar diabo nenhum!

— Vão entrando, vão entrando! E se contentem com o que lhes dão. O diabo achou de me trazer gente tão fina!

Ao ouvir essas palavras o filósofo Khomá caiu em total desânimo. Mas, de repente, seu nariz sentiu o cheiro de peixe seco. Olhou para as bombachas do teólogo, que seguia ao seu lado, e notou que do seu bolso apontava um enorme rabo de peixe. O teólogo já conseguira afanar de uma carroça uma carpa inteirinha. E uma vez que ele fazia tal coisa, não por cobiça, mas unicamente por costume, e, já completamente esquecido de sua carpa, procurava com os olhos alguma outra coisa para furtar, disposto a não deixar escapar nem uma roda quebrada, então o filósofo Khomá meteu-lhe a mão no bolso como se fosse o seu e arrancou a carpa.

A velha acomodou os *bursaques*: pôs o retórico dentro da casa, trancou o teólogo num porão vazio, reservando ao filósofo o curral das ovelhas, também vazio.

Já a sós, o filósofo comeu num minuto a carpa, examinou a parede trançada do estábulo, chutou o focinho de um porco curioso que acordava no chiqueiro contíguo e virou-se para o outro lado, a fim de adormecer como um morto. De repente, a porteirinha abriu-se, e a velha entrou abaixada no estábulo.

— O que é que há, vovó, o que é que queres? — disse o filósofo. Mas a velha caminhou direto na direção dele, de braços abertos.

"Eh-eh! — pensou o filósofo —, essa não, minha cara!

estás velha demais." Recuou um pouco, mas a velha, sem cerimônia, tornou a caminhar em sua direção.

— Escuta aqui, vovozinha! — disse o filósofo. — Estamos jejuando: e eu sou daqueles que não quebram jejum nem por mil moedas de ouro.

Mas a velha abria os braços e tentava agarrá-lo, sem dizer uma palavra.

O filósofo ficou apavorado, sobretudo quando percebeu que os olhos dela irradiavam um brilho esquisito.

— Vovozinha! O que é isso? Sai daqui, vai com Deus! — gritou ele. Mas a velha não disse uma palavra e agarrou-lhe as mãos.

Pôs-se de pé com um salto, com a intenção de correr, mas a velha postou-se à frente da porteira e fixou nele os olhos cintilantes, recomeçando sua investida contra ele.

O filósofo quis empurrá-la, mas para sua surpresa percebeu que não conseguia levantar os braços, que as pernas não se moviam, e viu aterrorizado que sua voz não soava: as palavras morriam surdas em seus lábios. Ouvia apenas o bater do seu coração; viu como a velha se aproximou, cruzou-lhe as mãos sobre o peito, baixou-lhe a cabeça, saltou em suas costas com a rapidez de um gato, deu-lhe uma vassourada num flanco, e ele, pulando como um cavalo de sela, saiu carregando-a nos ombros. Tudo isso foi tão rápido que o filósofo mal pôde voltar a si e agarrar-se aos joelhos com as duas mãos, na intenção de segurar as pernas; mas elas, para a sua grande surpresa, se levantaram contra a vontade e dispararam em um galope mais rápido que o de um cavalo circassiano.[13] Quando já haviam atravessado a granja, e diante deles se descortinava um vale plano com um bosque negro como carvão se estendendo ao lado, só então ele disse para si mesmo: "Então é isso, ela é uma bruxa".

[13] Da Circássia, região famosa por excelentes raças de cavalos corredores. (N. do T.)

A lua nova brilhava defronte no céu. O acanhado brilho da meia-noite, como um lençol diáfano, estendia-se suavemente e volatilizava-se sobre a terra. Céu, bosques, prados, vales — tudo parecia dormir de olhos abertos. Se ao menos uma vez a brisa soprasse de algum lugar! No frescor da noite havia algo de úmido e tépido. As sombras das árvores e dos arbustos, à semelhança de cometas, caíam como nesgas pontiagudas sobre a planície em declive. Assim estava a noite quando o filósofo Khomá Brut galopava com aquela estranha amazona nas costas. Uma sensação aflitiva, desagradável e ao mesmo tempo doce lhe chegava ao coração. Baixou a cabeça e viu que a relva, que antes quase lhe roçava os pés, agora parecia afundada e distante e coberta por uma água transparente, como de fonte de montanha, e a relva parecia o fundo de um mar límpido e diáfano em toda a extensão de sua profundidade; ele via com clareza o seu próprio reflexo e o da velha que levava nas costas. Avistava, em vez da lua, um estranho sol brilhando lá embaixo, ouvia sinos azuis badalando com seus cabeçotes inclinados. Via uma sereia emergindo das agrósteas, com a espádua e o dorso deslizando, arqueado e elástico, toda feita de esplendor e tremor. Ela se volta para ele — e lá está seu rosto, com os olhos claros, em chamas, penetrantes, invadindo-lhe a alma com seu canto, já se acercando dele, já na superfície, e afastando-se sacudido por um sorriso fulgurante — e eis que ela vira de costas, e seus seios nubilosos, opacos como porcelana não vitrificada, transluzem ao sol pelas fímbrias de seus contornos alvos e suavemente elásticos. A água os roreja com bolhas miúdas como miçangas. Ela se agita toda dentro d'água e ri...

Estará ele vendo isto? Será isto realidade ou sonho? E que é aquilo lá embaixo, o que será? Vento ou música? soa, soa, e serpenteia, e se aproxima, e se enfia na alma como um gorjeio insuportável.

"O que é isso?", pensava o filósofo Khomá Brut, olhando para baixo, galopando a toda pressa. O suor lhe caía aos borbotões. Experimentava uma sensação diabolicamente doce, sentia um prazer pungente, um prazer aflitivamente terrível. Vinha-lhe a todo instante a sensação de que já não tinha coração e, apavorado, precipitava-se em apalpá-lo. Exausto, desconcertado, começou a evocar todas as orações que sabia. Rememorou um a um todos os exorcismos que sabia e de repente sentiu certo alívio; percebia que seus passos começavam a ficar mais frouxos, que a bruxa estava como que mais relaxada nas suas costas. A densa relva roçava nele, e ele já não via nela nada de extraordinário. A lua nova iluminava o céu.

"Que bom!", pensou consigo o filósofo Khomá, e começou quase em voz alta a dizer exorcismos. Por fim, sacudiu a velha de suas costas com a rapidez de um raio e por sua vez montou nela. Com passos curtos e miúdos, a velha começou a correr com tanta rapidez que o cavaleiro a custo conseguiu tomar fôlego. A terra mal se entremostrava debaixo dele. Ao luar tudo era claro, embora a claridade não fosse completa. Os vales eram planos, mas devido à velocidade, se entremostravam confusos e desiguais diante dos seus olhos. Agarrou uma acha que encontrou no caminho e começou a bater com toda a força na velha. Ela dava gritos terríveis: a princípio eram raivosos e ameaçadores, depois ficaram mais fracos, mais agradáveis, mais nítidos; em seguida, baixos, mal ecoavam, como o tinido de finas sinetas de prata, e eles lhe calavam fundo na alma; uma ideia passou-lhe involuntariamente pela cabeça: será que esta é mesmo a velha? "Oh, não posso mais!", disse ela exausta, e caiu. Ele se pôs de pé e lhe fitou os olhos: o dia raiou e brilharam ao longe as cúpulas douradas das igrejas de Kíev. Diante dele estava estirada uma bela mulher, de cílios longos como flechas e com uma linda trança desfeita. Sem sentidos, ela jogou os braços nus e alvos para ambos os lados e gemeu, erguendo os olhos cheios de lágrimas. Khomá tremeu feito vara verde: sentiu-se tomado de uma piedade e de uma estranha ansiedade e timidez que nunca experimentara; pôs-se a correr em disparada. Seu coração batia intranquilo e ele não conseguia absolutamente entender que espécie de sensação estranha e nova o envolvia. Não queria mais voltar à granja e tomou às pressas o caminho de Kíev, refletindo o tempo todo sobre aquele estranho acontecimento. Quase não havia nenhum dos *bursaques* na cidade: todos andavam pelas granjas, pelas *kondítsias* ou simplesmente sem qualquer *kondítsia* porque nas granjas ucranianas podiam comer *galuchkas*, queijo, creme de leite e *variéniques* do tamanho de um chapéu sem gastar um centavo. A grande casa em ruínas, onde se hospedavam os *bursaques*, estava completamente deserta, e por mais que o filósofo remexesse todos os cantos e apalpasse todos os buracos e alçapões do telhado, não encontrou em lugar algum nenhum pedaço de toucinho ou pelo menos do pão seco que os *bursaques* costumavam esconder. No entanto, o filósofo logo arranjou um jeito de remediar a sua desgraça: passou umas três vezes pelo mercado, assobiando; numa extremidade, piscou para uma viúva jovem de turbante amarelo, que vendia fitas, chumbo para espingarda e anéis — e no mesmo dia foi alimentado a *variéniques* de trigo, galinha... em suma, é impossível enumerar o que encontrou na mesa que lhe foi posta numa casinha de barro, no meio de um cerejal. Na noite do mesmo dia, viram o filósofo numa taberna: deitado num banco, fumava como de costume o seu cachimbo e diante de todos atirou uma moeda de ouro de cinquenta copeques ao *jid*[14] taberneiro. Havia uma roda de pessoas em volta dele. Ele olhava com um olhar frio e satisfeito para os que chegavam e saíam e já nem pensava mais naquele acontecimento fora do comum.

* * *

Enquanto isso, em toda parte corriam rumores de que a filha de um dos mais ricos chefes de esquadrão de cossacos,

---

[14] Tratamento depreciativo dispensado aos judeus. (N. do T.)

cuja granja ficava a cinquenta verstas de Kíev, um dia voltara de um passeio toda quebrada, mal encontrando forças para chegar à casa do pai; estava à morte e, na hora de morrer, manifestara o desejo de ter seus últimos sacramentos e as orações dos três dias após a morte celebrados por um seminarista de Kíev: Khomá Brut. Isto o filósofo soube do próprio reitor, que para tanto o chamou à sua sala e disse que ele se pusesse a caminho sem qualquer demora, que o eminente chefe de esquadrão de cossacos havia mandado homens e transporte para levá-lo.

O filósofo estremeceu, movido por uma sensação que nem ele podia entender. Um sombrio pressentimento lhe dizia que algo de mau o esperava. Sem saber o porquê, disse sem rodeios que não ia.

— Escuta aqui, *dominus*[15] Khomá! — disse o reitor (em alguns casos ele se explicava muito cortesmente com os seus subordinados). — Diabo nenhum está te perguntando se queres ou não queres ir. Só uma coisa eu te digo: se ainda te meteres a rosnar e filosofar, vou mandar te aplicar nas costas e noutro lugarzinho uma tamanha surra com galhos de bétula verde que depois você nem vai mais precisar ir ao banho.[16]

O filósofo saiu sem dizer uma palavra, coçando levemente atrás da orelha, disposto a aproveitar o primeiro momento favorável para depositar esperança nas suas pernas. Mergulhado em meditações, desceu a escada íngreme que dava para um pátio arborizado de álamos e deteve-se um momento, ao ouvir com bastante nitidez a voz do reitor, que dava ordens ao seu despenseiro e a mais alguém, na certa um

[15] Em latim, no original. (N. do T.)

[16] No ritual de banho russo, a pessoa, após ficar nua no recinto, ao calor do vapor produzido pela água fervida, leva algumas cipoadas de galhos de bétula; depois sai, joga-se na neve, espoja-se e retorna ao banho. (N. do T.)

dos homens que o chefe de esquadrão de cossacos mandara para levá-lo.

— Agradeçam ao *pan* pelo trigo e os ovos — dizia o reitor —, e digam que lhe mandarei os livros que pede assim que estiverem prontos. Já mandei o escrevente copiá-los. Sim, meu caro, não se esqueça de lhe acrescentar que na granja dele, segundo estou informado, há um bom peixe, especialmente o esturjão, e que, havendo oportunidade, me mande: o peixe das barracas daqui é ruim e caro. Quanto a você, Yavtukh, dê uma taça de vodca aos rapazes. E amarrem o filósofo, senão ele acaba fugindo.

"Arre, filho do diabo! — pensou consigo o filósofo. — Farejou, não é, sua enguia pernalta!"

Acabou de descer e viu uma carroça, que a princípio ia tomando por um paiol de trigo sobre rodas. De fato, ela era tão funda como um forno de queimar tijolos. Era uma simples carruagem cracoviana, dessas em que os *jids* andam às dezenas junto com suas mercadorias em todas as cidades onde seus narizes farejam feira. Uns seis cossacos fortes e corpulentos, em idade já um tanto avançada, esperavam o filósofo. Suas vestes longas de tecido fino com borlas mostravam que eles pertenciam a um amo bastante importante e rico. Pequenas cicatrizes indicavam que em alguma época haviam participado de guerra, e com alguma façanha.

"O que é que eu posso fazer? O que tem de acontecer acontece mesmo!", pensou consigo o filósofo e, dirigindo-se aos cossacos, disse em voz alta:

— Bom dia, irmãos-camaradas!

— Saúde, senhor filósofo! — responderam alguns deles.

— Bem, quer dizer que eu tenho de ir junto com os senhores? Esse carro é magnífico! — continuou ele, subindo. — Aqui é só contratar músicos que dá até pra dançar.

— É, é uma carruagem adequada! — disse um dos cossacos, sentando-se na boleia junto com o cocheiro, que enrolava a cabeça com um trapo, substituindo o gorro de pele que

176   Nikolai Gógol

já conseguira penhorar na taberna. Os outros cinco entraram com o filósofo e se sentaram no fundo do carro, sobre sacos cheios de toda sorte de compras feitas na cidade.

— Seria curioso saber — disse o filósofo — quantos cavalos seriam necessários, por exemplo, para carregar esse carro com alguma mercadoria, como sal ou aros de ferro.

— Pois é — disse o cossaco que se sentara na boleia, depois de uma pausa —, seria preciso um número adequado de cavalos. — E depois dessa resposta satisfatória o cossaco se achou no direito de passar o resto da viagem calado.

O filósofo estava extremamente interessado em maiores detalhes: quem era esse chefe de esquadrão de cossacos, quais eram os seus hábitos; o que se sabia de sua filha que regressara à casa de maneira tão estranha, e estava à morte, e cuja história, agora, se relacionava com a sua própria história; como viviam os cossacos e que faziam na casa do chefe de esquadrão. Fazia perguntas aos cossacos, mas estes na certa também eram filósofos, porque respondiam às perguntas calados e fumando cachimbo, deitados nos sacos. Só um deles se dirigiu ao cocheiro da boleia, dando-lhe uma ordem breve:

— Ovierko, veja lá, seu velho bobo: quando você estiver se aproximando daquela taberna da estrada de Tchukhrailovsk, não se esqueça de parar e acordar a mim e aos outros rapazes, se alguém adormecer.

Ditas essas palavras, ele adormeceu, roncando bastante. Aliás, essas instruções foram totalmente desnecessárias, porque mal o gigantesco carro começou a se aproximar da taberna da estrada de Tchukhrailovsk, todos gritaram numa só voz: "Pare!". Além disso, os cavalos de Ovierko já estavam tão treinados que paravam sozinhos diante de tudo quanto era taberna. Apesar daquele calor de julho, todos desceram da carroça, dirigiram-se a uma saleta baixinha e suja, onde um *jid* taberneiro correu alegre ao encontro dos seus velhos conhecidos. O *jid* trouxe às escondidas vários salames de carne de porco e colocou-os na mesa, afastando-se imediatamente dessa carne proibida pelo Talmude. Todos se sentaram à mesa. Uma caneca de barro apareceu na frente de cada hóspede. O filósofo Khomá devia participar dessa pândega geral. E como os ucranianos, quando bebem, começam sempre a trocar beijos ou a chorar, não tardou para que a beijação tomasse conta de toda a isbá. "Vem cá, Spírid, vamos trocar umas beijocas!", "Vem cá, Doroch, vou te dar um abraço!".

Um cossaco, o mais velho de todos, de bigodes brancos e com a mão no rosto, começou a se esvair em prantos, dizendo que não tinha pai nem mãe e ficara sozinho, sozinho no mundo. Outro era dado a sentenças e não parava de consolar o amigo, dizendo: "Não chore, por favor, não chore! O que é que está havendo... sabe Deus o que é isso". Um deles, chamado Doroch, ficara extremamente curioso e, voltando-se para o filósofo Khomá, perguntava sem parar:

— Eu gostaria de saber o que vocês *bursaques* estudam: o mesmo que o sacristão lê na igreja ou algo diferente?

— Não pergunte! — dizia em voz arrastada o sentencioso. — Deixe que ele fique como estava. Deus sabe disso; Deus sabe de tudo.

— Não, eu quero saber — dizia Doroch —, quero saber o que está escrito naqueles livros. Talvez não seja nada do que tem no livro do sacristão.

— Ah, meu Deus, meu Deus! — dizia o respeitável encarregado do grupo. — Por que está dizendo isso? Foi assim que quis a vontade de Deus. O que Deus faz não se desfaz.

— Eu quero saber de tudo o que está escrito. E vou entrar para o seminário, juro que vou! O que é que você tá pensando, que eu não vou aprender? Vou aprender tudo, tudinho!

— Ah, meu Deus, meu Deus!... — dizia o consolador, deitando a cabeça na mesa por não estar absolutamente em condições de mantê-la mais tempo no pescoço. Os outros cossacos falavam sobre os *pans* e sobre o porquê de a lua brilhar no céu.

Vendo em que estado estavam aquelas cabeças, o filósofo Khomá resolveu aproveitar para dar o fora. Dirigiu-se inicialmente ao cossaco de cabelos grisalhos, que falava com tristeza do pai e da mãe.

— Por que é que o senhor está se esvaindo em pranto, meu tio? — disse ele. — Eu mesmo sou órfão! Deixe-me ir embora, pessoal! Pra que é que eu sirvo para vocês?

— Vamos deixar ele ir embora! — responderam alguns. — Já que ele é órfão. Que vá para onde quiser.

— Ah, meu Deus, meu Deus! — disse o consolador, levantando a cabeça. — Deixem ele ir embora! Que siga o seu caminho!

E os próprios cossacos já queriam deixá-lo ganhar o mato. Mas o que tinha demonstrado curiosidade deteve-os, dizendo:

— Não toquem nele: quero conversar com ele sobre o seminário. Eu mesmo vou para o seminário...

Aliás, essa fuga dificilmente se realizaria, porque, quando o filósofo pensou em se levantar da mesa, as suas pernas pareceram feitas de madeira, e as portas da taberna lhe deram a impressão de serem tantas que era pouco provável ele encontrar a verdadeira.

Só à noitinha toda essa turma se lembrou de que precisava continuar a viagem. Subiram apinhados ao carro e se estenderam, açoitando os cavalos e cantando uma canção cuja letra e sentido alguém dificilmente decifraria. Depois de passar mais da metade da noite dando voltas, perdendo constantemente um caminho que conheciam como a palma da mão, eles desceram finalmente uma abrupta colina e tomaram um vale, e o filósofo notou uma paliçada ou sebe de árvores baixas, com telhados despontando por cima. Era a grande aldeia pertencente ao chefe de esquadrão de cossacos. Há muito passava da meia-noite; o céu estava escuro e pequenas estrelas cintilavam aqui e ali. Não se via luz acesa em nenhuma casa. Entraram no pátio, acompanhados do latido dos cães. De ambos os lados, notavam-se casinholas e galpões, cobertos de palha. Uma delas, situada exatamente no meio das outras e defronte à porteira, era a maior de todas e, ao que parecia, era a residência do chefe de esquadrão. O carro parou diante de um pequeno arremedo de galpão, e os nossos viajantes foram dormir. Mas o filósofo queria ver um pouco como era por fora a mansão do *pan*; porém, por mais que arregalasse os olhos, nada conseguia divisar com clareza; em vez da casa, tinha a impressão de ver um urso; a chaminé se transformou no reitor. O filósofo deu de mão e foi dormir.

Quando o filósofo acordou, toda a casa estava em movimento: a filha do *pan* morrera à noite. Os criados corriam de um lado para o outro. As velhas choravam. Um grupo de curiosos olhava pela cerca para a casa do *pan* como se fosse possível ver alguma coisa. Na falta do que fazer, o filósofo começou a examinar os lugares que não pudera ver durante a noite. A casa do *pan* era de tipo baixo e pequeno, daquelas que antigamente se costumava levantar na Ucrânia. Era coberta de palha. A fachada, pequena, pontuda e alta, com uma janelinha parecida com um olho fitando o alto, era toda pintada de azul e amarelo, com crescentes vermelhos. Fora erguida sobre colunetas de carvalho com a metade superior arredondada e a inferior hexagonal, requintadamente torneadas no alto. Embaixo dessa fachada havia um pequeno alpendre com bancos de ambos os lados. As laterais da casa haviam sido erguidas sobre as mesmas colunetas, com algumas partes entrançadas. Uma pereira alta de copa piramidal e folhas trêmulas verdejava diante da casa. Vários celeiros formavam no meio do pátio uma espécie de rua larga que dava para a casa. Atrás dos celeiros, bem junto das porteiras, havia duas adegas de construção triangular, dispostas uma diante da outra e também cobertas de palha. Na parede triangular de cada um delas havia uma portinha baixa e várias figuras pintadas. Numa delas aparecia a figura de um cossaco sentado numa barrica, com uma caneca na cabeça e a seguinte inscrição: "Vou beber tudo". Noutra, cantis, garrafas, e dos lados, para enfeitar, um cavalo de pernas para o ar, um cachimbo, pandeiros e a inscrição: "Vinho — um folguedo cossaco". Pela enorme claraboia do desvão de um dos galpões apareciam um tambor e trombetas de cobre. Havia dois canhões além da porteira. Tudo indicava que o dono da casa gostava de se divertir e que a algazarra das festanças enchia frequentemente o pátio. Dois moinhos de vento apareciam além da porteira. Atrás da casa se estendiam os jardins, e por entre as copas das árvores só se avistavam as cúpulas negras das chaminés das casas escondidas no verde cerrado. Todo o povoado ficava na base larga e plana de uma colina. Do lado norte uma abrupta montanha cobria tudo, e seu sopé terminava bem junto do pátio. Vista de baixo, ela parecia ainda mais abrupta, e em seus elevados cumes, hastes tortas de finas ervas daninhas negrejavam aqui e ali no céu claro. Descampado, seu aspecto argiloso infundia certo desânimo. Estava toda rasgada por sulcos e regos provocados pela chuva. Em dois pontos de uma encosta íngreme apareciam duas casinhas; sobre uma delas se estendiam os galhos de uma grande macieira, sustentada no tronco por pequenas escoras. Derrubadas pelo vento, as maçãs rolavam precisamente para o pátio do *pan*. Lá de cima, uma estrada serpenteava por toda a montanha e, depois de descer, passava junto ao pátio em direção à aldeia. Quando o filósofo mediu o terrível declive da montanha e se lembrou da viagem da véspera, achou que ou o *pan* tinha cavalos inteligentes demais, ou os cossacos tinham as cabeças boas demais para passarem bêbados por ali e não rolarem montanha abaixo junto com a imensa carroça e a bagagem. O filósofo estava postado no lugar mais alto do pátio e, quando se voltou e olhou para o lado oposto, defrontou-se com uma vista completamente distinta. A aldeia e o declive desciam juntos para a planície. Vastos prados se descortinavam num espaço longínquo; sua relva clara escurecia à medida que se distan-

Viy

181

ciava, e fileiras inteiras de povoados azulavam ao longe, embora ficassem a mais de vinte verstas de distância. À direita desses prados, estendiam-se algumas colinas, e mais além o Dniepr ardia e escurecia como uma faixa levemente visível. "Eh, beleza de lugar! — disse o filósofo. — Aqui sim dava para viver, pescar no Dniepr e nas lagoas, caçar sisão e galinhola com rede ou espingarda! Aliás, eu acho que nesses prados há muito sisão. Dá para secar muita fruta e vender na cidade ou, o que é melhor ainda, destilar vodca delas, porque vodca de frutas não pode ser comparada com nenhum vinho forte de trigo. Mas, além disso, não faz nenhum mal pensar em cair fora daqui." Percebeu atrás do tapume um caminho completamente coberto de ervas daninhas. Pôs maquinalmente o pé no caminho, pensando de antemão caminhar um pouco e depois sair devagarzinho entre as casas e ganhar o campo, mas de repente sentiu a mão bastante pesada de alguém pousando em seu ombro.

Atrás dele estava o mesmo cossaco velho que na véspera se mostrara tão amargamente lastimoso com a morte do pai e da mãe e com a sua solidão

— Não adianta pensar em se mandar da fazenda, *pan* filósofo! — dizia ele. — Isso aqui não é lugar de onde se possa fugir. Além disso, os caminhos são ruins para quem vai a pé; o melhor é ir ver o *pan*. Há muito tempo ele está à sua espera na sala de visitas.

— Vamos lá! Por que não? Para mim é um prazer — disse o filósofo, e saiu atrás do cossaco.

O chefe de esquadrão, já velho, de bigodes brancos e com uma expressão de lúgubre tristeza, estava sentado à mesa do saguão com a cabeça apoiada sobre as duas mãos. Beirava a casa dos cinquenta; mas o profundo desânimo que se estampava em seu rosto e sua palidez esbatida mostravam que sua alma tinha sido arrasada e destruída de repente, em um instante, desaparecendo para sempre toda a alegria e a vida turbulenta de antes. Quando Khomá entrou acompanhado do velho cossaco, ele tirou uma das mãos do rosto, e meneou levemente a cabeça numa reverência profunda aos dois.

Khomá e o cossaco permaneceram à porta, em sinal de respeito.

— Quem é você, de onde vem e a que classe pertence, boa alma? — perguntou o chefe de esquadrão num tom nem afetuoso, nem severo.

— Sou um *bursaque*, sou o filósofo Khomá Brut.

— E quem foi seu pai?

— Não sei, ilustre *pan*.

— E sua mãe?

— Também não sei. Segundo o bom senso, eu naturalmente tive mãe; mas quem era ela, de onde era e quando viveu, juro que não sei, meu benfeitor.

O chefe de esquadrão calou-se e pareceu ficar um minuto refletindo.

— E como você conheceu minha filha?

— Não a conheci, digníssimo *pan*, juro que não a conheci. Nunca tive qualquer caso com senhoritas desde que me entendo por gente. O diabo me leve, para não dizer coisa mais grosseira.

— Então por que ela recomendou justamente você e não outro para rezar por ela?

O filósofo deu de ombros:

— Só Deus sabe como interpretar tal coisa. Já é fato conhecido que os *pans* vez por outra querem coisas que nem o mais arguto dos homens consegue entender; e é por isso que o provérbio diz: "Faz por onde anda o que teu *pan* manda!".

— Será que você não está mentindo, *pan* filósofo?

— Quero que um raio me parta nesse mesmo lugar se eu estiver mentindo.

— Se ela tivesse vivido pelo menos mais um minuto — disse com tristeza o chefe de esquadrão —, na certa eu ficaria sabendo de tudo. "Não deixe ninguém rezar orações por mim, papai, mande alguém agora mesmo ao seminário de Kíev para trazer o *bursaque* Khomá Brut. Que reze três noites pela minha alma pecadora. Ele sabe..." Mas o que ele sabe já não deu para ouvir. Ela, minha pombinha, só conseguiu dizer isso e morreu. Você, alma boa, na certa é famoso por sua vida de santo e seus atos de misericórdia, e ela talvez tenha ouvido falar muito de você.

— Quem? Eu? — disse o *bursaque*, dando alguns passos para trás de tão admirado. — Eu, levando vida de santo? — disse ele, olhando bem nos olhos do chefe de esquadrão. — Deus o guarde, *pan*! O que o senhor está dizendo?! Eu, embora seja indecente dizer, dormi com a mulher do padeiro em plena quinta-feira santa.

— Bem... certamente isso não foi determinado por acaso. Hoje mesmo você deve começar o seu trabalho.

— Quanto a isso, eu diria a Sua Senhoria... bem, isso é coisa que qualquer pessoa versada na Escritura Sagrada pode fazer satisfatoriamente... só que eu acho que nesse caso seria mais adequado chamar um diácono ou pelo menos um sacristão. São uma gente capaz, que já sabe como se faz tudo isso; enquanto eu... Aliás, eu não tenho nem voz para isso, e eu mesmo... só o diabo sabe o que sou. Sou um zé-ninguém.

— Faça como quiser, só que eu vou cumprir tudo o que a minha filha me pediu, sem poupar nada. E quando você, a partir de hoje, completar as três noites rezando devidamente por ela, eu lhe darei uma recompensa; do contrário... não aconselho nem o próprio diabo a me irritar.

O chefe de esquadrão pronunciou as últimas palavras com tanta veemência que o filósofo entendeu perfeitamente o seu sentido.

— Venha comigo! — disse ele.

Entraram no saguão. O chefe de esquadrão abriu a porta de outro saguão, que ficava defronte ao primeiro. O filósofo se deteve um pouco no saguão para assoar o nariz, e foi com um medo inexplicável que cruzou a porta. Todo o chão estava forrado por uma seda vermelha. Num canto, sob algumas imagens de santos, estava o corpo da morta estirado numa mesa alta, envolto num lençol de veludo azul, enfeitado por uma franja dourada e borlas. Velas de cera compridas e enroscadas ardiam aos pés e à cabeça, derramando uma luz confusa que se perdia na claridade do dia. O rosto da morta estava oculto do filósofo pelo pai inconsolável, que se sentara diante dela de costas para a porta. O filósofo ficou impressionado com as palavras que ouvia:

— O que lamento, minha adorada filha, não é que tu, na flor da idade, sem ter vivido os anos que devias, me deixes o mundo, para a minha tristeza e a minha dor. O que eu lamento, meu amorzinho, é não conhecer esse meu inimigo jurado, o causador da tua morte. Se eu conhecesse alguém capaz de pensar ao menos em te ofender ou sequer dizer alguma coisa má a teu respeito, juro por Deus que ele não voltaria a ver os filhos, se fosse tão velho quanto eu; nem seu pai e sua mãe, se ainda fosse moço, e seu corpo seria jogado na estepe para ser comido pelas aves e os bichos de lá. Mas a minha desgraça, minha calêndula, minha codorniz, minha flor, é que passarei o resto da minha vida sem distrações, enxugando com um lenço as lágrimas miúdas que rolam dos meus olhos velhos, enquanto meu inimigo se divertirá e zombará em segredo do velho ancião.

Depois se calou, movido pela dor dilacerante que transbordava numa verdadeira torrente de lágrimas.

O filósofo estava comovido com tão inconsolável tristeza. Pigarreou e fez um ruído seco, procurando limpar um pouco a sua voz.

O chefe de esquadrão olhou para trás e lhe indicou um lugar à cabeceira da morta, diante de uma pequena estante de livros.

"Três noites, eu dou um jeito de aguentar — pensou o filósofo —; em compensação, o *pan* vai me encher os bolsos de moedas de ouro puro." Aproximou-se, tornou a pigarrear e começou a ler, sem voltar nenhuma atenção para o lado nem se atrever a olhar para o rosto da morta. Reinou um silêncio profundo. Ele percebeu que o chefe de esquadrão tinha saído. Moveu lentamente a cabeça a fim de olhar para a morta e...

O tremor lhe correu pelas veias: diante dele estava uma linda jovem, dessas que a terra jamais vira. Parecia que os traços de um rosto nunca tinham sido formados com uma beleza tão intensa e ao mesmo tempo tão harmoniosa. Ela estava ali deitada parecendo viva. A fronte bela, suave como a neve, como a prata, parecia pensar; as sobrancelhas — uma noite por entre um dia ensolarado, finas, simétricas, erguiam-se orgulhosas sobre os olhos cerrados, enquanto os cílios, caindo como flechas sobre as faces, ardiam no fogo dos desejos ocultos; os lábios — uns rubis prontos para sorrir... Mas neles, nesses mesmos contornos, ele notou algo terrivelmente penetrante. Sentia que sua alma começava a gemer dorida, como se de repente alguém cantasse uma canção sobre um povo oprimido em meio a um turbilhão de alegria numa roda agitada. Os lábios de rubi davam a impressão de que eles ferviam o sangue do próprio coração. De repente, algo de terrivelmente conhecido se estampou em seu rosto. "A bruxa!", exclamou com voz de possesso; desviou o olhar, empalideceu todo e se pôs a rezar as suas orações: era a mesma bruxa que ele havia matado.

Quando o sol começou a se pôr, levaram a morta para a igreja. O filósofo apoiava em seu ombro o negro caixão de defunto e sentia no ombro algo frio como gelo. O chefe de esquadrão ia na frente, apoiando na mão o lado direito da apertada morada da morta. A igreja de madeira, enegrecida, pintada de verde-musgo, com três cúpulas cônicas, aparecia com aspecto desolado quase no extremo do povoado. Via-se que há muito ali não se celebrava nenhuma cerimônia religiosa. Havia velas acesas diante de quase todas as imagens de santos. Colocaram o caixão no meio, ao pé do altar. O velho chefe de esquadrão beijou mais uma vez a morta, inclinou a cabeça e saiu junto com os carregadores do caixão, ordenando alimentar bem o filósofo e acompanhá-lo à igreja depois do jantar. Chegando à cozinha, todos os que conduziram o caixão começaram a levar as mãos ao forno, como costumam fazer os ucranianos depois que veem gente morta.

A fome que o filósofo começava então a sentir obrigou-o por alguns minutos a esquecer completamente a morta. Logo depois, toda a criadagem começou a ir pouco a pouco à cozinha. A cozinha da casa do *pan* tinha alguma semelhança com um clube, aonde confluíam todos os frequentadores do pátio, inclusive os cães, que vinham abanando o rabo até a porta à procura de ossos e restos. Se, por algum motivo, alguém era enviado a algum lugar, sempre ia antes à cozinha para descansar ao menos um minuto no banco e fumar cachimbo. Todos os solteiros da casa, que ostentavam sobrecasacas cossacas, passavam ali quase o dia todo deitados no banco, debaixo do banco, no forno, em suma, em qualquer lugar que oferecesse comodidade para se deitar. Além do mais, todo mundo sempre esquecia na cozinha o gorro de pele, o chicote para cães alheios ou algo semelhante. Porém, a reunião mais numerosa era a da hora do jantar, ocasião em que vinham o pastor dos cavalos, depois de metê-los no curral, o vaqueiro, que trazia as vacas para o estábulo, e todos aqueles que não se podiam ver de dia. Durante o jantar, a prosa tomava conta até das bocas mais caladas. Nessa ocasião, falava-se habitualmente de tudo: de quem mandara fazer novas bombachas, do que havia dentro da terra, de quem vira um lobo. Ali havia uma infinidade de *bon-motistas*,[17] que não faltam entre os ucranianos.

O filósofo sentou-se junto com os outros numa vasta roda ao ar livre, à porta da cozinha. Pouco depois, uma mu-

---

[17] Do francês *bon mot*: dito espirituoso. (N. da E.)

lher de touca vermelha apareceu na porta, segurando com as mãos uma panela quente cheia de *galuchkas*, e colocou-a no meio dos que se preparavam para jantar. Cada um tirou do bolso sua colher de madeira, outros, por falta, um cavaco. Tão logo as bocas começaram a se mover mais lentamente e a fome de lobo de toda essa reunião abrandou um pouco, muitos começaram a falar. A conversa, naturalmente, devia girar em torno da morta.

— Será verdade — perguntou um jovem pastor de ovelhas, que havia posto tanto botão e chapinha de cobre na bandoleira do cachimbo que parecia a venda de um mascate —, será verdade que a *panzinha*, Deus me perdoe, tinha parte com o espírito mau?

— Quem, a *panzinha*? — disse Doroch, já conhecido do nosso filósofo. — Ela era uma tremenda bruxa! Juro que era uma bruxa!

— Chega, Doroch, chega! — disse aquele outro que durante a viagem se mostrara tão disposto a consolar. — Nós não temos nada com isso; Deus que tome conta. Isso não é coisa que se diga.

Mas Doroch não estava com a mínima disposição de ficar calado. Acabara de ir à adega junto com o despenseiro ainda antes do jantar para ver alguma coisa, e lá se inclinara umas duas vezes sobre duas ou três barricas, saindo mais do que alegre, e agora falava sem parar.

— O que é que você quer? Que eu cale a boca? — disse ele. — Ora, em mim mesmo ela andou escanchada. Juro que andou.

— Tio — perguntou o jovem pastor cheio de botões —, será que a gente pode identificar uma bruxa por algum indício?

— Não pode — respondeu Doroch. — Não dá mesmo para identificar; pode ler todos os *Livros de Salmos* que não consegue identificar.

— Pode-se, Doroch, pode-se. Não diga isso — disse o

consolador. — Não foi por acaso que Deus deu a cada um de nós um traço particular. Os homens que sabem de ciência dizem que a bruxa tem um pequeno rabo.

— Quando a mulher é velha, é também bruxa — disse friamente o cossaco de cabelos grisalhos.

— Vocês também são umas belezas! — retrucou uma velha, que nesse momento despejava *galuchkas* frescas numa panela —, uns verdadeiros javalis gordos.

O velho cossaco, cujo nome era Yavtukh, mas tinha o apelido de Kovtun, esboçou em seus lábios um sorriso de satisfação, percebendo que as suas palavras haviam atingido em cheio a velha; o vaqueiro deu uma gargalhada tão forte que pareceu dois touros mugindo simultaneamente um contra o outro.

A conversa iniciada despertou a irresistível vontade e a curiosidade do filósofo em saber mais detalhes sobre a falecida filha do chefe de esquadrão. E por desejar voltar ao assunto, dirigiu-se ao seu vizinho com essas palavras:

— Eu queria perguntar por que é que todo esse pessoal que está aqui jantando acha que a *panzinha* era uma bruxa. Será que ela fez mal a alguém ou arruinou alguma pessoa?

— Houve de tudo — respondeu um dos presentes, de cara chata, muito parecida com uma pá.

— E quem não se lembra do perreiro Mikita ou daquele...

— E o que houve com o perreiro Mikita? — perguntou o filósofo.

— Espere! Eu vou falar sobre o perreiro Mikita — disse Doroch.

— Eu vou falar sobre Mikita — respondeu o vaqueiro — porque ele era meu compadre.

— Eu vou falar sobre Mikita — disse Spírid.

— Deixem que Spírid fale, deixem! — gritou a multidão. Spírid começou:

— Você, *pan* filósofo, não conheceu Mikita: eh, que homem raro foi aquele! Conhecia cada cachorro como o próprio pai. O atual perreiro Mikola, o terceiro aqui sentado atrás de mim, não chega nem aos pés dele. Embora ele também entenda do assunto, comparado com Mikita é uma porcaria, um lixo.

— Você está contando bem, bem mesmo! — disse Doroch, fazendo com a cabeça um sinal de aprovação.

Spírid continuou:

— Avistava um coelho com mais rapidez que se limpa o rapé do nariz. Às vezes gritava: "Vamos lá, Bandoleiro! Vamos lá, Veloz!", e ele mesmo saía em disparada e já não se podia dizer quem ultrapassava quem: ele ao cachorro ou o cachorro a ele. Bebia uma quarta de vodca de um só gole e nem pestanejava. Era um sujeito fabuloso, o perreiro! Só que, de um tempo para cá, começou a não tirar os olhos de cima da *panzinha*. Não se sabe se estava mesmo enrabichado ou se ela já o tinha enfeitiçado demais, o fato é que se acabou o homem, ficou totalmente afeminado, tornou-se o diabo sabe o quê; arre! é até indecente dizer.

— Está bem — disse Doroch.

— Às vezes era só a *panzinha* olhar para ele, e ele ia logo afrouxando as rédeas. Chamava Bandoleiro de Brovko, tropeçava e não sabia o que estava fazendo. Uma vez a *panzinha* foi à cocheira, onde ele lavava um cavalo. "Mikita", diz ela, "deixe eu pôr minha perna em cima de você". E ele, atoleimado, ficou até alegre: "Não só a perna", diz ele, "pode até montar em mim". A *panzinha* levantou a perna, e foi só ele ver aquela perna nua, gorda e alva, que ficou dominado pelo feitiço. Ele, bobo, baixou as costas e, depois de agarrar com os dois braços aquelas pernas nuas, saiu galopando campo afora como um cavalo, e, fossem para onde fossem, não era capaz de dizer nada; voltou mais morto do que vivo, e depois daquilo ficou todo seco como um palito; e, quando uma vez foram à cocheira, no lugar dele encontraram apenas um punhado de cinza num balde vazio: ardeu até virar cinza, e ardeu por si mesmo. Mas era um perreiro como não se encontra igual no mundo inteiro.

Quando Spírid terminou sua história, de todos os lados começaram os comentários dos méritos do ex-perreiro.

— E sobre Cheptchikha, nunca ouviu nada? — perguntou Doroch, dirigindo-se a Khomá.

— Não.

— Eh-eh! Pelo visto o que vocês *bursaques* aprendem não é lá grande coisa. Bem, escute: nós temos na aldeia o cossaco Cheptun.[18] É um bom cossaco! Às vezes gosta de roubar e mentir sem nenhuma necessidade. Mas... é um bom cossaco. A casa dele não fica longe daqui. Um dia, numa hora exatamente como essa em que nos sentamos para cear, Cheptun e a mulher acabavam de cear e se deitavam para dormir, e, como fazia bom tempo, a mulher deitou-se no pátio e Cheptun num banco, dentro de casa; ou não: a mulher se deitou no banco dentro de casa e Cheptun no pátio...

— E não foi num banco, mas no chão que Cheptchikha se deitou — redarguiu uma velha que estava à porta e apoiava o rosto sobre a mão.

Doroch olhou para ela, depois olhou para o chão, tornou a olhar para ela e, após breve pausa, disse:

— Quando eu levantar a tua anágua para todos verem, não vai ficar nada bem.

Essa advertência surtiu o seu efeito. A velha calou a boca e não interrompeu mais a conversa.

— Num berço, pendurado no meio da casa, havia uma criança de um ano, não sei se menina ou menino. Deitada, Cheptchikha ouve um cachorro arranhando a porta e uivando de um jeito que dá até vontade de correr de casa. Ela fica assustada, porque as mulheres são uma gente tão boba que basta que alguém lhe mostre a língua atrás da porta, de noi-

---

[18] *Cheptun*: cochichador, mexeriqueiro, delator; *cheptchikha*: feminino de *cheptun*. (N. do T.)

te, para que fiquem com o coração na mão. Mas ela pensa: "Bem, vou dar uma pancada no focinho desse maldito cachorro, quem sabe ele não para de uivar!", e, pegando um atiçador, saiu para abrir a porta. Mal ela consegue abrir levemente a porta, o cachorro se mete entre as suas pernas e corre direto para o berço. Cheptchikha vê que já não é o cachorro, mas a *panzinha*. Bem, fosse lá a *panzinha* do jeito que ela a conhecia, ainda não seria nada; mas eis a coisa e a circunstância: estava toda roxa, e os olhos ardendo como brasa. Agarra a criança, morde seu pescoço e começa a beber seu sangue. Cheptchikha consegue apenas gritar: "Oh, isso é demais!" e tenta correr para fora. Mas vê que a porta do saguão está fechada. Corre para o sótão, senta-se e fica tremendo, a boba, e depois vê a *panzinha* caminhando para o sótão, em sua direção; atira-se contra ela e começa a morder a boba. Já pela manhã, Cheptun tirou de lá a sua mulher, toda mordida e roxa. E no dia seguinte a boba mulher acabou morrendo. Vejam só os feitiços e as coisas que acontecem! Não importa que ela seja sangue do *pan*, porque quem é bruxa é bruxa mesmo.

Depois dessa história, Doroch olhou vaidoso para os lados e enfiou o dedo no cachimbo, preparando-o para enchê-lo de fumo. A matéria sobre bruxas se tornou inesgotável. Cada um procurava por sua vez contar alguma coisa: uma bruxa que chegava à porta de uma casa disfarçada dum monte de feno, que roubava o gorro de pele ou o cachimbo de outro, que cortava as tranças de muitas moças na aldeia, que bebia vários baldes de sangue de outros.

Finalmente, todo o pessoal voltou a si e percebeu que já havia tagarelado além da conta, porque lá fora a noite já campeava absoluta. Todos começaram a se dispersar para os seus lugares de pernoite, que ficavam na cozinha, nos galpões ou no pátio.

— Bem, *pan* Khomá! Já é hora da gente também ir para junto da morta — disse o cossaco de cabelos grisalhos, dirigindo-se ao filósofo, e todos os quatro, inclusive Spírid e Doroch, saíram para a igreja, chicoteando pela rua uma enorme quantidade de cachorros que, enfurecidos, lhes mordiam os cabos dos chicotes. O filósofo, apesar de ter tido tempo para se reforçar com uma boa caneca de vodca, sentia dentro de si que o medo ia chegando à medida que se aproximavam da igreja iluminada. Os relatos e as estranhas histórias que ouvira davam ainda mais expansão a sua imaginação. O escuro à sombra da paliçada e das árvores começava a rarear; o local ia ficando descampado. Passaram finalmente a vetusta cerca da igreja e penetraram num pequeno pátio, além do qual não havia uma árvore, e se descortinavam um campo aberto e prados envoltos na escuridão da noite. Os três cossacos subiram com Khomá a escada íngreme do alpendre e entraram na igreja. Ali deixaram o filósofo, desejando-lhe que cumprisse bem a obrigação, e fecharam a porta por ordem do *pan*.

O filósofo ficou só. A princípio bocejou, depois se espreguiçou, bafejou as mãos e finalmente olhou ao redor. No meio estava o ataúde negro. Velas derramavam uma luz fraca diante de ícones escuros. Sua luz iluminava apenas a iconóstase e levemente o meio da igreja. Os cantos distantes do átrio estavam cobertos pela escuridão. A iconóstase, antiga e alta, já mostrava profunda deterioração; o entalhe dourado que a cobria ainda cintilava aqui e ali. O dourado caíra num lugar, noutro escurecera por completo; totalmente enegrecidos, os rostos dos santos tinham um aspecto meio sombrio. O filósofo tornou a olhar ao redor. "Ora, o que é que se pode temer aqui? — disse ele. — Gente não pode entrar, e contra os mortos e viventes do outro mundo tenho umas orações que é só eu ler que eles não me tocam nem com o dedo. Não há de ser nada! — repetiu, abanando as mãos. — Vamos à leitura." Chegando-se ao coro, viu alguns feixes de vela. "Isso é bom — pensou ele. — É preciso iluminar toda a igreja para que se possa enxergar como de dia. Ah! Que pena não se poder fumar cachimbo na casa de Deus!" E começou a colar velas de cera em todas as cornijas, facistóis e ao pé das imagens, sem economizá-las minimamente, e num instante toda a igreja se encheu de luz. Só no alto a escuridão se tornou mais intensa, e as soturnas imagens pareciam ainda mais funestas dentro das velhas molduras entalhadas, onde aqui e ali o dourado reluzia. Ele se aproximou do ataúde, olhou com timidez para o rosto da morta e não pôde deixar de apertar os olhos, estremecendo um pouco: era uma beleza terrível, resplandecente!

Deu meia-volta e quis afastar-se; mas, por uma estranha curiosidade, por um estranho sentimento que contraria a si mesmo e que não abandona o homem, especialmente nas horas de pavor, ele, ao se afastar, não se conteve e olhou para ela, tornando a olhar mais uma vez ao sentir o mesmo tremor. De fato, a acentuada beleza da morta parecia terrível. Talvez ela não chegasse a infundir tão horripilante pavor se fosse um pouco feia. Mas nos seus traços nada havia de opaco, de turvo, de morto. Eram vivos, e para o filósofo era como se ela o fitasse de olhos fechados. Chegou, inclusive, a ter a impressão de que uma lágrima lhe rolara sob os cílios do olho direito, e, quando fitou a face, distinguiu claramente que era uma gota de sangue.

Afastou-se às pressas para o coro, abriu o livro e, para ganhar mais ânimo, começou a ler na voz mais alta possível. Sua voz tocou as paredes de madeira da igreja, há muito silenciosas e surdas. Sem eco, entretanto, ela se desmanchava num baixo profundo, em meio a um silêncio completamente sepulcral, que parecia um tanto pavoroso até para quem lia orações. "Temer o quê? — pensava consigo mesmo. — Ora, ela não vai se levantar do seu caixão porque teme a palavra de Deus. Que permaneça deitada! Aliás, que tipo de cossaco sou eu, se tenho medo! Bem, é que bebi demais, e é por isso que tudo me parece terrível. Vou cheirar um rapezinho: eh, rapé! Isso é que é rapé! Beleza de rapé!" No entanto, ao fo-

194   Nikolai Gógol

lhear página por página, olhava de esguelha para o caixão e uma estranha sensação parecia lhe segredar: vai se levantar a qualquer momento! está a ponto de se levantar, a ponto de olhar do caixão!

Mas o silêncio era sepulcral. O ataúde permanecia imóvel. As velas derramavam verdadeira torrente de luz. É terrível uma igreja iluminada à noite, com um cadáver e sem uma só alma viva.

A voz se elevou, ele começou a cantar em vozes diferentes, tentando com isso abafar os resquícios de medo. Mas a cada instante dirigia seu olhar para o caixão, como se fizesse involuntariamente a pergunta: "E se ela se erguer, se levantar?".

Mas o caixão não se mexia. Se pelo menos um som qualquer, algum ser vivo ou mesmo um grilo aparecesse num canto... Ouvia-se apenas o leve arder de alguma vela distante, ou o som fraco, quase surdo, de uma gota de cera que caía no chão.

"E se ela se levantar?..."

Ela levantou a cabeça...

Ele olhou aterrorizado e esfregou os olhos. Mas ela já não está mais deitada, está sentada em seu caixão. Ele desvia o olhar e, tomado de pavor, torna a olhar para o caixão. Ela se levantou... anda pela igreja de olhos fechados, com os braços sempre estendidos, como se quisesse agarrar alguém.

Caminha exatamente na direção dele. Aterrorizado, ele traça um círculo em torno de si. Começa a muito custo a ler orações e proferir exorcismos que aprendera com um frade que passara toda a vida vendo bruxas e espíritos maus.

Ela se posta rente à linha do círculo; vê-se, porém, que não tem forças para ultrapassá-lo; fica toda roxa, como quem já morreu há vários dias. Khomá não tem coragem de fitá-la. Ela está terrível. Bate os dentes e tem abertos os olhos mortos. Porém, sem nada ver, com uma fúria que seu rosto trêmulo expressa, vira-se noutra direção e, de braços estendidos, sai agarrando tudo quanto é pilar e ângulo, tentando pegar Khomá. Por fim, para, ameaça com o dedo e deita-se no seu caixão.

O filósofo ainda não conseguira voltar a si e, apavorado, olhava para aquela morada apertada da bruxa. Por fim, o caixão se despregou de repente do seu lugar e, aos assobios, começou a voar por toda a igreja, cortando o espaço em todas as direções. O filósofo o viu quase sobre sua cabeça, mas percebeu ao mesmo tempo que o caixão não conseguia tocar o círculo que ele traçara e redobrou seus exorcismos. O caixão despencou no meio da igreja e ficou imóvel. O cadáver tornou a se levantar, roxo, esverdeado. Mas, nesse momento, ouviu-se o cantar distante de um galo. O cadáver baixou ao caixão e a tampa bateu.

O coração do filósofo batia, e o suor rolava aos borbotões; contudo, animado pelo cantar do galo, concluiu com mais rapidez a leitura das páginas que devia ter lido antes. Aos primeiros raios de sol, chegaram para substituí-lo o sacristão e o grisalho Yavtukh, que desta vez desempenhava as funções de zelador da igreja.

Chegando ao distante lugar de pernoite, o filósofo ficou muito tempo sem conseguir adormecer, mas o cansaço o venceu e ele dormiu até a hora do almoço. Quando despertou, todos os acontecimentos da noite lhe pareceram um sonho. Deram-lhe uma quarta[19] de vodca para revigorá-lo. Durante o almoço, ele logo ficou desinibido, fez algumas observações e comeu quase sozinho um leitão já bem crescido; entretanto, movido por uma vaga sensação, não ousava falar do que lhe acontecera na igreja, e, às perguntas dos curiosos, respondia: "É, houve maravilhas de toda espécie". O filósofo era daquele tipo de pessoa que, se lhe dão de comer, despertam-no para uma filantropia incomum. Deitado, de cachimbo na

[19] Cerca de 100 gramas. (N. do T.)

boca, fitava todos com olhos raramente tão doces, e cuspia sem cessar para um lado.

Depois do almoço, o filósofo esteve de muito bom humor. Conseguiu percorrer toda a aldeia, travar conhecimento com quase todo mundo; chegaram, inclusive, a botá-lo para fora de duas casas; uma bela mocinha esquentou-lhe as costas com boas pazadas, quando ele tentou apalpar e verificar de que material eram feitas a camisa e a saia dela. Porém, quanto mais a noite se aproximava, mais pensativo ficava o filósofo. Uma hora antes do jantar, quase toda a criadagem se preparava para jogar o *kráglia*, uma espécie de boliche em que se usam tacos compridos em vez de bolas e o vencedor tem o direito de dar um passeio montado no perdedor. Esse jogo se tornava muito interessante para os espectadores: o vaqueiro, largo como uma proa, montava frequentemente no pastor de porcos, magricela, baixotinho, feito todo só de rugas. Outras vezes era o vaqueiro que oferecia as costas, e Doroch pulava em cima dele, sempre dizendo: "Eta, touro forte!". À porta da cozinha ficavam os mais respeitáveis. Fumando seus cachimbos, olhavam com extrema seriedade mesmo quando os jovens se deleitavam com algum dito engraçado do vaqueiro ou de Spírid. Era em vão que Khomá tentava participar desse jogo: um pensamento sombrio se metera em sua cabeça como um prego. Por mais que tentasse se alegrar durante a ceia, o medo se desencadeava em seu íntimo junto com a escuridão que se espalhava pelo céu.

— Bem, *pan bursaque*, já estamos na hora! — disse o conhecido cossaco de cabelos grisalhos, levantando-se junto a Doroch. — Vamos ao trabalho.

Como da primeira vez, tornaram a levar Khomá à igreja, tornaram a deixá-lo só e a fechar a porta. Mal ficou só, o medo voltou a lhe invadir o coração. Tornou a ver as imagens escuras, as molduras brilhantes e o conhecido caixão preto, estirado em temível silêncio e imobilidade no meio da igreja.

— Bem — disse ele —, para mim essa beleza já não tem nada de extraordinário. Ela só mete medo da primeira vez. É! só da primeira vez, mete um pouco de medo, mas depois já não mete mais medo; ela já não mete nenhum medo.

Subiu apressado ao coro, traçou um círculo ao seu redor, proferiu alguns exorcismos e começou a ler em voz alta, resolvendo não tirar os olhos do livro nem dar atenção a nada. Já estava lendo há quase uma hora e começava a ficar um pouco cansado e a pigarrear. Tirou do bolso a tabaqueira e, antes de levar o rapé ao nariz, olhou timidamente para o caixão. Seu coração gelou.

O cadáver já estava à sua frente, em plena linha do círculo, fixando nele os olhos mortos, esverdeados. O *bursaque* estremeceu e um frio correu sensível por todas as suas veias. Afundando os olhos no livro, passou a ler mais alto as suas orações e exorcismos e ouviu que o cadáver voltara a castanholar os dentes e começava a agitar as mãos na tentativa de agarrá-lo. Contudo, depois de espichar o rabo do olho, notou que a morta procurava apanhá-lo não no lugar em que ele estava, dando a perceber que não conseguia vê-lo. Ela começou a emitir rosnadelas surdas, pronunciando com os lábios mortos palavras horripilantes, que irrompiam roucas como o borbulhar de resina fervendo. O que elas significavam ele não conseguia entender, mas elas encerravam alguma coisa terrível. Tomado de pavor, o filósofo compreendeu que ela proferia esconjuros. Como resultado, um vento varreu a igreja e ouviu-se um ruído que parecia ser de uma infinidade de asas em revoada. Ele ouvia as asas batendo nos vidros das janelas da igreja e nos caixilhos de ferro, o zunido estridente das unhas arranhando o ferro e uma força incalculável arremetendo contra a porta e procurando forçá-la. Seu coração batia forte o tempo todo; com os olhos apertados, lia sem cessar exorcismos e orações. Súbito, algo finalmente assobiou ao longe; era o cantar longínquo do galo. Exausto, o filósofo parou e descansou o espírito.

O pessoal que veio substituí-lo encontrou-o mais morto do que vivo. De costas apoiadas na parede e olhos esbugalhados, olhava imóvel para os cossacos que o cutucavam. Quase o carregaram, e tiveram de apoiá-lo durante todo o caminho. Chegando à casa do *pan*, ele se sacudiu e ordenou que lhe dessem uma quarta de vodca. Depois de bebê-la, correu a mão pelos cabelos e disse: "Tudo quanto é traste povoa este mundo. E horrores desse tipo acontecem — pois é...". Nisto, o filósofo deu de ombros.

Ao ouvir essas palavras, a roda que se formara em torno dele baixou a cabeça. Até um garotinho, que toda a criadagem se achava no direito de mandar que a substituísse quando se tratava de limpar a cocheira ou carregar água, até esse pobre garotinho ficou boquiaberto.

Nesse momento, passava ao lado uma mulher de meia-idade, metida num avental bem apertado que lhe ressaltava o talhe redondo e vigoroso; era a ajudante da velha cozinheira, coquete inveterada, que sempre encontrava algo para prender à sua touca, fosse um pedaço de fita, um cravo ou mesmo um papel, se não houvesse outra coisa.

— Olá, Khomá! — disse ela ao ver o filósofo. — Ai, ai, ai! O que é que você tem? — exclamou, juntando as mãos.

— Como assim, sua boba?

— Ah, meu Deus! Você está com a cabeça branquinha.

— Eh-eh! é mesmo, ela tem razão! — disse Spírid, olhando atento para ele. — Você está mesmo de cabeça branca, como o nosso velho Yavtukh.

Ao ouvir essas palavras, o filósofo correu apressado para a cozinha, onde viu um pedaço triangular de espelho coberto de sujeira de moscas pregado na parede, diante da qual havia miosótis, erva donzela e até uma guirlanda, mostrando que era usado pela embonecada coquete para se arrumar. Mas foi com pavor que constatou a veracidade das palavras dela: a metade dos seus cabelos estava realmente branca.

Khomá Brut baixou a cabeça e caiu em reflexão. "Vou

ao *pan* — disse finalmente —, conto tudo e explico que não quero mais ler. Que ele me mande agora mesmo para Kíev!" Com esses pensamentos, rumou para a casa do *pan*.

O chefe de esquadrão estava sentado na sua sala de visitas, quase imóvel; a tristeza desesperada que o filósofo vira antes em seu rosto continuava até agora. Seu rosto estava ainda mais abatido que antes. Notava-se que estava se alimentando muito mal, ou talvez não estivesse tocando absolutamente na comida. A palidez incomum lhe dava uma imobilidade petrificada.

— Bom dia, pobre homem — disse ele, ao ver Khomá parado na soleira da porta, de gorro na mão. — E então, como vão as coisas? Tudo bem?

— Que vão bem, vão. Só que está havendo tanta diabrura que o negócio é pegar o chapéu e cair fora.

— Como assim?

— A sua filha, *pan*. É claro que pelo bom senso ela é da estirpe do *pan*, isso é coisa que ninguém discute; só que, não me leve a mal, que Deus tome conta da alma dela...

— O que é que tem a minha filha?

— Deixou que o diabo se chegasse a ela. Faz tamanhos horrores que nenhuma reza adianta.

— Vá lendo, vá lendo! Não foi por acaso que ela pediu para chamá-lo. Ela, pobrezinha, se preocupou com a alma e quis expulsar com rezas qualquer pensamento mau.

— Como queira, *pan*; mas juro que não dá mais!

— Vá lendo, vá lendo! — continuou o chefe de esquadrão com a mesma voz de exortação. — Só lhe falta uma noite. Você faz uma obra cristã e eu lhe dou a recompensa.

— Por nenhuma recompensa desse mundo... Seja lá o que você quiser, *pan*, mas ler eu não vou mais! — disse decidido Khomá.

— Olha aqui, filósofo — disse o chefe de esquadrão, e sua voz se tornou forte e ameaçadora —, não gosto dessas invenções. Você pode fazer isso lá entre os seus *bursaques*.

Mas aqui comigo a coisa é diferente: as surras que dou não são as do reitor. Você sabe o que é um bom relho?

— Como não haveria de saber! — disse o filósofo, baixando a voz. — Qualquer um sabe o que é um relho: quando batem muito, é um troço insuportável.

— É verdade. Só que você ainda não está a par de como a minha rapaziada sabe bater! — disse ameaçadoramente o chefe de esquadrão, levantando-se da cadeira, e o seu rosto assumiu uma expressão imperiosa e feroz, que revelava toda a sua natureza incontrolável, que a dor só por instantes abrandava. — Aqui comigo se dá antes uma surra, depois se salpica vodca e se torna a bater. Pode ir! Faça o seu trabalho! Se não fizer, não sai vivo; se fizer, ganha mil rublos de ouro!

"Vejam só que valentão! — pensou o filósofo, saindo. — Com esse aí, nada de brincadeira. É, mas não tem nada, meu caro, eu vou dar à canela de um jeito que você não vai me alcançar nem com seus cachorros."

E Khomá resolveu fugir impreterivelmente. Aguardou apenas a hora que se seguia ao almoço, quando toda a criadagem costumava se enfiar no feno dos galpões e dormir de boca aberta, soltando um ronco e um assobio que faziam o pátio do *pan* mais parecer uma fábrica. E essa hora finalmente chegou. Até Yavtukh apertava os olhos, estirado ao sol. Apavorado e trêmulo, o filósofo foi saindo devagarzinho para o jardim, de onde lhe parecia que sua escapada para o campo seria mais fácil e menos notada. Esse jardim estava totalmente ermo, portanto, servia magnificamente a qualquer iniciativa secreta. À exceção de uma senda aberta por necessidade do trabalho, todo o resto estava coberto de cerejeiras altas, sabugueiros e bardanas, que projetavam bem alto os seus galhos longos, com cones rosados e agarradiços. O lúpulo, qual uma rede, cobria as copas de todo esse matizado conjunto de árvores e arbustos, e formava sobre ele um telhado que se estendia sobre uma paliçada e dela descia, como cobras encaracoladas, junto a campânulas silvestres. Atrás da paliçada, que divisava com o jardim, estendia-se um verdadeiro bosque de ervas daninhas, onde, ao que parecia, ninguém tivera a curiosidade de penetrar, e a gadanha se partiria em pedaços se tentasse tocar com sua lâmina os caules grossos e duros como madeira. Quando o filósofo quis saltar a paliçada, seus dentes batiam e o coração pulsava tão forte que ele mesmo se assustou. A barra de sua longa sobrecasaca parecia presa ao chão, como se alguém a tivesse prendido com pregos. Quando saltou a paliçada, teve a impressão de que alguma voz lhe rangia no ouvido com um assobio ensurdecedor: "Aonde vai?... Aonde vai?". O filósofo mergulhou no mato e se pôs a correr, tropeçando a cada instante nas raízes velhas e atropelando as toupeiras. Viu que, vencendo a mata de erva daninha, bastava-lhe passar ao outro lado do campo, de onde se avistava a mata de abrunheiros escuros, na qual ele ficaria fora de perigo; atravessando-a, supunha achar o caminho que levava diretamente a Kíev. Atravessou rapidamente o campo e viu-se no meio dos cerrados abrunheiros. Atravessou os abrunheiros, deixando como tributo pedaços da sua sobrecasaca em cada espinho, e viu-se num pequeno vale. Em alguns lugares, os salgueiros espalhavam seus galhos quase até o chão. Uma pequena fonte brilhava límpida como prata. A primeira atitude do filósofo foi deitar-se e beber à vontade, porque sentia uma sede insuportável.

— Água boa! — disse, enxugando a boca. — Aqui dava para descansar.

— Não, o melhor é a gente continuar correndo: a perseguição vai ser desigual!

Essas palavras lhe soaram aos ouvidos. Virou-se: à sua frente estava Yavtukh.

"O diabo do Yavtukh! — pensou irritado o filósofo. — Eu o agarraria pelas pernas... Pegaria uma tora de roble e arrebentaria seu focinho asqueroso e todo o resto."

— Foi inútil você dar toda essa volta — continuou Yavtukh —, era muito melhor pegar aquele caminho por onde eu vim: passa na frente da cocheira. E, além disso, sua sobrecasaca dá pena. E é de um bom pano. Quanto foi o metro? Bem, já passeamos bastante: está na hora de voltar.

O filósofo saiu atrás de Yavtukh, coçando-se. "Agora a maldita bruxa vai me fazer pagar o pato! — pensou ele. — Oras bolas, o que é que eu sou? De que tenho medo? Por acaso eu não sou um cossaco? Ora, se já li duas noites, Deus ajudará a ler a terceira. Pelo visto a maldita bruxa cometeu um bocado de pecado para o espírito mau se bater tanto por ela." Estava tomado dessas meditações quando entrou no pátio do *pan*. Animado com essas observações, pediu a Doroch, que graças à proteção do despenseiro às vezes tinha acesso à adega, para trazer um garrafão de vodca e, sentados no galpão, os dois amigos beberam pelo menos meio balde, de sorte que o filósofo de repente se levantou e gritou: "Que venham os músicos! Que venham sem falta os músicos!", e, sem esperar pelos músicos, começou a sapatear o *tropak*[20] no meio do pátio, num lugar limpo. Dançou até a hora do lanche, quando a criadagem, que fizera uma roda em torno dele, como é de praxe nesses casos, acabou desistindo e indo embora, dizendo: "Como é que pode passar tanto tempo dançando?". Por fim, o filósofo dormiu ali mesmo, e uma boa tina de água fria conseguiu acordá-lo apenas para o jantar. Enquanto jantava, falava do que era ser cossaco, e dizia que ele não devia ter medo de nada no mundo.

— Está na hora — disse Yavtukh —, vamos.

"Ah, se lhe metessem um fósforo aceso na língua, maldito porco castrado!", pensou o filósofo, e disse, levantando-se:

— Vamos.

Enquanto caminhavam, o filósofo não parava de olhar para os lados e articulava breves conversas com seus acom-

---

[20] Dança ucraniana. (N. do T.)

panhantes. Mas Yavtukh permanecia calado, e o próprio Doroch não era de conversar. A noite estava tenebrosa. Ao longe uivava um verdadeiro bando de lobos. E o próprio latido dos cães tinha algo de terrível.

— Parece que há outra coisa uivando: isso não é lobo — disse Doroch. Yavtukh não dizia nada. O filósofo não achou nada que dizer.

Aproximaram-se da igreja e entraram por baixo de suas velhíssimas abóbadas de madeira, que mostravam como o dono daquela propriedade se preocupava pouco com Deus e com a sua alma. Como antes, Yavtukh e Doroch se foram, e o filósofo ficou só. Tudo estava igual. Tudo continuava com o mesmo aspecto conhecido e ameaçador. Ele parou um instante. No meio da igreja continuava imóvel do mesmo jeito o caixão da horrível bruxa. "Não vou ter medo, juro que não vou ter medo!", disse ele e, traçando a seu redor o círculo de sempre, começou a rememorar todos os seus exorcismos. O silêncio era pavoroso: as velas tremeluziam e banhavam de luz toda a igreja. O filósofo virou uma folha, depois outra, e percebeu que não estava lendo nada do que estava escrito no livro. Tomado de pavor, benzeu-se e começou a cantar. Isso o animou um pouco: a leitura ficou fácil e as folhas voavam uma após a outra. De repente... em meio ao silêncio, a tampa de ferro do ataúde deu um estalo e abriu-se, e o cadáver se levantou. Estava ainda mais pavoroso que da primeira vez. Seus dentes rangiam terrivelmente, os lábios se agitavam em convulsões e entre guinchos horrendos partiram os esconjuros. Um vendaval sacudiu a igreja, os ícones caíram no chão, voaram de cima a baixo os vidros quebrados das janelas. As portas saltaram de suas dobradiças e uma turba enorme de monstros irrompeu no templo de Deus. Um horripilante ruído de asas e ranger de unhas encheu toda a igreja. Tudo voava e se precipitava, procurando o filósofo em todos os cantos.

Os últimos efeitos da embriaguez desapareceram da cabeça de Khomá. Ele se limitava a benzer-se e rezar as suas orações como podia, ouvindo ao mesmo tempo como a turba de espíritos malignos voava ao seu redor, quase prendendo nele as pontas das asas e dos rabos repugnantes. Não tinha coragem de olhar para eles; via apenas que ao longo de toda a parede havia um monstro enorme, envolto em seus cabelos desgrenhados, como se estivesse metido num bosque; através do emaranhado de cabelos, fitavam-no dois olhos horrendos sob cílios levemente erguidos. Sobre o monstro, pairava no ar uma coisa parecida com uma enorme bolha, com milhares de tentáculos e aguilhões de escorpião que se estendiam do centro. Grandes torrões de terra negra apareciam por cima deles. Todos olhavam para o filósofo, procuravam-no e não conseguiam enxergá-lo, cercado pelo seu círculo misterioso. "Tragam Viy! vão atrás de Viy!", soaram as palavras da morta. E, de repente, a igreja ficou em silêncio; ouviu-se ao longe o uivo dos lobos e, logo em seguida, passos pesados ecoando na igreja; o filósofo olhou de esguelha e viu que conduziam um estranho homem atarracado, forçudo e cambaio, todo envolto em terra negra. Como raízes nodosas e fortes, seus pés e suas mãos também sobressaíam salpicados de terra. Caminhava pesado e tropeçava a cada passo. Suas longas pálpebras chegavam até o chão. Cheio de pavor, Khomá percebeu que o rosto dele era de ferro. Conduziram-no pelos braços e o colocaram justamente junto ao lugar em que estava Khomá.

— Levantem-me as pálpebras: eu não enxergo! — disse Viy com uma voz que vinha das profundezas da terra; e toda a multidão se precipitou a levantar-lhe as pálpebras.

"Não olhe", disse uma voz interior ao filósofo. Ele não se conteve e olhou.

— Aqui está ele! — gritou Viy, apontando para o filósofo com seu dedo de ferro. E todos os que ali estavam se atiraram sobre o filósofo. Ele desabou sem vida no chão e no mesmo instante sua alma o deixou, tomada de pavor. Ouviu-

-se o cantar do galo. Já era o segundo canto; o primeiro, os gnomos não tinham ouvido. Amedrontados, os espíritos correram de qualquer jeito para as janelas e portas a fim de sair voando dali o mais depressa, porém não foi possível: acabaram ficando presos nas portas e janelas.

Ao entrar, o padre ficou parado diante de tamanha profanação do santuário de Deus e não ousou celebrar a cerimônia fúnebre naquele lugar. Assim permaneceu a igreja para sempre, com os monstros presos nas portas e janelas; foi coberta por um bosque, raízes, ervas daninhas e abrunheiros silvestres, e hoje ninguém é capaz de achar o caminho que vai até lá.

* * *

Quando os rumores sobre esse acontecimento chegaram a Kíev, o teólogo Khaliava enfim tomou conhecimento dessa sina do filósofo Khomá e mergulhou por uma hora inteira em meditação. Nesse período, sua vida sofrera grandes mudanças. A felicidade lhe havia sorrido: ao concluir o curso de ciências, fora nomeado sineiro do mais alto campanário, e quase sempre aparecia de nariz quebrado porque a escada de madeira do campanário tinha sido feita de um jeito muito atrapalhado.

— Você soube do que aconteceu com Khomá? — perguntou, chegando-se a ele, Tibéri Górobiets, que na ocasião já era filósofo e começava a usar bigode.

— Foi a vontade de Deus — disse o sineiro Khaliava. — Vamos à taberna beber pela alma dele!

O jovem filósofo que, com o ardor do entusiasta, começava a gozar dos seus direitos de tal modo que suas bombachas, sua sobrecasaca e inclusive seu gorro de pele cheiravam a álcool e a peles de fumo, concordou no mesmo instante.

— Grande sujeito era o Khomá! — disse o sineiro, quando o taberneiro coxo pôs diante deles a terceira caneca. — Era um homem excelente! E morreu por nada.

— Mas eu sei por que ele morreu: morreu porque teve medo. Se não tivesse medo, a bruxa não poderia ter feito nada contra ele. Basta apenas se benzer, depois cuspir no rabo dela, que nada acontece. Já conheço todas essas coisas. Porque aqui em Kíev, todas as mulheres que vendem no mercado são bruxas.

Nisto, o sineiro meneou a cabeça em sinal de aprovação. Contudo, percebendo que sua língua não conseguia pronunciar nenhuma palavra, levantou-se cuidadosamente da mesa e saiu cambaleando, indo se esconder bem longe, no meio das ervas daninhas. Mas, segundo seu velho costume, não se esqueceu de surrupiar uma velha sola de bota que haviam largado num banco.

(1835)

AS MÚLTIPLAS FACETAS DE GÓGOL

Paulo Bezerra

Esta seleta de contos e novelas de Nikolai Vassílievitch Gógol (1809-1852) abrange os aspectos essenciais de sua obra, mesclando temas específicos da cidade de Petersburgo — a vida dos pequenos funcionários em "O capote", "Diário de um louco" e "O nariz" — com temas do mundo rural ucraniano, representados através de procedimentos do mito e do folclore, em "Noite de Natal" e "Viy". Na representação desses temas, Gógol foi absolutamente insuperável na história da literatura russa.

O presente volume é de fato uma nova edição de uma tradução minha publicada em 1990 pela editora Civilização Brasileira. Mas, com a concepção de tradução que hoje pratico, fiz uma revisão profunda da primeira versão, consertando os erros que nela havia, realinhando o estilo, recuperando o padrão da linguagem do narrador e de cada personagem, e dando ao texto uma feição mais elástica, mais leve e mais condizente com a maneira quase brincalhona de narrar que caracteriza Gógol. O resto é com você, leitor.

* * *

Gógol estreia na literatura russa num momento em que uma das modalidades mais fecundas da narrativa romântica — o fantástico — já havia lançado raízes profundas no solo russo, desde a segunda metade do século XVIII, com V. Lióvchin e Anton Pogariélski, entre outros. No entanto, ainda eram narrativas centradas quase exclusivamente no sobrenatural. Em 1830, Púchkin publica a coletânea *Novelas do fa-*

Posfácio

lecido Ivan Pietróvitch Biélkin, lançando o marco fundador da moderna prosa russa. Integrava a coletânea o conto "O fazedor de caixões", a primeira experiência bem-sucedida de narrativa fantástica na literatura russa.[1] Em 1831 Gógol publica o primeiro volume dos *Serões numa granja perto de Dikanka*, painel de narrativas que trazem a chama ardente da vida e dos costumes populares, brindando o leitor russo com a poesia, o folclore, as crendices e paixões do povo ucraniano, narrados com uma simplicidade até então inédita, que deixou encantado o próprio Púchkin.

Com sua paixão poética pela natureza ucraniana, Gógol age como um autêntico pintor que, montado numa bruxa ou no diabo, transforma suas observações em quadros deslumbrantes dos ambientes rurais. Mas o seu penetrante olho romântico não o impede de registrar os traços realistas da aldeia ucraniana. Recorre amiúde e com muita criatividade ao fantástico, que usa como elemento inseparável do seu método de composição. Os diabos e bruxas de suas obras têm todos os atributos dos humanos, são dotados de características humanas, têm problemas humanos, paixões humanas, defeitos e qualidades humanas e, como os humanos, sofrem com a frustração das suas paixões. O fantástico a que o autor recorre está mais ligado aos aspectos grotescos e cômicos da vida, combinando-se em sua obra com elementos folclóricos, o humor e a sabedoria popular.

Em "Noite de Natal", do segundo volume de *Serões numa granja perto de Dikanka* (1832), e em "Viy", integrante da coletânea *Mírgorod* (1835), a representação do meio rural ucraniano tem o sabor das histórias e dos "causos" narrados à mesa de uma fazenda ou à beira de uma fogueira, e a força da oralidade popular é tão intensa que em muitas passagens é difícil dizer onde termina o oral e começa o literá-

---

[1] O conto foi traduzido por Boris Schnaiderman e publicado no volume *A dama de espadas: prosa e poemas* (São Paulo, Editora 34, 1999).

rio, onde termina o folclore puro e começa a literatura propriamente dita.

Gógol já estreia com uma novidade no uso do modo fantástico de representação do real. Os temas da morte, do sobrenatural e da bruxaria, alimento constante do fantástico sobretudo no Romantismo, recebem de sua pena um tratamento peculiar à cultura popular do riso, que tem como uma de suas características a desdemonização e a familiarização de imagens do universo mitológico-cristão. Submetidas a um rebaixamento cômico, essas imagens são trazidas para o convívio com os homens, no qual a antiga figura assustadora do diabo, imposta pela Igreja, passa a circular num ambiente muito mais tolerante e humano. Neste sentido, é muito oportuna a seguinte observação de A. Anfiteátrov: "O povo gosta de uma aproximação familiar com as forças sobrenaturais [...] No meio do povo o diabo se distingue nitidamente do diabo dos teólogos e ascetas... é uma espécie de mau vizinho... tem casa, profissão, ocupação, necessidades, preocupações... come, bebe, fuma, anda vestido e calçado".[2] É esse tipo de familiarização que dá o tom da narrativa em "Noite de Natal" e "Viy".

"Noite de Natal" é uma típica história de diabo logrado, tema estudado no Brasil por Jerusa Pires Ferreira. Começa com o diabo roubando a Lua para se vingar de várias pessoas, principalmente do ferreiro Vakula, a quem detesta por causa dos quadros que este pintara ridicularizando e desabonando a gente infernal. Assim, o diabo já aparece como antagonista a ser vencido, tal como ocorre nos mitos da criação do mundo. Ao sair da chaminé em casa de Solokha, mãe de Vakula, a bolsa onde o diabo levava a Lua engancha-se no forno, rasga-se e a luz escapa, voltando a iluminar a noite. Assim, o diabo sofre a sua primeira derrota, e a causa dela é

[2] *Apud* Yuri Man, *Poetika Gógolya* (A poética de Gógol), Moscou, Khudójestvennaya Literatura, 1988, p. 20.

Posfácio

o forno construído pelo ferreiro Vakula, espécie de herói cultural e demiurgo da sua aldeia.

O ferreiro Vakula ama a bela Osana, que também o ama. Mas ela, numa atitude coquete, zomba dele diante das amigas e lhe impõe como condição para se casar que ele a presenteie com as mesmas botinhas que a tsarina usa. Nisto Gógol mostra seu imenso talento para passar do folclore à literatura. A exigência de Osana é o desafio típico dos contos folclóricos ou maravilhosos, e para que o ferreiro possa desposá-la, terá de agir como os heróis desses contos: precisa obter o objeto mágico — as botinhas — e através dele conquistar o direito de tornar-se noivo. Mas precisa também do meio mágico que o levará ao objeto. Desesperado diante da impossibilidade de cumprir a exigência da amada, o ferreiro resolve afogar-se ou chegar ao extremo de vender a alma ao diabo para vencer o desafio. E aí começa um autêntico rito de passagem do conto maravilhoso: o ferreiro se afasta por certo tempo de sua casa, entra em contato com o demônio fora do seu campo, experimenta-se a serviço do maligno e consegue dominá-lo, transformando-o numa espécie de cavalo ou tapete voador, isto é, no meio mágico que o levará ao objeto mágico — as botinhas da tsarina, com as quais retornará à aldeia para justificar a sua condição de pretendente à mão de Osana. Tudo como no conto maravilhoso.

A técnica de construção da narrativa aplicada em "Noite de Natal" e "Viy" é idêntica, com a diferença de que na segunda novela o procedimento mítico está mais presente e acaba determinando o seu desfecho. O mito é um evento do tempo sagrado, do tempo absoluto, inquestionável: nele se crê sem qualquer hesitação. Já o conto maravilhoso, ou o de magia, é conto, invenção, embuste, mentira, ficção. Nele não se acredita; quando a sua narração chega ao fim, é comum dizer-se: "O conto está todo aí, não se pode mais mentir". Portanto, a atualização da herança mítica dá o tom do desfecho em "Viy".

Do ponto de vista dos fins do enredo, não há necessidade de acreditar-se na aventura de Vakula no lombo do diabo, já que sua viagem fantástica é apenas um elemento estrutural. Seu voo é de seu exclusivo conhecimento, e a obtenção do objeto mágico acaba não desempenhando, aparentemente, nenhum papel na consecução do seu objetivo, pois, antes que ele regressasse com as botinhas da imperatriz, Osana já se dispusera a desposá-lo mesmo sem o presente. Em "Viy", o tratamento da coisa maligna — a bruxa — é um pouco diferente. Se em "Noite de Natal" o voo do ferreiro permanece à margem do conhecimento dos demais personagens da novela, com o filósofo Khomá Brut, de "Viy", ocorre exatamente o contrário. Na bruxa todos acreditam, todos conhecem e narram os casos do perreiro Mikita e de Cheptikha, que sucumbiram aos seus ataques. O espírito dessa novela é folclórico; a crença, reforçada pela "verificação" dos "fatos", é mítica. O procedimento mítico faz o nome e a pessoa significarem a mesma coisa — Vakula significa "pícaro"; com a incorporação do espírito folclórico, a picardia do ferreiro permite que o diabo termine ridicularizado, recolhido à sua insignificância. O oposto acontece com a bruxa, o monstro ctoniano "Viy" e os outros monstros, que acabam destruindo o filósofo em pleno espaço sagrado. A história de Vakula termina com o quadro pintado com excremento na parede da igreja, ou seja, termina com o riso vivificante, afirmando a vitória da vida sobre a morte, ao passo que a história de Khomá termina com a vitória da morte sobre a vida, provocada pela ação de um monstro, reforçando a crença generalizada, sagrada e mítica na veracidade dos "acontecimentos". Este final trágico de Khomá tem uma motivação mítica: ao passear no lombo da bruxa, ele vê uma sereia e ouve-lhe o canto, sem saber que está ouvindo o prenúncio agourento do seu próprio fim.

Em meio ao fantástico mítico e folclórico, Gógol introduz o etos de uma comunidade inteira às voltas com seu cotidiano: o alcaide representando o poder local; Tchub representando o universo dos cossacos; o sacristão, a vida dos pequenos funcionários eclesiásticos. Entre eles se destaca Solokha, nome que, além de pá de remo, donzela desleixada, desgrenhada, mulher pouco expedita, também significa sereia; e ela não atrai os homens do lugar com seu canto, mas com o aconchego de sua companhia de "diabo em figura de mulher" e os eflúvios de seu corpo, daí sua fama de bruxa. A esses elementos da narrativa, Gógol incorpora seu saudosismo tipicamente romântico. Vale-se da mais arraigada tradição narrativa para falar de um mundo que não quer ver desaparecido. Seu mergulho no passado implica, além do prazer de narrar, o resgate daqueles tempos idos e vividos que ele quer perpetuar. Não é por acaso que as suas referências àqueles tempos são sempre saudosistas, pois era no seu "antigamente" que melhor se comia, melhor se bebia e ainda melhor se pandegava. É um romântico nostálgico do passado por não conseguir familiarizar-se com o presente.

O "Diário de um louco" (1835) é uma excepcional experiência narrativa, experiência até então desconhecida na literatura russa. Construída pelo discurso de um louco, a novela é marcada, do início ao fim, pela presença dominante do abstruso e pela recorrência de alogismos que ora conduzem sozinhos o fio narrativo, ora se combinam ou se misturam com um discurso de feitio culto, porém alógico: o discurso das cartas trocadas pelas cadelas. Essa combinação de discursos aparentemente díspares põe o leitor diante de um enigma: a que se deve ou de onde vem o absurdo que perpassa todo o discurso de Popríschin? De sua cabeça doentia ou de uma concepção fantástica da representação do real, que sobrepõe diferentes camadas do ser num processo de intercomplementação? Independentemente da "escola" literária a que pertença o autor, a forma de representação fantástica requer como premissa a existência de dois planos: um terrestre e um supraterrestre, um guiado pela razão humana, outro fora do alcance dessa razão. Um pode ser superado pelo sonho, como em "O fazedor de caixões" de Púchkin, outro pode não ter motivação sobrenatural, mas ser uma projeção do mundo real na consciência deteriorada do personagem, como no "Diário de um louco". Gógol constrói um enredo em que o paupérrimo funcionário Popríschin se imagina rei de Espanha, criando na sua loucura um duplo através do qual foge da sua existência miserável para refugiar-se em outro plano da existência: o plano simbólico. Essa alternativa do personagem decorre de seu estado de insanidade mental, mas tem como causa primeira as condições de vida da sua época.

As condições sociais que geraram o "Diário de um louco" não infundiam otimismo nem mesmo nos mais otimistas. No país domina um clima de terrível reação política. O menor esboço de descontentamento e crítica é reprimido a ferro e fogo. A literatura e o jornalismo se encontram sob o asfixiante jugo da censura. Não há unidade de pensamento nem de ação entre os representantes mais reconhecidos da consciência democrática, enquanto o tsar Nicolau I reprime violentamente qualquer manifestação de livre pensamento. Para a consciência democrática, as relações sociais e os costumes por elas gerados se afiguram irracionais. Gógol procura mostrar que os costumes dominantes da Rússia de Nicolau I são antinaturais. Aí estão as fontes do protesto fantástico das suas novelas do ciclo de Petersburgo. Se o louco Popríschin de repente se nos apresenta como pensador e humano, é porque foge completamente às normas da realidade que então imperam. A justaposição das duas camadas do real — as relações políticas e sociais da Rússia de Nicolau I e a realidade do louco Popríschin — alimenta a estrutura biplanar da novela e consagra o fantástico como modalidade de representação adequada do mundo real.

"O nariz" (1836) representa mais uma grande conquista da literatura russa e universal. Os principais críticos de Gógol são praticamente unânimes ao apontar a influência de

E. T. A. Hoffmann (1776-1822) sobre o conjunto da obra fantástica de Gógol, em particular sobre "O nariz". Vem de Hoffmann a representação da perda de uma parte do "eu" pelo homem, assim como da duplicidade, da substituição de um personagem por seu duplo.

O major Kovaliov sempre sonhara com um alto cargo, mas para tanto precisava fazer boa presença, cuidar de seu estado físico e andar bem vestido. Súbito descobre que seu nariz fugiu do lugar, e então começam sua angústia — como se apresentar em público sem uma parte tão importante do corpo? — e sua aventura fantástica à procura do nariz. E o encontra metido num uniforme que denuncia o detentor de um cargo superior ao dele, Kovaliov. Trava-se, então, uma luta ferrenha entre ele e uma parte de seu corpo, que agora ostenta a condição de duplo e disputa com ele o prestígio social. Gógol constrói com grande maestria o plano duplo do fantástico, mas sem o elemento do sonho e do sobrenatural.

No primeiro plano, o do real concreto, Kovaliov nutre o sonho de uma efetiva progressão funcional e também de classe social, pois, sendo assessor de colegiado, pertence à oitava classe na *Tabel o rangakh*, escala hierárquica que dividia os servidores civis e militares do Estado em dezoito classes ou categorias, promulgada por Pedro, o Grande, em 1872. Essa oitava categoria de assessor de colegiado lhe dá o direito de pleitear sua passagem para a classe da nobreza e auferir de todas as vantagens pecuniárias e sociais que essa ascensão lhe permite, como vestir-se a caráter, frequentar os salões da nobreza e levar uma vida condizente com sua nova posição. Daí o desespero do major Kovaliov ao ver-se privado da "parte cheiradora do corpo": como frequentar a aristocracia desprovido de um nariz?

No segundo plano, temos o nariz livre do seu "dono", dotado de vida e personalidade próprias, já promovido, e perseguido por Kovaliov. Estamos diante da perda de uma parte do corpo, fato integrante do plano do fantástico em si.

O final da história marca a grande inovação de Gógol no tratamento do fantástico: em vez da simples perda de uma parte do corpo ou do próprio eu pelo personagem, a história termina com a restauração do nariz em seu devido lugar, numa relação de perda e reparação. Por outro lado, fazendo o major Kovaliov ficar temporariamente sem o nariz, Gógol o submete a uma experimentação psicológica na qual se desnuda toda a essência de sua personalidade. Trata-se de uma antecipação dos temas de Dostoiévski.

"O capote" (1842) é a obra mais famosa de Gógol e uma das narrativas breves mais conhecidas de toda a literatura universal. Haviam contado a Gógol a anedota de um pequeno funcionário que morre após perder, no primeiro dia de caça, a espingarda que adquirira após anos de sacrifício. O autor toma essa história como tema e a transforma na história de Akáki Akákievitch.

A construção de "O capote" incorpora um procedimento muito semelhante ao da construção das imagens e dos personagens mitológicos. Depois de introduzir o personagem, que apresenta como um ser indefinido ("um funcionário"), acrescentar-lhe elementos quase desprovidos de relevância ("Não se pode dizer que esse funcionário fosse lá essas coisas"), desenhar-lhe as configurações físicas que muito o assemelham a uma máscara mortuária, e introduzir a categoria funcional como um atributo congênito do personagem, o narrador entra no tema efetivamente determinante da narrativa: o nome.

O nome Akáki representa a tradução da essência do personagem. Sua repetição em cadeia — Akáki-aká-kiaká-kiakákiaká — se constitui num exercício de gagueira, a exemplo do que acontece com a fala do próprio personagem, que usa uma linguagem quase desprovida de articulação, como se o homem ainda não tivesse criado uma linguagem estruturada. Na falta de palavra para completar o circuito comunicativo, recorre a um intraduzível *tovó*, que remete a algo totalmen-

Posfácio

217

te indefinido e a qualquer coisa ao mesmo tempo, que eu traduzi como "aquilo"... Logo, o nome Akáki personifica uma impossibilidade de articulação do discurso, uma impossibilidade de comunicação, o que não se dá por opção dos pais e padrinhos, mas por força de uma fatalidade mítica: "essa é a sina dele. Já que é assim, o melhor é que ele tenha o mesmo nome do pai. O pai se chamava Akáki, então que o filho também se chame Akáki" — conclui a mãe. Completa-se esse quadro de fatalidade com a reação do menino, que, ao receber o nome de batismo, chora e faz careta "como se pressentisse que viria a ser conselheiro titular", um dos cargos mais baixos da burocracia russa. Assim, ao azar do nome junta-se o azar de uma profissão que constitui o alvo de toda sorte de zombarias por parte dos que tomam por Cristo aqueles que não reagem. Como se não bastasse o nome, acrescenta-se-lhe ainda o sobrenome Bachmátchkin (derivado de *bachmák*, isto é, sapato, algo para ser pisado), e temos a imagem perfeita do eterno ofendido. Portanto, a fatalidade que mais tarde acometerá o personagem obedece a um determinismo de tipo mítico, pois, como afirma o narrador da história, "tudo aconteceu por absoluta necessidade e outro nome seria inteiramente impossível".

Assim, vemos Akáki Akákievitch arrastando em sua gagueira a condição de humilhado e ofendido, totalmente incapaz de esboçar qualquer reação, tão identificado com o nome e a profissão que seus colegas de repartição chegam a imaginá-lo nascido já conselheiro titular, de uniforme e calvo. Sua única existência se mede pelas folhas que copia. Corre a pena sobre o papel em branco com o mesmo carinho e a mesma habilidade com que o homem apaixonado usa a magia da mão carinhosa para compor páginas inumeráveis de poesia sobre o corpo macio da mulher. Sua relação com o trabalho chega a ser erótica, pois, na existência carente, as folhas saciadas por sua letra lhe preenchem plenamente a carência amorosa recalcada. Não tendo oportunidade nem necessidade de companhia feminina, consegue substituí-la por algumas letras favoritas, com as quais sente um prazer semelhante ao que um homem sentiria com seu tipo preferido de mulher.

A existência de Akáki Akákievitch se resume a essa relação erótica com suas letras-mulheres. Seu trabalho é de tal forma alienante que acaba por coisificá-lo; afundado no ramerrão da cópia, anula-se para qualquer outro tipo de atividade, e, quando um diretor quer recompensá-lo dando-lhe um trabalho mais interessante, embora de extrema simplicidade, cobre-se de suor e pede que lhe deem algo para copiar. Está consumada a coisificação, transformado o amante na coisa amada. Akáki Akákievitch não nascera para escrever nada de si, nascera para copiar e acabara transformando-se em sombra das páginas que copiava.

Akáki Akákievitch leva uma existência de extrema pobreza, que é proporcional à sua indigência linguística. Por sua vez, essa indigência de linguagem é proporcional à ausência de consciência: não tendo consciência do seu estado de humilhado — e por não ter consciência não tem linguagem porque nada tem a expressar —, está fadado à condição de homem socialmente nulo, que, não tendo como justificar a existência nem direito a nenhuma pretensão, nada pode suscitar a não ser compaixão.

Akáki Akákievitch tenta valer-se da linguagem apenas em dois momentos de sua vida: quando procura combinar com Pietróvitch a confecção do capote, e, após o roubo deste, quando tenta levar um figurão a interceder junto ao chefe de polícia para reaver o capote. Trata-se de dois momentos realmente cruciais em sua vida: a aquisição do capote, que o faz até falar, animar-se, rir diante de uma vitrine, observar um rabo de saia, enfim, comunicar-se com o mundo exterior e assim experimentar a sensação fugaz de um laivo de vida; e a perda do capote, que se traduz no fechamento do curto-circuito comunicativo de sua vida para terminar em um total isolamento. A impossibilidade de articular o discurso impli-

Posfácio

ca a impossibilidade de comunicar-se, de socializar-se, o que acarreta fatalmente o silêncio absoluto e a morte.

O fechamento da novela instala um clima característico da literatura carnavalizada: a morte do personagem, que na narrativa tradicional encerraria a sua função no texto, em "O capote" constitui o princípio da renovação, pois a volta do morto representa a sua ressurreição numa nova qualidade. Ao tirar o capote do antes destemido figurão, o fantasma de Akáki Akákievitch pratica um ato carnavalesco de destronamento do rei, saindo da sua antiga nulidade, agindo como um "novo" Akáki e sugerindo que no plano simbólico supera-se aquele imobilismo que o tornou vítima do mundo injusto e cruel onde vivera sua existência "real". Assim, o fechamento carnavalesco da novela traduz a concepção popular da renovação perene da vida através da morte, e essa renovação atinge, mesmo que levemente, o próprio figurão.

O final de "O capote" mostra o original tratamento da morte em Gógol. Já em "Viy", a morte é relativizada pelos amigos do filósofo Khomá Brut. Comentando o ocorrido, o filósofo Tibéri Górobiets afirma que Khomá morreu porque teve medo da bruxa, e acrescenta a receita para vencer esse tipo de morte: "Basta apenas se benzer, depois cuspir no rabo dela, que nada acontece". Cuspir no diabo ou no rabo da bruxa é um recurso cômico de superação ou neutralização da morte. A morte é um fato real, mas existem meios de superá-la. É esse o espírito do folclore. Em "O capote", Akáki Akákievitch "baixa à sepultura". Esse eufemismo "baixar à sepultura", que atribui ao personagem a ação de "baixar" em vez de ser resignadamente enterrada, dá a entender que Akáki está dizendo até breve aos que ficam neste mundo, para, de lá, do além-túmulo, revigorar-se, ganhar a coragem que não teve em vida e voltar à lida para se vingar daqueles que não o deixaram viver e lhe negaram ajuda para recuperar o capote e se proteger do frio mortífero de Petersburgo. É a morte que se faz vingativa no plano do fantástico.

SOBRE O AUTOR

Nikolai Vassílievitch Gógol nasceu em 1º de abril de 1809, na província de Poltava, atual Ucrânia. Era filho de Vassíli Afanássievitch e Maria Ivánovna Gógol-Ianóvski. A infância do futuro escritor e dramaturgo transcorreu numa atmosfera mesclada de arte e misticismo. Sua mãe possuía grande fervor religioso; seu pai, um pequeno proprietário de terras, era apaixonado por literatura e teatro. Entre 1818 e 1821, Gógol estudou numa escola de Poltava, e depois no ginásio de Niejin.

Em 1829, mudou-se para São Petersburgo. Nesse mesmo ano, publicou seu poema *Hanz Küchelgarten*, mal recebido pela crítica. No ano seguinte, entretanto, o autor obteve seu primeiro êxito literário com o conto "A noite de São João", baseado numa lenda popular ucraniana. O sucesso da obra serviu de estímulo a Gógol, e no biênio 1831-32 foram publicados, em dois volumes, os *Serões numa granja perto de Dikanka*, coletânea de contos igualmente inspirados no folclore de sua terra natal. Em 1835, foram publicadas mais duas coletâneas de narrativas: *Arabescos* e *Mírgorod*. Desta última fazia parte a novela *Tarás Bulba*. O ano seguinte foi marcado pela estreia de *O inspetor geral*, a mais famosa peça teatral de Gógol.

Ainda em 1836, o escritor viajou pela Suíça, França e Itália. Em Paris, recebeu a notícia da morte do poeta e amigo Aleksandr Púchkin, fato que o deixou profundamente abalado. Em Roma, trabalhou com afinco na composição de *Almas mortas*, e em 1841 retornou à Rússia. A primeira parte de *Almas mortas* foi publicada em maio de 1842, ano em que o autor organizou a primeira edição de suas obras completas em quatro volumes. No terceiro volume encontrava-se o conto "O capote", que exerceria influência sobre muitos escritores russos das gerações posteriores.

No ano de 1845, em meio à grave crise espiritual que o atormentaria até o fim da vida, Gógol queimou a primeira versão da segunda parte de *Almas mortas*, cuja redação ele retomaria entre 1848-49. Mas no início de 1852 adoeceu gravemente, sofrendo constantes delírios; na noite de 11 para 12 de fevereiro, queimou o manuscrito da segunda versão da segunda parte de *Almas mortas* juntamente com outros papéis — e, menos de um mês depois, no dia 4 de março, faleceu.

SOBRE O TRADUTOR

Paulo Bezerra estudou língua e literatura russa na Universidade Lomonóssov, em Moscou, especializando-se em tradução de obras técnico-científicas e literárias. Após retornar ao Brasil em 1971, fez graduação em Letras na Universidade Gama Filho, no Rio de Janeiro; mestrado (com a dissertação "Carnavalização e história em *Incidente em Antares*") e doutorado (com a tese "A gênese do romance na teoria de Mikhail Bakhtin", sob orientação de Afonso Romano de Sant'Anna) na PUC-RJ; e defendeu tese de livre-docência na FFLCH-USP, "*Bobók*: polêmica e dialogismo", para a qual traduziu e analisou esse conto e sua interação temática com várias obras do universo dostoievskiano. Foi professor de teoria da literatura na Universidade do Estado do Rio de Janeiro, de língua e literatura russa na USP e, posteriormente, de literatura brasileira na Universidade Federal Fluminense, pela qual se aposentou. Recontratado pela UFF, é hoje professor de teoria literária nessa instituição. Exerce também atividade de crítica, tendo publicado diversos artigos em coletâneas, jornais e revistas, sobre literatura e cultura russas, literatura brasileira e ciências sociais.

Na atividade de tradutor, já verteu do russo mais de quarenta obras nos campos da filosofia, da psicologia, da teoria literária e da ficção, destacando-se: *Fundamentos lógicos da ciência* e *A dialética como lógica e teoria do conhecimento*, de P. V. Kopnin; *A filosofia americana no século XX*, de A. S. Bogomólov; *Curso de psicologia geral* (4 volumes), de R. Luria; *Problemas da poética de Dostoiévski, O freudismo, Estética da criação verbal, Teoria do romance I, II e III, Os gêneros do discurso, Notas sobre literatura, cultura e ciências humanas* e *O autor e a personagem na atividade estética*, de M. Bakhtin; *A poética do mito*, de E. Melietinski; *As raízes históricas do conto maravilhoso*, de V. Propp; *Psicologia da arte, A tragédia de Hamlet, príncipe da Dinamarca* e *A construção do pensamento e da linguagem*, de L. S. Vigotski; *Memórias*, de A. Sákharov, e *O estilo de Dostoiévski*, de N. Tchirkóv; no campo da ficção traduziu *Agosto de 1914*, de A. Soljenítsin; *O capote e outras histórias*, de N. Gógol; *O herói do nosso tempo*, de M. Liérmontov; *O navio branco*, de T. Aitmátov; *Os filhos da rua Arbat*, de A. Ribakov; *A casa de Púchkin*, de A. Bítov; *O rumor do tempo*, de O. Mandelstam; *Em ritmo de concerto*, de N. Dejniov; *Lady Macbeth do distrito de Mtzensk*, de N. Leskov; além de *O sonho do titio* e *Sonhos de Petersburgo em verso e prosa* (reunidos no volume *Dois sonhos*), *O duplo, Escritos da casa morta, Bobók, Crime e castigo, O idiota, Os demônios, O adolescente* e *Os irmãos Karamázov*, de F. Dostoiévski.

Em 2012 recebeu do governo da Rússia a Medalha Púchkin, por sua contribuição à divulgação da cultura russa no exterior.

ESTE LIVRO FOI COMPOSTO EM SABON,
PELA BRACHER & MALTA, COM CTP DA
NEW PRINT E IMPRESSÃO DA GRAPHIUM
EM PAPEL PÓLEN NATURAL 80 G/M^2 DA
CIA. SUZANO DE PAPEL E CELULOSE PARA
A EDITORA 34, EM FEVEREIRO DE 2025.